Kapitel 1

Vielleicht, nur vielleicht besteht die winzigkleine Möglichkeit, daß es irgendwo auf der Welt jemanden gab, der noch weniger Lust hatte, wieder zu arbeiten, als ich an jenem Samstag morgen im Mai, als der Banküberfall passierte. Nicht, daß der Samstag offiziell mein erster Arbeitstag gewesen wäre. Aber der Montag näherte sich bedrohlich. Ich war seit Anfang März in Mutterschaftsurlaub, und Cameron – das Baby, das ich in einer Kleinstadt im Norden von New Mexico, etwa sechs Stunden nachdem ich eine äußerst brisante Situation mit einem Gangster überlebt hatte, gesund zur Welt brachte – erwies sich als durchaus interessant. Der Gedanke, in die Welt von Überfällen und Morden, Fingerabdrücken und Observierungen zurückzukehren, war somit alles andere als verlockend.

Aber da es sechs hungrige Mäuler zu stopfen gab, einschließlich die eines Hundes und einer Katze, und ein Haus, einen Pkw und einen Pick-up zu finanzieren galt, mußte zumindest einer in der Familie einen Job haben, und Harry hatte keinen. Nicht mehr. Der Arzt hatte uns kürzlich davon in Kenntnis gesetzt, daß Harrys Chancen, weiter als Hubschraubertestpilot zu arbeiten, gleich Null waren. Oh, sein kleines Privatflugzeug würde er nach wie vor fliegen können. Aber um einen Hubschrauber zu fliegen, muß man mehr Fähigkeiten haben als die, gleichzeitig Kaugummi kauen und gehen zu können. Genauer gesagt, man muß imstande sein, beide Füße und beide Hände zur selben Zeit unterschiedliche Dinge tun zu lassen. Und um neue Hubschrauberprototypen zu fliegen, die manchmal noch nicht genau das taten, was man von ihnen wollte, mußte man sogar noch besser sein.

Das war Harry nicht. Nicht mehr. Nicht mehr seit Februar, als ein *ganz* neuer Prototyp genau das getan hatte, was er nicht hätte tun sollen, nämlich mitten auf einem Highway aufsetzen. Hart.

Auf der Seite.

Ich will damit keineswegs andeuten, daß die Firma sich nicht um Harry gekümmert hätte. Das tat sie. In gewisser Weise. Sie ging wohl nur einfach davon aus, daß Harry neben den Leistungen, die er von seinem ehemaligen Arbeitgeber bezog, zusätzlich auch noch Berufsunfähigkeitsrente bekam, doch die Versicherung hatte nicht ganz zu Unrecht argumentiert, daß Harry mit einer leichten Gehbehinderung zwar nicht mehr seinen alten Beruf ausüben konnte, aber doch sicherlich einen anderen.

Das Problem dabei war, wie Harry mir gegenüber lautstark und wiederholt darlegte, daß er keinen anderen Beruf *hatte*. Und auch keinen anderen Beruf *gelernt* hatte. Er war ziemlich lange Zeit Hubschrauber geflogen. Und wer sich in letzter Zeit die Wirtschaftslage in Texas angeguckt hat – nun, ich weiß nicht, wo der vielgerühmte wirtschaftliche Aufschwung stattfindet, aber hier ganz sicher nicht.

Somit mußte einer von uns arbeiten, und wie es aussah, fiel das Los auf mich. Was meine nie ganz ausgegorenen Pläne, den Polizeidienst zu quittieren und mich um das Baby zu kümmern, ein für allemal zunichte machte. Ich hatte noch zwei Tage. Montag morgen in aller Herrgottsfrühe hieß es: zurück in die Tretmühle.

Was hatte ich also am Samstag morgen um halb zehn etwa sieben Querstraßen vom Polizeipräsidium entfernt in der Stadt zu suchen?

Ich ging zur Bank, ganz einfach. Zu derselben Bank, zu der ich seit fünfzehn Jahren ging. Der Bank, die nur einen Katzensprung vom alten Polizeipräsidium entfernt lag, aber als das Präsidium damals umzog, hatte ich keine große Lust, die Bank zu wechseln, obwohl es ganz in der Nähe vom hübschen neuen Präsidium eine hübsche neue Bank gab. Ich bin eben ein Gewohnheitstier.

Allerdings doch nicht so sehr ein Gewohnheitstier, daß ich schon wieder angefangen hätte, das Schulterhalfter zu tragen, das ich in den letzten fünf Jahren, also seit ich bei der Kriminalpolizei war, ständig getragen hatte – sogar beim Joggen, sogar wenn ich abends zum Essen ausging. Und es hätte mir auch wirklich nicht viel genützt, wenn ich es getragen hätte; mit einem Baby auf dem Arm würde ich mich bestimmt nicht in eine Schießerei verwickeln lassen.

Na ja, ich hatte es jedenfalls nicht vor.

Aber Sie wissen ja, gute Absichten allein nützen nicht viel.

Es war keine richtig große Bank, nur eine von diesen kleinen Filialen, in denen normalerweise drei Kassiererinnen arbeiten, und eine war in Urlaub. Da eine weitere gerade Pause machte, war exakt eine Kasse geöffnet, und die Schlange erstreckte sich etwas länger, als man es sich bei einer Schlange wünscht. Die Kundenhalle – anders als bei der Kundenhalle einer richtig großen Bank – war klein, doch so klein sie auch war, sie hatte alles, was zu einer Bank gehört. Also Marmor. Jede Menge Marmor. Marmorboden, Marmorschalter. In Banken soll man ruhig sein. Manchmal denke ich, Banken halten sich für Kirchen.

Cameron quengelte; ich war gerade dabei, ihn zu entwöhnen, und er gab deutlich zu verstehen, daß ihm die Umstellung aufs Fläschchen nicht paßte. Also quengelte er, und ich hielt ihm das Fläschchen hin, und er saugte ein-, zweimal daran, und dann spuckte er es gewissermaßen aus und quengelte weiter. Nun hat

Marmor unter anderem die Eigenschaft, daß er laut ist. Auch trotz einer dieser netten Schallschluckdecken hallte jedes Geräusch in diesem Raum wider. Natürlich auch die Proteste eines beleidigten Babys. Inzwischen blickten mich die Leute verärgert an, als hätte ich, nur um sie zu belästigen, ein quengeliges Baby mit in die Bank gebracht. Ich war schon drauf und dran, einigen von ihnen zu sagen, sie sollten mich doch vorlassen, wenn sie so genervt waren, aber natürlich tat ich nichts dergleichen, weil ich eine sehr nette Lady bin.

Dann öffnete sich wieder einmal die Tür zur Straße, und zwei Männer kamen zusammen herein. Sie drängten sich durch die Schlange, die sich nun auch hinter mir gebildet hatte, und ich hörte jemanden empört sagen: »Heh!«

Oder so was Ähnliches wie heh.

Einer der Männer sagte: »Schnauze.« Oder so was Ähnliches wie Schnauze.

Er sagte es laut.

Es hallte laut, der Klang prallte vom Marmor ab wie ein Querschläger, und alle blickten sich um. Natürlich sahen nicht alle die beiden Männer. Zumindest nach den Beschreibungen zu urteilen, die später abgegeben wurden, sahen nicht alle die beiden Männer, aber in dem Moment hatte ich den Eindruck, daß alle sie ansahen.

Ich konnte sie genau beschreiben, was ich auch tat, etwa eine halbe Stunde später, gegenüber einem Kollegen von der Kripo. Zwei weiße Männer. Einer zirka 1,70 und einer zirka 1,88. Beide trugen eine Skimaske, aber ich weiß, daß es weiße Männer waren, weil einer von ihnen, obwohl sie beide lange Ärmel hatten und Handschuhe trugen, seine Ärmel, vermutlich geistesabwesend, hochgekrempelt hatte.

Na schön, wenn Sie es so genau haben wollen, ich wußte, daß einer von ihnen weiß war. Aufgrund ihrer Stimmen war ich mir ziemlich sicher, daß sie beide männlich waren.

Sie trugen Khakihosen und blaue karierte Arbeitshemden – Flanell – und gelblichbraune Arbeitsschuhe, und sie hatten beide eine abgesägte Schrotflinte in der Hand.

Muß ich erst erwähnen, daß ich abgesägte Schrotflinten nicht leiden kann? Eigentlich kann ich Schußwaffen generell nicht leiden, aber vor allem kann ich abgesägte Schrotflinten nicht leiden.

Was tat ich also?

Ich hielt ganz, ganz still und hoffte, Cameron würde den Mund halten. Was Cameron natürlich nicht tat.

Er war nicht der einzige. Eine Frau, die etwa zwei Leute vor mir in der Schlange stand, schrie wie eine Feueralarmsirene. Sie können sich vorstellen, wie sich das anhörte, als es von dem vielen Marmor widerhallte. Ein Wunder, daß man sie nicht bis Dallas gehört hat.

»Schnauze!« brüllte der Große wieder. »Alle auf den Boden und schön ruhig bleiben, dann passiert keinem was.«

Er sagte nicht, ob wir uns hinsetzen oder hinlegen sollten. Auch der andere nicht, der bislang noch nichts gesagt hatte. Ich setzte mich hin.

Dann überlegte ich es mir anders und legte mich hin, mit Cameron unter mir. Wenn irgendwem was passierte, dann wollte ich nicht, daß er es war. Wenn sie Gewehre oder Pistolen gehabt hätten, wäre es sinnlos gewesen, Cameron zu decken, aber bei einer Flinte mit großer Streuung nützte es vielleicht was. Vielleicht.

Cameron war nicht davon angetan, daß ich auf ihm lag. Er brachte seinen Unmut lautstark zum Ausdruck.

»Lady, sorgen Sie dafür, daß das Baby still ist!« brüllte der Kleine.

Ich tat wie geheißen. Und zwar nicht mit dem Fläschchen. Und so eine alte Schachtel neben mir besaß doch tatsächlich die Unverfrorenheit, schockiert dreinzublicken. Nicht zu fassen!

Der Große flankte über den Bankschalter. Ich sah, wo er die flache Hand auf die glänzend polierte Marmorfläche auflegte. Wenn er keine Handschuhe angehabt hätte, wäre der Abdruck mehr als ausreichend gewesen, um ihn zu schnappen, vorausgesetzt, er war kein unbeschriebenes Blatt. Aber wie ich schon sagte, er trug Handschuhe.

Nicht alle waren so kooperativ, wie ich es war; die Frau, die schrie, schrie weiter, und die Frau, die mich mißbilligend anblickte, starrte weiter – von einer stehenden Position aus –, und ich hörte einen Mann flüstern: »Packen wir ihn.«

Irgendwer mußte ihn darauf aufmerksam machen, wie gering die Wahrscheinlichkeit war, daß jemand, bei dem es sich nicht gerade um Supermann handelte, schneller als eine Schrotladung sein könnte.

»Ich habe gesagt, *hinsetzen!*« brüllte der Große, und ich konnte hören, wie sich seine Stimme hysterisch überschlug. Nicht mehr lange, und er würde seine Schrotflinte benutzen, ganz gleich, ob er mit diesem Vorsatz gekommen war oder nicht.

Irgendwer mußte das Kommando übernehmen, sonst würde es Tote geben, und es war ziemlich offensichtlich, daß der Große dazu nicht in der Lage war, trotz seiner Flinte.

Also setzte ich mich auf, Cameron noch immer stillend, und schrie: »Ihr Idioten, *tut, was er sagt!*«

Der Große drehte sich nach mir um – ich konnte seine Augen sehen; sie waren blau –, und der Kleine sagte in einem ausgesprochen sarkastischen Ton: »Danke, Lady.«

Die Frau schrie noch immer. Ich stand kurz auf, packte sie und riß sie auf den Boden. Sie hörte auf zu schreien und fing an zu weinen. Das war besser, denn es war zumindest leiser, aber sehr viel besser war es auch wieder nicht. Sie weinte direkt in mein Ohr, und sie war nicht soviel leiser, daß es die Bankräuber nicht weiter entnervt hätte.

Mein dressiertes und stets in Bereitschaft befindliches Polizistenhirn nahm weiter jede Einzelheit wahr, ganz automatisch.

Der Große schaufelte Geld aus der Kassenschublade und stopfte es in eine Einkaufstüte, die er mitgebracht hatte. Eine von diesen weißen Plastiktüten mit kleinen Tragegriffen. Eine Tüte von Winn-Dixie.

Der Kleine trat unruhig von einem Fuß auf den anderen, als müßte er dringend zum Klo. Das Wichtigste, was mir an ihm auffiel, waren die Füße. Er hatte ungefähr die gleiche Schuhgröße wie Harry, etwa 43. »Los, laß uns abhauen«, sagte er nervös.

Der Große grapschte weiter Geld aus der Kasse. Offenbar traute er der Kassiererin nicht; es war ja möglich, daß in der Kasse eine Farbbombe war, und wenn er das Geld selbst nahm, konnte er sicher sein, daß die Bombe nicht in seine Tüte geriet.

Er konnte außerdem sicher sein, daß niemand den Alarm auslöste.

Obwohl es wenig nützte, daß niemand den Alarm auslöste. Wie ich schon erwähnt habe, war es eine kleine Bankfiliale; aber ich habe noch nicht erwähnt, daß sie in einem großen Bürogebäude untergebracht war, in dem sogar samstags gearbeitet wird. Natürlich ist man bemüht, solche Häuser einigermaßen schalldicht zu machen, aber gegen die weibliche Sirene, die jetzt schluchzend neben mir saß, hatte keine Schallisolierung eine Chance. Nein, jetzt würde sie mit hundertprozentiger Sicherheit niemand hören, aber mit hundertprozentiger Sicherheit hatte sie jemand gehört, als sie geschrien hatte; irgendwer irgendwo in dem Gebäude hatte inzwischen die Polizei verständigt.

Und falls das nicht jemand in dem Gebäude getan hatte, dann wahrscheinlich irgendein Passant auf der Straße. Von allen Banken, die sie hätten ausrauben können, hatten sie sich ausgerechnet eine Filiale mit großen Fenstern zur Straße hin ausgesucht. Die Scheiben waren zum Schutz gegen Einbruch säuberlich mit kleinen Sensorenstreifen durchzogen, die bei Erschütterung Alarm auslösten, aber die Kundenhalle war dennoch von außen sehr gut einsehbar.

Daher waren mit an Sicherheit grenzender Wahrscheinlichkeit bereits Streifenwagen unterwegs, auch wenn ich noch keine Sirenen gehört hatte. Sehr wahrscheinlich hatte die Zentrale die Beamten instruiert, nicht die Sirenen einzuschalten. Das dürfte eigentlich nicht nötig gewesen sein. Erfahrene Beamten wußten das.

Aber andererseits gibt es so einiges, was erfahrene Beamte wissen, ohne daß ich unbedingt darauf bauen konnte, daß auch die Beamten, die als erste zum Einsatzort kamen, es wirklich wußten.

Um nur mal ein Beispiel zu nennen: Ein erfahrener Beamter würde klugerweise auf Abstand bleiben und abwarten, bis die Bankräuber das Gebäude verlassen. Wir lernen in der Ausbildung – und zwar wir alle, und falls wir es nicht lernen, müßten wir es eigentlich von unseren Kollegen mitkriegen –, daß wir uns entschieden haben, persönliche Risiken auf uns zu nehmen, daß wir aber nicht das Recht haben, auch Zivilisten diesen Risiken auszusetzen. Wenn jemand versuchen würde, die Gangster zu überwältigen, solange sie noch in der Bank waren, würden sie Geiseln nehmen, und eine Geiselnahme war sehr viel gefährlicher, als die beiden Bankräuber aus dem Gebäude zu lassen und zu versuchen, sie später zu schnappen. Anders als Dirty Harry legt man es nicht auf eine Schießerei in einer Bank an oder auf der Straße davor, wenn es sich irgendwie vermeiden läßt.

Ich hatte keine große Hoffnung, daß der erste Beamte am Tatort erfahren sein würde. Fort Worth zahlt von allen Polizeidepartments der Welt nicht gerade die üppigsten Gehälter, und die Moral geht ständig auf und ab, auf und ab. Daher quittieren viele Beamte den Dienst. Und so manche von denen, die bleiben, würde ich leider nicht unbedingt weiterempfehlen.

Ich hatte ebenfalls keine große Hoffnung, daß wir es hier mit Profiverbrechern zu tun hatten. Das wäre mir sehr viel lieber gewesen, denn Profis geraten nicht so leicht in Panik und fangen an zu schießen. Es gab mal eine Zeit, so wird erzählt, da galt Bankraub als das Eliteverbrechen, und Bankräuber waren, wie Fälscher, in der Regel tatsächlich Profis. Erst die Drogen veränderten die Regeln für Bankräuber, so, wie der Offsetdruck die Regeln für Fälscher veränderte. Doch der Unterschied war, daß der Offsetdruck das Fälschen vereinfachte. Drogen machten den Bankraub nicht etwa einfacher; sie machten den Bankraub auch nicht sicherer, weder für die Verbrecher noch für die Opfer. Sie machten den Bankraub gefährlicher. Erheblich gefährlicher.

Erheblich gefährlicher und erheblich normaler. Für jeden Butch Cassidy oder Jesse James in der Vergangenheit gab es nun hundert, tausend bekiffte oder zugeknallte Kids, die Geld brauchten, um den Dealer zu bezahlen, bevor der letzte Schuß seine Wirkung verlor.

Mit denen legt man sich nicht an. Nicht, wenn es sich vermeiden läßt. Erst recht nicht, wenn die Bank voller Zivilisten ist.

Hatte ich diese Gedanken, während der Überfall noch im Gange war und ich versuchte, mein Baby ruhig zu halten und zu schützen? Und ob, denn das, was der erste Beamte am Tatort machte, konnte für mein Baby und mich, ja, für jeden einzelnen in diesem Raum voller verängstigter Menschen über Leben und Tod entscheiden.

»Los, laß uns abhauen!« brüllte der Kleine wieder. Und diesmal schien der Große auf ihn zu hören.

Er flankte zurück über den Schalter. Dann drehte er sich um und richtete seine Waffe drohend auf die nächste Person. »In den nächsten fünf Minuten rührt sich hier keiner«, sagte er, und die beiden strebten Richtung Tür.

Zu spät.

Draußen war ein Anfänger. Es mußte ein Anfänger sein, denn niemand sonst hätte den Streifenwagen direkt vor der Eingangstür der Bank in der zweiten Reihe geparkt.

Der Große streckte den Arm aus und hielt den Kleinen gerade noch rechtzeitig fest, bevor er hinaus auf die Straße ging. Und dann kamen die beiden langsam rückwärts zurück in den Raum.

Ranghöhere Beamte haben in der Ausbildung gelernt, wie sie sich bei einer Geiselnahme zu verhalten haben. Streifenpolizisten nicht. Vielleicht wußten die Bankräuber das; vielleicht warteten sie deshalb nicht ab, bis ein ranghöherer Beamter eintraf. Statt dessen drehte sich einer der Bankräuber zu der Kassiererin um und sagte: »Lady, nehmen Sie Ihre Autoschlüssel.«

Wie in Trance nahm die Kassiererin – eine junge Frau in einem grünen Kleid; sie war höchstens fünfundzwanzig, wenn überhaupt, und sie sah eigentlich noch jünger aus – ihre Tasche vom Boden unter dem Schalter, was ein merkwürdiger Platz war, um eine Handtasche in einer Bank abzustellen.

»Bloß die Schlüssel«, sagte der kleine Mann. »Nicht die Tasche. Die Tasche stehenlassen.«

Sie stellte die Tasche auf den Schalter und wollte sie öffnen. Der große Mann stieß sie beiseite, öffnete die Tasche und nahm einen Schlüsselbund heraus, von dem ein orangefarbener Troddel baumelte, der aussah wie ein psychedelischer Häschenschwanz.

Und die beiden Bankräuber und die Kassiererin verließen zusammen die Bank. Einer der Gangster hatte der Kassiererin seine Waffe in die Seite gerammt; der andere ging seitwärts, um ihnen Rückendeckung zu geben. Und der Streifenbeamte draußen und ich drinnen konnten nichts anderes tun als zusehen, wie sie gingen.

Die Kassiererin sagte kein einziges Wort. Aber sie sah mich an, als sie ging. Niemals, so lange ich lebe, werde ich ihren Gesichtsausdruck vergessen können. Denn *ich* war es, die allen zugeschrien hatte, sich hinzusetzen und zu tun, was die Gangster sagten. Es hätte die Lage verschlimmert – um einiges verschlimmert –, wenn die Möchtegernhelden unter uns, die die Gangster überwältigen wollten, tatsächlich versucht hätten, irgendeinen ihrer unausgegorenen Pläne in die Tat umzusetzen. Das wußte ich; wahrscheinlich wußte die Kassiererin das auch. Aber das war für uns beide kein Trost. Denn sie wußte, wie ich es wußte, daß die Statistiken hinsichtlich der Überlebenschancen von Geiseln nicht besonders gut waren.

Sobald sie weg waren, kam es zu einem Sturm auf die beiden Türen der Filiale, die zur Straße hin und die zum Hauptteil des Gebäudes. Der Streifenbeamte versperrte die Straßentür, ich versperrte die andere, jonglierte mit meiner Polizeimarke und meinem Baby und sagte: »Niemand verläßt den Raum. Wir brauchen von jedem eine Aussage.«

»Deb, es ist Ihr Fall«, sagte Captain Millner zu mir. Ich starrte ihn mit aller Entrüstung an, die ich aufbringen konnte. »Was soll das heißen, es ist mein Fall? Mein Dienst fängt erst Montag wieder an.«

»Pech«, sagte er.

»Und ich habe ein Baby bei mir –«

»Geben Sie die Kleine einer Sekretärin.«

»Den Kleinen«, knurrte ich. »Können Sie nicht sehen, daß es ein Junge –«

»Deb«, sagte Millner, »halten Sie den Mund.«

Inzwischen waren etliche FBI-Leute vor Ort, darunter auch Dub Arnold, mit dem ich schon einmal zusammengearbeitet hatte. Dub hatte wieder einen Neuling im Schlepptau. Was öfter der Fall ist; offenbar gilt er als guter Ausbilder für Neulinge. Dieser Neuling sah chinesisch aus, und sein Name war Donald Chang. Die Zeiten, da FBI-Agenten ausschließlich weiß waren, sind zwar längst vorbei, aber aus irgendeinem Grund schaffen es die Beamten, nach wie vor so auszusehen, als wären sie mit denselben Plätzchenbackformen ausgestochen, auch wenn die Plätzchen mittlerweile unterschiedlich groß sind und verschiedene Farben haben. Das kommt daher, daß sie sich alle gleich kleiden, denke ich, und daß sie dazu ausgebildet werden, gleich zu denken.

Donald Chang hatte noch nie an einem Banküberfall gearbeitet, und natürlich trat er gleich aufs ärgste ins Fettnäpfchen. Nachdem ich ihn angeschnauzt hatte, weil er seine Hand genau dorthin gelegt hatte, wo wir den Handschuhabdruck des Gangsters zu finden hofften, winkte Dub ihn mit dem Zeigefinger zu sich und sagte: »Kommen Sie mal her, Chang«, und sie führten ein leises Gespräch in einer Ecke.

Als Chang zurückkam, blickte er ausgesprochen unterwürfig drein und fragte mich: »Was haben sie sonst noch angefaßt?«

Natürlich hätte Dub ihm nie in aller Öffentlichkeit den Kopf gewaschen, aber inzwischen waren sämtliche Zeugen ins Polizeipräsidium gefahren worden, wo sie ihre Aussagen machen sollten – nicht, daß irgend jemand von uns einschließlich Millner damit rechnete, daß sie irgendwas gesehen hatten, was ich nicht gesehen hatte. Die einzigen in der Bank waren jetzt noch Captain Millner und ich, die beiden vom FBI, unsere Leute von der Spurensicherung und Tony Winston, der Filialleiter, der bei seiner Rückkehr aus der Mittagspause hatte feststellen müssen, daß seine Kassiererin – deren Name, wie er sagte, Dorene Coe lautete – verschwunden war und seine Bank sich in den Händen der Polizei befand. Was mich betraf, so gab es in dem Gebäude nichts mehr zu tun, und ich wollte gehen, sobald Harry, der vom Einsatzleiter telefonisch verständigt worden war, seinen Sohn abholen kam, was er tat, während ich mit Donald Chang sprach.

Harry hatte mein Schulterhalfter samt Dienstrevolver mitgebracht, ordentlich verpackt in einer braunen Papiertüte vom

Supermarkt. Er gab mir die Tüte und nahm Cameron in Empfang, und während er das Baby im Kindersitz verstaute, legte ich mir das Schulterhalfter an.

Ich glaube, von allen Tauschgeschäften, die ich je in meinem Leben gemacht habe, war mir das am unsympathischsten.

Es war zwar traurig, aber wahr, daß wir die Bank genausogut zur selben Zeit hätten verlassen können wie die Zeugen; es gab hier nichts mehr zu tun. Wir spulten unser Routineprogramm ab, mehr nicht. Die Gangster hatten das präparierte Geld nicht genommen; da war sich Winston sicher. Die Farbbombe war nicht angerührt worden. Die Seriennummern waren nicht zu ermitteln. Die Gangster hatten den Bankschalter und zwei Türrahmen angefaßt, aber sie hatten nun mal Handschuhe getragen, und obwohl es mitunter möglich ist, Handschuhabdrücke zu identifizieren, ist es sicherlich nicht möglich, so gezielt nach ihnen zu suchen wie nach Fingerabdrücken, die an einem Tatort gewonnen wurden. Nachdem Winston das Videoband aus dem Überwachungsgerät genommen und es uns ausgehändigt hatte, machten wir uns alle – die Polizei und die FBI-Leute, gefolgt von einer Meute Reportern mit eigenen Videokameras – auf den Weg zum Polizeipräsidium, um uns das Band anzusehen.

Was genausoviel hergab, wie solche Bänder gemeinhin hergeben. Ich hätte die Bankräuber nicht eindeutig identifizieren können, selbst wenn sie meine Nachbarn gewesen wären.

In unserem neuen, bereits übervölkerten Büro ging es ganz schön hektisch zu. Die Sekretärinnen können jeweils nur eine Aussage auf einmal aufnehmen, und das auch nicht allein, denn das Gesetz verlangt, daß jede Zeugenaussage gegenüber einem Polizeibeamten gemacht wird. Also saßen vier Detectives vom Raub-/Einbruchsdezernat mit vier Sekretärinnen zusammen und befragten vier Zeugen, während alle übrigen Zeugen – ich zählte weitere elf – im Flur warteten. Sie waren ermahnt worden, nicht über den Überfall zu sprechen.

Wenn Sie glauben, daß sie nicht über den Überfall sprachen, würde ich Ihnen gern ein hübsches Haus mit Meerblick in Arizona verkaufen.

Meiner Ansicht nach war das Raub-/Einbruchsdezernat für diesen Fall zuständig. Ich sah nicht den geringsten Grund, warum ich ihn bearbeiten sollte. Ich gehöre zum Sonderdezernat, und außerdem war ich seit mehreren Monaten nicht im Dienst gewesen. Die vom Raub-/Einbruchsdezernat konnten doch wohl –

»Sie waren dabei«, rief Millner mir in Erinnerung, und damit war die Diskussion beendet.

Auf dem Boden im Flur saß ein junger Mann, der, wenn ich mich recht erinnerte, nicht in der Bank gewesen war. »Auf wen wartet der?« fragte ich eine junge neue Mitarbeiterin namens Millie. Sie war die erste Millie, die ich kennenlernte.

»Er ist ein Zeuge«, sagte sie. »Er war draußen. Er hat uns verständigt. Er hat sie in die Bank gehen sehen.«

Ich setzte mich neben ihn auf den Boden, da mein Büro derzeit voll mit Leuten war, die Aussagen aufnahmen. »Wie heißen Sie?« fragte ich.

»Wie heißen Sie?« erwiderte er nicht gerade freundlich.

Ich zog meine Polizeimarke hervor. »Ich bin Deb Ralston, Sonderdezernat. Also, wie heißen Sie?«

»Bengt Daniels«, sagte er, »und ich bin Tutor an der Texas Christian University und müßte jetzt eigentlich ein Seminar geben.«

»Dann können Ihre Studenten eben spazierengehen. Ich bin sicher, sie haben nichts dagegen.«

»Aber die *Uni* vielleicht«, sagte er finster.

»Die TCU arbeitet eigentlich ganz gut mit der Polizei zusammen«, versicherte ich ihm. »Kommen Sie, wir gehen, hier ist zuviel Trubel.«

»Ist mir nur recht.« Als er aufstand, konnte ich sehen, daß seine Blue jeans, die eher natürlich verblichen war als künstlich gebleicht, an den Knien ausgefranste Löcher hatte, und seine Sandalen sahen aus wie selbstgemacht.

Die TCU ist keine billige Uni. Mit seinem Outfit wollte er wahrscheinlich eher eine Lebensanschauung demonstrieren als Mittellosigkeit zum Ausdruck bringen.

Wenn er allerdings von dem lebte, was er als Tutor verdiente, konnte es durchaus sein, daß die Jeans aus einem Secondhandladen war. Verallgemeinern liegt mir nicht.

Im Augenblick hätte ich jedenfalls viel lieber über Tutoren an der TCU Verallgemeinerungen angestellt als über die wahrscheinliche Lebenserwartung einer Bankkassiererin, die durch die Tür gegangen war und mich dabei angesehen hatte.

Ich führte ihn zu einem kleinen Besprechungsraum, bei dem es sich um den Raum handelte, der zu der Zeit Verhörraum genannt wurde, als ein Hausverwalter noch Hausmeister hieß, und er schaute sich einigermaßen interessiert um, bevor er seine Büchertasche auf den verschrammten Tisch warf und Platz nahm.

»Also, Sie sind der Mann, der den Bankraub gemeldet hat«, sagte ich.

»Angeblich, ja. Ich kapiere einfach nicht, wieso nicht mehr Leute Sie angerufen haben. Ich meine, man sieht schließlich nicht jeden Tag Männer mit Schrotflinten in eine Bank gehen.«

»Man sieht auch nicht jeden Tag Männer mit Schrotflinten durch die Straßen von Fort Worth spazieren«, stellte ich klar.

»Sind sie zu Fuß gekommen?«

»Nein. Sie hatten einen Wagen. Eine Frau hat sie rausgelassen. Ich schätze, sie hat sie anschließend auch wieder mitgenommen, aber da habe ich telefoniert. Hat der Cop – Polizeibeamte, der draußen gestanden hat, Ihnen das nicht erzählt?«

»Noch nicht«, sagte ich. »Was können Sie mir über den Wagen sagen?«

»Er war rot.«

Ich wartete. Er würde mir doch bestimmt noch etwas mehr sagen können.

Er wußte weder die Marke noch den Typ. Aber er hatte das Kennzeichen notiert, was stimmen oder nicht stimmen konnte – mir hatten in der Vergangenheit kooperative Zeugen schon jede Menge richtige Kennzeichen genannt, aber mir waren auch schon jede Menge Kennzeichen genannt worden, die Zeugen in ihrer hellen Aufregung falsch gelesen oder falsch aufgeschrieben hatten.

Jedenfalls brachte ich den Zettel mit dem Kennzeichen nach draußen auf den Flur, um sie der zuständigen Mitarbeiterin vom Empfang zu geben, die im Kommunikationszentrum – die Zentrale hat einen neuen Namen – anrufen sollte, damit die dort den Halter ermitteln konnten. Aber ich wurde kurz abgelenkt. Ein weiterer Mann kam aus dem Fahrstuhl. Er war groß, schlank und nicht gerade jung. »Wo zum Teufel ist meine Frau?« rief er.

Winston, der bei den Zeugen auf dem Flur saß, sprang auf. »Ganz ruhig, Mr. Coe –«

»Hören Sie mir auf mit Ihrem ›Mr. Coe‹-Geschwafel!« rief der Mann. »Ich will wissen, was wegen meiner Frau unternommen wird –«

»Mr. Coe, ich bin Deb Ralston –« begann ich.

Er funkelte mich an. »Ich will nicht mit einer Sekretärin sprechen, ich will mit einem *Cop* sprechen!«

»Mr. Coe, ich *bin* ein Cop. Ich bin Detective Deb Ralston, und ich bearbeite den Fall. Würden Sie bitte hier mit reinkommen?« Ich öffnete die Tür zu einem weiteren Besprechungsraum, und als er hineinging, reichte ich Millie rasch das Autokennzeichen. »Rufen Sie in der Zentrale an, die sollen den Halter ermitteln.«

Mr. Coe ließ sich auf einen Stuhl plumpsen. »Was ist los?« fragte er mich. »Was ist eigentlich los, verdammt? Sarah Kane hat mich angerufen und gesagt, meine Frau ist gekidnappt worden.«

Ich brauchte einen Augenblick, bis mir wieder einfiel, daß Sarah Kane die andere Kassiererin war, diejenige, die gerade Pause hatte, als die Bank überfallen wurde. »Ich sage Ihnen alles, was ich weiß«, sagte ich und verfluchte innerlich meine männlichen Kollegen wegen ihrer Feigheit. Mittlerweile überlassen sie es *immer* den Frauen, sich um die Leute zu kümmern, die hysterisch reagieren. Sie hätten wirklich mit Coe reden können. Aber vielleicht war ich ja unfair. Ich war selbst auf ihn zugegangen. »Und danach brauche ich von Ihnen ein paar Informationen.«

Ich sagte ihm, was wir bislang wußten, was praktisch so gut wie nichts war, außer daß Dorene Coe etwa zwei Stunden zuvor von zwei bewaffneten Männern mit vorgehaltener Schrotflinte entführt worden war. Ich sagte ihm, daß wir trotz der wenigen Informationen eine Suchmeldung rausgegeben hatten und daß ich nun von ihm einige Informationen bräuchte. Zunächst einmal brauchte ich ein gutes Foto von seiner Frau. Die Bank hatte zwar ein Bild, aber kein sehr gutes.

Das war ein echtes Versäumnis. Wir hielten Seminare über Banküberfälle ab, in denen wir den Banken sagten, sie sollten stets gute, klare, aktuelle Fotos von all ihren Angestellten parat haben, eben genau für den Fall, der jetzt eingetreten war. Aber derjenige, der eigentlich gute, halbwegs aktuelle, klare Fotos von Dorene Coe hätte haben sollen, hatte Mist gebaut. In ihrer Akte befand sich lediglich die Kopie des Polaroidfotos, das für ihr Namensschildchen gemacht worden war.

Coe kramte ein Foto aus seiner Brieftasche und gab es mir. Es war nicht viel besser. »Das sieht aus wie ein Foto aus der Schulzeit«, sagte ich.

»Ist es auch.«

»Haben Sie kein jüngeres?« fragte ich. Die Kassiererin hatte zwar jung ausgesehen, aber so jung wie auf dem Foto nun auch wieder nicht.

»Für wie alt halten Sie Dorene denn?« fragte er müde. »Gehen Sie vielleicht von meinem Alter aus? Denn wenn dem so ist, dann machen Sie einen Fehler. Ich bin einunddreißig. Dorene ist neunzehn. Und fragen Sie mich nicht, wieso ich eine Neunzehnjährige geheiratet habe, denn ich habe verdammt noch mal keine Lust, das zu erklären, schon gar nicht einer Polizistin. Ich will bloß meine Frau wiederhaben. Das Foto da ist ein Jahr alt. Sie hat sich nicht verändert.«

»Was für einen Wagen fährt sie?«

»Einen Chrysler New Yorker. Weiß. Drei Monate alt.« Meine Miene richtig deutend, fügte er hinzu: »Sie muß nicht arbeiten. Sie will arbeiten. Sie sagt, sie ist nicht alt genug, um die ganze Zeit zu Hause zu sein. Verdammt, sie hätte aufs College gehen können!« Er legte den Kopf auf den Tisch, das Gesicht in den Armen vergraben.

»Mr. Coe, können Sie mir sagen, wie das Autokennzeichen lautet?«

Mit erstickter Stimme nannte er mir ein Kennzeichen, das ebenso wie das von Daniels notierte stimmen konnte oder auch nicht.

»Wo parkt sie den Wagen, während sie arbeitet?«

Das Parkhaus auf der Main Street, schräg gegenüber von der Buchhandlung. Sie hatte dort einen Stellplatz gemietet.

»Danke, Mr. Coe«, sagte ich. »Wenn es Ihnen nichts ausmacht, lasse ich Sie jetzt hier allein, wo die Presse nicht an Sie rankommt, während ich ein paar Dinge überprüfe.«

»Kein Problem.« Seine Stimme war noch immer erstickt; ich glaube, er weinte und wollte nicht, daß ich es sah.

Als ich die Tür hinter mir schloß, sagte Captain Millner: »Hat er sich ein bißchen beruhigt?«

»Ja«, sagte ich. »Jedenfalls fürs erste.«

»Sie wissen doch wohl, wer er ist, nicht?«

Ich schüttelte den Kopf. »Müßte ich?«

Er blickte mich mitleidig an. »Deb, lesen Sie denn keine Zeitung? Er ist der Chef von Coe Electronics. Der Typ, der früher Lehrer war, aber entlassen wurde und dann diese neue Videotechnik entwickelt hat.«

Ich muß wohl noch immer verständnislos aus der Wäsche geguckt haben, denn Millner erklärte weiter. »Soviel ich weiß, hat er in den letzten beiden Jahren mehr Geld gescheffelt, als J.R. Ewing sich in seinen kühnsten Träumen vorstellen könnte.«

Kapitel 2

Es handelt sich um eine neue Technik«, fuhr Millner fort. »Er hat das Videoband verändert und nicht den Recorder, so daß man sein altes Gerät behalten kann und trotzdem ein bedeutend besseres Bild bekommt.«

»Und das ist seine Erfindung. Ich dachte, so was würde immer nur von den Japanern erfunden.«

»Die Japaner haben eine andere Technik erfunden. Die haben das Gerät verändert. Deb, lesen Sie denn niemals die Zeitung?«

»Wann«, fragte ich, »sollte ich denn wohl Zeit haben, die Zeitung zu lesen? Okay, also der Mann hat Geld. Was hat das mit dem Überfall zu tun?«

»Bloß folgendes«, sagte Millner und ließ sich auf der Kante meines Schreibtisches nieder. »Es besteht immer die Möglichkeit, daß der Überfall nicht das primäre Verbrechen war.«

»Was meinen Sie damit?«

»Es besteht immer die Möglichkeit«, sagte Millner geduldig, »daß es eigentlich darum ging, Robert Coes Frau zu entführen, und daß der Überfall nur Tarnung war.«

»Sie waren nicht dabei«, sagte ich. »Aber ich. Die waren doch schon fast zur Tür hinaus, als dieser Obertrottel den Streifenwagen direkt vor der Bank geparkt hat. Hören Sie, Coe ist jetzt in einem Besprechungsraum und Daniels in einem anderen. Könnte *bitte* jemand anders mit Coe reden? Ich kann nicht mit beiden gleichzeitig reden, und ich würde wirklich nicht so gern mit Coe reden.«

Captain Millner erklärte sich gnädigerweise bereit, selbst mit Coe zu reden, und ich ging wieder zu Daniels. Der hatte sein Buch aufgeschlagen und die Füße auf den Tisch gelegt. Er las *Beowulf*, was meiner Ansicht nach niemand freiwillig lesen würde, aber wie ich höre, manche doch. Er stellte die Büchertasche auf den Boden und blickte mich höflich an, als Millie an der Tür sagte: »Deb?«

Und mir einen Zettel mit einer Kfz-Zulassung darauf reichte.

»Könnte der rote Wagen ein Buick Regal gewesen sein?« fragte ich.

Er zuckte die Achseln. »Möglich. Ich habe Ihnen doch gesagt, ich weiß es nicht.«

»Vielleicht ein 87er oder so um den Dreh?«

»Könnte hinhauen. Er war nicht sehr alt.«

Ich gab Millie den Zettel zurück. »Geben Sie das zu der Suchmeldung. So, nun zu der Frau am Steuer –«

Er schüttelte den Kopf. »Ich bin nicht mal sicher, daß es eine Frau war.«

»Aber Sie haben gesagt –«

»Ich weiß, was ich gesagt habe, aber ich habe nachgedacht, und ich bin nicht sicher, daß es eine Frau war. Es war jemand mit langen rotblonden Haaren. Die Person trug ein rotes T-Shirt. Mehr hab' ich wirklich nicht gesehen. Tut mir leid, wenn ich Sie irregeführt habe, es war nicht meine Absicht. Ich hab' nur wegen der Haare gedacht, es wäre eine Frau, aber jetzt bin ich mir da nicht mehr sicher. Kann ich jetzt gehen?«

Ich ließ mir von ihm Adresse und Telefonnummer geben und ließ ihn gehen. Ich würde ihn später noch einmal kommen lassen, um seine Aussage zu Protokoll zu nehmen. Im Moment herrschte hier das reinste Chaos, und ich hatte einen Anhaltspunkt, dem ich nachgehen konnte.

University Chrysler-Plymouth. So lautete der Haltereintrag für das Autokennzeichen, das ich bekommen hatte, und meine Neugier war so sehr geweckt, daß ich mich an den Schreibtisch setzte, um ein paar Anrufe zu tätigen.

Ich setzte mich also an den Schreibtisch, und das Telefon klingelte. »Es geht um den Chrysler New Yorker, nach dem eine Streife für Sie suchen sollte«, sagte eine männliche Stimme mit den typischen Geräuschen aus der Zentrale im Hintergrund.

»Ja, was ist damit?«

»Er ist aus dem Parkhaus verschwunden. Der Parkwächter gibt an, daß ein Mann den Wagen vor etwa zwei Stunden für Mrs. Coe abgeholt hat.«

»Was für ein Mann?«

»Er hat nicht drauf geachtet.«

Tja, warum auch? Schließlich wurden ständig irgendwelche Wagen für andere Leute abgeholt. Wenn er ihre Autoschlüssel hatte und wenn er ihren Code für die Ausfahrt kannte, gab es nicht den geringsten Anlaß für den Parkwächter, darauf zu achten. Aber das trug nicht gerade zur Verbesserung meiner Laune bei, als ich auflegte und den Code für eine Amtsleitung wählte, um bei University Chrysler-Plymouth anzurufen.

Die erste Person, mit der ich sprach, informierte mich darüber, daß sie in ihrer Gebrauchtwagenabteilung mehrere 87er Buick Regals hatten, und ob ich an einem bestimmten interessiert sei? Es dauerte eine Weile, bis ich rübergebracht hatte, daß ich Polizeibeamtin war und mich tatsächlich für einen bestimmten interessierte. Nach einem weiteren Austausch gereizter Fragen und schräger Antworten beschloß ich, daß es für meine Stimmung und meinen Blutdruck besser war, wenn ich dort hinfuhr.

Kennen Sie diese fürchterliche Kreuzung, wo der Camp Bowie Boulevard von der University Road abzweigt? Ich stand fünf Minuten dort vor der Ampel. Na ja, vielleicht waren es keine fünf Minuten, aber es kam mir jedenfalls so vor. Wenn ich nicht so im Stau eingeklemmt gewesen wäre, daß ich ohnehin nicht weggekonnt hätte, wäre ich stark in Versuchung gewesen, mein kleines Blaulicht aus dem Handschuhfach zu nehmen, es aufs Armaturenbrett zu setzen, das Kabel in den Zigarettenanzünder einzustöpseln und die Sirene anzuschalten. Aber ich wäre nicht von der Stelle gekommen, wenn fünfzehn Autos vor mir sich nicht ebenfalls von der Stelle bewegt hätten, also beschloß ich, daß es die Mühe nicht wert war.

Aber die Fahrt selbst war zum Glück die Mühe wert. Der Buick Regal – leuchtendrot, richtiges Kennzeichen – stand auf dem Firmengelände, Schlüssel im Zündschloß, und während ich ihn mir ansah, kam eine Frau herbeigeschlendert und sagte: »Für den kann ich Ihnen einen sehr günstigen Preis machen.«

Ich stellte mich vor, und sie sagte: »Ich bin Connie Daynes. Wenn Sie möchten, können Sie gern eine Probefahrt machen.«

»Hat heute schon jemand damit eine Probefahrt gemacht?« fragte ich. »War vielleicht eine Weile damit unterwegs? Jemand mit langen, blonden Haaren und einem roten T-Shirt?«

Sie blickte verdutzt. »Tatsächlich, ja. Stimmt etwas nicht? Der Wagen war hoffentlich nicht an einem Unfall beteiligt, oder? Das wäre mir doch bestimmt aufgefallen –« Sie schaute zu dem Wagen hinüber, und ihr Gesichtsausdruck wirkte alarmiert.

»Kein Unfall. Hat sonst noch jemand den Wagen gefahren, seit er zurückgebracht wurde?«

»Nein. Ich wollte ihn eben ordentlich abstellen. Unmöglich, ihn hier stehenzulassen, aber sie –«

»Es war also eine Frau?«

»Mrs. Ralston, würden Sie mir bitte sagen, was los ist?«

Also erzählte ich es ihr.

Als ich fertig war, schüttelte sie den Kopf und sagte: »Tja. Was kann ich denn nun für Sie tun?«

»Der Wagen muß auf Fingerabdrücke hin untersucht werden«, sagte ich, »und ich brauche einige Angaben von Ihnen.«

»Fingerabdruckpulver? Bei mir zu Hause ist mal eingebrochen worden, und nachher war alles voller Fingerabdruckpulver. Es war eine entsetzliche Schweinerei. Ich fürchte, ich kann nicht zulassen, daß Sie –«

»Wir können uns natürlich einen Durchsuchungsbefehl besorgen –«

»Du liebe Güte«, sagte sie entschlossen und drehte sich um, als würde sie nach Hilfe Ausschau halten. »Ich weiß nicht, was ich –«

»Vielleicht holen Sie besser den Geschäftsführer«, schlug ich vor.

»Ja, vielleicht. Können Sie mitkommen?«

»Ich bleibe hier am Wagen.«

»Wir können ihn doch einfach abschließen und stehenlassen –«

»Das darf ich nicht«, sagte ich geduldig. »Der Wagen steht von jetzt an unter Polizeiaufsicht, bis er auf Fingerabdrücke untersucht worden ist.«

»Ach du meine Güte«, sagte sie wieder. »Tja, ich hol' dann jetzt mal besser Jeff –«

Sie marschierte aufgeregt von dannen und kam kurz darauf in Begleitung eines großen Burschen mit buschigem Schnurrbart wieder. Er trug einen grauen Anzug, weißes Hemd, graue bedruckte Krawatte und sah alles in allem so aus, als hätte er eifrig *Mit dem richtigen Outfit zum Erfolg* gelesen.

»Ich bin Jeff Hardy«, sagte er. »Was haben wir denn für ein Problem?«

»Wir haben das Problem, daß mit diesem Wagen ein Bankraub verübt worden ist«, sagte ich. »Eine Frau ist als Geisel genommen worden. Es ist dringend erforderlich, daß wir ihn so bald wie möglich auf Fingerabdrücke untersuchen. Wenn wir es nicht mit Ihrem Einverständnis tun können, dann tun wir es ohne Ihr Einverständnis, mit einem Durchsuchungsbefehl, aber damit würde sehr wichtige Zeit vergeudet.«

»Aber das versaut ganz bestimmt die Polster«, protestierte die Verkäuferin.

»Ms. Daynes, ich glaube, Sie haben mich nicht richtig verstanden«, sagte ich leise. »Die Bankräuber haben eine Geisel. Sie ist neunzehn Jahre alt. Wenn wir sie nicht bald zurückholen, werden sie sie bestimmt töten, wenn sie es nicht schon getan haben. Jede kleinste Spur –«

»Machen Sie das mit den Fingerabdrücken selbst?« fragte Hardy.

»Nein, das macht unsere Spurensicherung.«

»Holen Sie sie her. Connie, bitte helfen Sie der Polizei, so gut Sie können.« Hardy drehte sich um und ging.

Von meinem Zivilpolizeiwagen aus, einem grünen Ford, den ich wenige Schritte von dem Buick entfernt geparkt hatte, rief ich in der Zentrale an. Nachdem man mir versichert hatte, daß sich Irene Loukas von der Spurensicherung sofort auf den Weg machen würde, kehrte ich zu Connie Daynes zurück. »Es ist möglich, daß ich Sie mit ins Präsidium nehmen muß, für eine vollständige Aussage«, sagte ich, »aber fürs erste brauche ich möglichst viele Informationen. Zunächst mal eine Beschreibung der Frau, die sich den Wagen ausgeliehen hat. Ist sie mit dem Auto oder zu Fuß gekommen?«

»Mit dem Auto.«

»Und während sie mit diesem Wagen hier angeblich auf Probefahrt war, haben Sie sich da das Auto der Frau angesehen, weil Sie ihn vielleicht in Zahlung nehmen wollten?« Ich wußte, daß es so gewesen war. Das ist so üblich.

»Ja, natürlich habe ich ihn mir angesehen«, sagte Daynes, nicht zu meiner Überraschung.

»Haben Sie eins von diesen Formularen ausgefüllt, die man ausfüllt, wenn ein Wagen in Zahlung gegeben werden soll?«

»Ich habe es teilweise ausgefüllt. Man füllt sie erst dann ganz aus, wenn es so aussieht, als käme ein Geschäft zustande.«

»Gut«, sagte ich. »Würden Sie mir bitte zeigen, was Sie haben?«

»Klar.« Sie ging in Richtung Gebäude. Ich wäre gern mitgegangen – im Haus und im Sitzen wäre unser Gespräch um einiges bequemer gewesen –, aber ich konnte den verdächtigen Wagen natürlich nicht allein lassen, solange die Spurensicherung noch nicht da war.

Connie Daynes kam mit einem Klemmbrett zurück, auf dem ein teilweise ausgefülltes Formular war. Ihre Handschrift war nicht die säuberlichste der Welt, aber ich konnte entziffern, daß es sich bei dem Wagen, der möglicherweise in Zahlung gegeben werden sollte, um einen blauen 1985er Mercury Lynx handelte, der in keinem sonderlich guten Zustand war.

Die Fahrzeugidentifizierungsnummer hatte sie nicht notiert.

Das Kennzeichen hatte sie auch nicht notiert.

Wissen Sie, wie viele Mercury Lynx – und Ford Escort, was eigentlich das gleiche ist – auf den Straßen unterwegs sind? Wissen Sie, wie viele davon blau sind? Ich frage mich manchmal, ob sie überhaupt in irgendeiner anderen Farbe hergestellt werden, wenn man das nicht ausdrücklich bestellt.

Ich fragte, ohne große Hoffnung, ob sie das Kennzeichen vielleicht woanders aufgeschrieben hatte. Ich hätte mir die Frage genausogut sparen können, denn die Antwort lautete genauso, wie ich es erwartet hatte.

»Kommen wir zu der Frau«, sagte ich. »Sie ist blond, was können Sie mir sonst noch über sie sagen?«

Connie Daynes zuckte die Achseln. »Ich hab' mit so vielen Leuten zu tun.«

»Das kann ich mir denken. Aber diese Frau war erst vor zwei Stunden –«

»Das stimmt nicht.«

»Wieso nicht?«

»Sie war schon hier, als wir um neun aufgemacht haben. Sie hat gesagt, sie wollte ihn in der Werkstatt auf dem Camp Bowie Boulevard durchchecken lassen, mit dem ganzen elektronischen Schnickschnack und so, um feststellen zu lassen, ob noch was repariert werden muß. Sie sagte, es würde gut zwei Stunden dauern, vielleicht etwas länger.«

Das war die Erklärung dafür, wieso der Wagen für einen Banküberfall lange genug weg gewesen war. Wenn ich einen Wagen kaufen will, darf ich normalerweise nur eine Probefahrt um den Block machen, und der Verkäufer sitzt neben mir, und ich hatte mich schon gewundert, daß ein Wagen so lange wegbleiben konnte. »Und Sie haben Ihr den Wagen einfach mitgegeben? Ist das nicht ziemlich ungewöhnlich?«

»Mrs. Ralston, ich werde auf Provisionsbasis bezahlt, und ich habe den ganzen Monat noch keinen Wagen verkauft. Ja, es war ziemlich ungewöhnlich. Aber ich brauche das Geld.«

»Sie hat also den Wagen mitgenommen – wie spät war das?«

»Gegen Viertel nach neun.«

»Waren Sie nicht ein bißchen nervös, weil Sie ihr den Wagen so lange überlassen haben?« fragte ich.

»Eigentlich nicht«, sagte Daynes. »Ich meine, schließlich hatte ich ja ihren Wagen.«

»Gut, sie hat den Wagen also gegen Viertel nach neun mitgenommen. Wann hat sie ihn wiedergebracht?«

»Das war ja das Eigenartige«, sagte Daynes. »Ich weiß es nicht.«

»Aber Sie hatten doch bestimmt ihre Autoschlüssel –«

»Hatte ich auch. Hab' ich immer noch. Sie muß Zweitschlüssel gehabt haben. Ich habe mich mit jemandem unterhalten und so gegen Viertel vor zwölf mal rausgeschaut, und da habe ich gesehen, daß ihr Wagen weg war und unserer wieder da.«

»Sie haben also noch immer ihre Schlüssel?«

»Hab' ich doch gesagt. Ich dachte, irgendwann würde sie schon kommen und sie abholen. Soll ich sie holen?«

»Nicht jetzt.« Die Chancen, daß die Fingerabdrücke der Verdächtigen noch auf den Schlüsseln waren, nicht überdeckt oder verwischt, weil Connie Daynes sie in der Hand gehabt hatte, waren so ziemlich gleich Null, aber so ziemlich gleich Null bedeutet nicht gleich Null. Es war zumindest einen Versuch wert. Ich würde also warten, bis Irene den Buick auf Fingerabdrücke untersucht hatte, und dann würde Irene sich die Schlüssel vornehmen. »Sie haben sie also nicht zurückkommen sehen«, sagte ich.

»Nein.«

»Als sie den Wagen abgeholt hat, war sie da allein?«

»Ja. Sie war immer allein.«

»Immer?« fragte ich. »Sie meinen, sie war vorher schon mal hier?«

»Zwei- oder dreimal. Dreimal, glaube ich. Sie hat gesagt, sie würde auf jeden Fall einen Wagen kaufen, und sie war schon ein paarmal hier, um sich welche anzusehen.«

Um dich kennenzulernen. Damit du Vertrauen zu ihr entwickelst. Als Teil des Plans. Aber ich kenne mich mit Autoverkäufern recht gut aus. »Wenn sie schon mal hier war, dann wissen Sie doch bestimmt, wie sie heißt?«

»Sie hat gesagt, sie heißt Melanie Griffith. Aber ich habe nie einen Führerschein oder sonst irgendwelche Papiere oder so gesehen, es kann also sein, daß sie –«

»Gelogen hat. Allerdings, das kann sein. Nun gut, kommen wir zu ihrem Aussehen. Wie hat Melanie Griffith ausgesehen?« Ich hatte mein Notizbuch gezückt.

»Sie hatte in etwa meine Größe –«

1,67, schrieb ich nach einem kurzen Blick.

»Etwas schlanker als ich, nicht viel –«

Sechsundfünfzig Kilo.

»Augen –« Sie schüttelte den Kopf. »Ich glaube, sie waren blau, aber ich könnte es nicht beschwören. Ich glaube, sie ist nicht von Natur aus blond, aber vielleicht doch. Heller Teint. So hell, daß sie von Natur aus blond sein könnte – Sie wissen ja, bei richtigen Blondinen hat das Haar mehrere Schattierungen, die leicht verschieden sind, aber fast gleich. Na ja, ihr Haar hatte durchweg den gleichen Ton. Deshalb glaub' ich, sie hat etwas nachgeholfen.«

Das, dachte ich, wäre einem Mann nie aufgefallen. Also war ich froh, mit einer Frau zu sprechen.

»Wie war sie gekleidet?« Nicht, daß eine Beschreibung der Kleidung eine große Hilfe gewesen wäre; inzwischen hatte sie sich bestimmt längst umgezogen und möglicherweise auch ihre Haarfarbe geändert, selbst wenn sie glaubte, wir wüßten nicht, daß sie etwas mit der Sache zu tun hatte.

»Rotes T-Shirt, schwarze Hose. Auf ihre Schuhe oder Handtasche habe ich nicht geachtet. Ich denke, es könnte eine strohfarbene Handtasche gewesen sein, aber ich bin nicht sicher. Sandalen oder Sportschuhe. Das ist wohl keine große Hilfe.«

»Alter?«

»Oh, ich weiß nicht. Dreißig, fünfunddreißig.«

»Meinen Sie, Sie würden sie wiedererkennen?«

»Oh, ja, ganz bestimmt.«

»Auch wenn sie eine andere Haarfarbe hätte?«

Auf diese Frage hin blickte Connie Daynes zunächst verunsichert drein, aber dann nickte sie. »Ich denke, ja. Wahrscheinlich.«

»Dann könnte es sein, daß wir Sie später bitten werden, sich ein paar Fotos anzusehen.« *Und mit unseren Leuten vom Erkennungsdienst ein Phantombild zu erstellen*, dachte ich, sagte es aber nicht. Die Leute protestieren in der Regel, wenn sie gebeten werden, bei der Erstellung eines Phantombilds mitzuhelfen; aber wenn sie erst dabei sind, werden sie plötzlich sehr interessiert und sehr kooperativ.

Ein brauner Van bog auf das Firmengelände ein. Irene Loukas stieg in dem grauen Overall aus, den sie in letzter Zeit ständig trägt. Sie sagt, es wäre sinnvoller, dauernd einen Overall zu tragen anstatt Zivilkleidung, die man sich doch nur mit Fingerabdruckpulver ruiniert. Da ich selbst mal beim Erkennungsdienst war, kann ich das Argument durchaus verstehen, aber ich kann mich einfach noch nicht an diese Overalls gewöhnen. Ich finde, sie sehen irgendwie ulkig aus.

Irene kletterte noch einmal rein und wieder raus aus dem Wagen, der für sie ein Stück zu hoch war. Sie hatte ein Klemmbrett in der Hand, als sie zu mir kam. »Worum geht's?« fragte sie.

Natürlich erzählte ich ihr, worum es ging. Langsam war ich es ein wenig leid, die Geschichte zu erzählen, obwohl ich vorerst nicht drumherumkommen würde, sie immer wieder zu erzählen.

Sie ging wieder zum Van und kam mit einer Kamera wieder. Sie fing genauso an, wie ich angefangen hätte, als ich noch beim Erkennungsdienst war: Sie machte Fotos von dem Wagen, eins von vorn, eins von hinten, je eins von den Seiten. Dann untersuchte sie die Fahrertür sorgsam auf Fingerabdrücke, bevor sie die Tür öffnete.

Außen auf der Wagentür waren keine brauchbaren Abdrücke, was durchaus aufschlußreich war. Normalerweise sind nämlich an der Außenseite der Tür Handflächenabdrücke. Nein, nicht an dem Türgriff, da findet sich meist fast nichts Brauchbares, weil die Hand den Griff immer auf die gleiche Weise packt und die Abdrücke sich gegenseitig verwischen. Aber auf der Tür selbst –

Doch da war nichts. Die Tür war mit einem Handtuch abgewischt worden. Die Abdrücke des Handtuchs waren deutlich erkennbar.

Es gibt noch eine weitere Stelle, wo fast immer Abdrücke zu finden sind, und Irene nahm sie sich als nächstes vor. Der Rückspiegel, den selbst clevere Verbrecher beim Saubermachen häufig vergessen. Sie vergessen, daß sie ihn angefaßt haben. Das ist sozusagen instinktiv, man steigt in den Wagen und stellt den Rückspiegel ein, und oft merkt man nicht mal, daß man es tut.

Jemand hatte den Rückspiegel in diesem Wagen für sich eingestellt. Jemand hatte einen säuberlichen, ziemlich kleinen Handflächenabdruck darauf hinterlassen, von dem Bereich knapp unterhalb der Finger. Es wäre wahrscheinlich unmöglich, die dazugehörige Person anhand des Abdrucks zu finden – es ist nahezu unmöglich, Handflächenabdrücke zu identifizieren, die nicht von einer Person stammen, die zu einem engen Kreis von Verdächtigen gehört –, aber er wäre sicherlich zu identifizieren, falls und wenn wir dieser »Melanie Griffith« habhaft wurden. In dem unwahrscheinlichen Fall jedoch, daß Melanie Griffith ihr richtiger Name war und wir von ihr bereits Handflächenabdrücke vorliegen hatten, könnten wir sie dingfest machen.

»Melanie Griffith« – um wen es sich dabei auch tatsächlich handelte – hatte mit dem Wagen eine Probefahrt unternommen. Doch wir hatten einen Zeugen, der gesehen hatte, daß die beiden Bankräuber aus dem Wagen gestiegen waren. Damit bestand zumindest die Möglichkeit, daß beide Bankräuber – und das Opfer – auch wieder in diesen Wagen gestiegen waren; ja, es war nicht nur möglich, es war sogar wahrscheinlich, weil wir wußten, daß ein Mann den Wagen des Opfers aus dem Parkhaus abgeholt hatte, und die Chancen, daß die zwei Dorene mit vorgehaltener Waffe durch die Innenstadt geführt hatten, waren so gut wie Null. Bengt Daniels meinte, sie wären mit demselben Wagen abgefahren, mit dem sie gekommen waren. Aber er war sich nicht sicher gewesen.

Also nahm Irene Fingerabdrücke von der Beifahrertür, innen und außen, wie zuvor von der Fahrertür. Und von den beiden hinteren Türen, innen und außen. Sie nahm Abdrücke von den Verschlüssen der Sicherheitsgurte. Sie nahm Abdrücke von jeder harten Fläche in dem Wagen, einschließlich der Innenseite der Heckscheibe.

Der Handflächenabdruck vom Rückspiegel war der einzige Abdruck innen wie außen am Wagen. Und das besagte einiges. Dann fing Irene an, mit meiner Hilfe den Rücksitz herauszuwuchten, um dahinter und darunter zu schauen.

Wie ich schon sagte, wir veranstalten Seminare für Bankangestellte, in denen sie lernen, wie sie sich in einem solchen Fall verhalten sollten. Wir sagen ihnen beispielsweise, daß sie so viel wie möglich anfassen sollen, um ihre Finger- und Handflächenabdrücke zu hinterlassen; diese Abdrücke sind natürlich in der Bank hinterlegt (und in diesem Punkt hatte die Bank sich keinen Patzer erlaubt: Wir hatten Dorene Coes Abdrücke). Wir sagen den Angestellten auch, wenn möglich in einem unbeobachteten Moment irgendeinen persönlichen Gegenstand – Ring, Armbanduhr, irgendwas in der Art – abzustreifen und hinter das Polster zu stecken. Natürlich war nicht unbedingt davon auszugehen, daß Dorene Coe daran gedacht hatte – sie war schließlich erst neunzehn und hatte sicherlich panische Angst –, aber die Möglichkeit bestand zumindest.

Jemand hatte einen kunstvoll verzierten Armreif hinter den Sitz geschoben. Er sah für mich aus wie aus massivem Gold.

Dorene Coe hatte das Geld, um einen Armreif aus massivem Gold zu besitzen. Ich bezweifelte stark, daß sich noch mehr Leute, die hinten in einem Gebrauchtwagen mitfuhren, in der gleichen finanziellen Lage befanden wie sie.

Irene fotografierte den Armreif und schob ihn in einen Plastikbeutel, den sie versiegelte; der Armreif würde später im Präsidium auf Fingerabdrücke untersucht werden.

Jetzt, da Irene an dem Buick arbeitete, konnte ich ins Gebäude gehen. Ich bat, irgendwo ungestört telefonieren zu können, und rief Captain Millner an, um mich nach dem Armreif zu erkundigen.

Wir hatten natürlich nicht um eine Beschreibung von Dorene Coes Kleidung bitten müssen; ich hatte die junge Frau selbst gesehen. Aber wir hatten es dennoch getan, um sicherzugehen, daß die Beschreibungen übereinstimmten. Selbst ein erfahrener Cop wird in einer solchen Situation, in der ich mich befunden hatte, nervös. Aber offenbar war ich nicht allzu nervös geworden, denn der Ehemann, der Filialleiter, die Kassiererin, die zur Zeit des Überfalls Pause gehabt hatte, und ich waren uns einig, daß Dorene ein langärmeliges, einfarbig grünes Jerseykleid (Seidenjersey, wie ihr Mann sagte) mit weitgeschnittenem Rock und geschwungenem Ausschnitt getragen hatte. Über die linke Schulter hatte sie einen grünen seidenen Paisleyschal geworfen, der an der Hüfte von einem blaßgrünen Ledergürtel gehalten wurde. Sie hatte eine schöne Halskette um, eine ganz schlichte, glatte Kette ohne Anhänger oder dergleichen.

Ich hatte keine Gelegenheit gehabt, darauf zu achten, ob sie Uhren, Ringe oder sonstigen Schmuck trug. Die Kassiererin, die in der Pause gewesen war, hatte in ihrer Aussage angegeben, daß Dorene eine Uhr, einen Armreif und einen Ehering getragen hatte. Der Schmuck war ihr zwar am fraglichen Tag nicht besonders aufgefallen, aber, so fügte sie hinzu, Dorene trug diese Stücke ständig und sonst keinen anderen Schmuck.

Millner teilte mir mit, daß Robert Coe gesagt hatte, Dorene trage wahrscheinlich eine Seiko-Uhr, gelbgold, einen fünf Zentimeter breiten, 18-karätigen goldenen Armreif mit einem handziselierten Blattornament darauf, und einen goldenen Ehering, breit und schlicht. Sie trug keine weiteren Ringe; sie hatte einen hübschen Verlobungsring, den sie aber nicht gern trug, weil sie mit der Tiffany-Einfassung ständig überall hängen blieb.

Robert Coe, so fügte Millner hinzu, war noch immer auf dem Präsidium und überhörte geflissentlich alle höflichen Andeutungen, daß er jetzt nach Hause gehen konnte.

Ich nahm den Armreif in Verwahrung und fuhr selbst ins Präsidium zurück.

Inzwischen war es fast fünf Uhr, und ich fühlte mich – körperlich – wie eine arg vernachlässigte Milchkuh. Emotional war ich ein Wrack, weil mich der Gesichtsausdruck der jungen Frau verfolgte, als sie zur Tür hinausging. Ich fühlte mich schuldig, weil ich mein Baby vernachlässigte, das bestimmt schon seit zwei Stunden schrie. Ich fühlte mich schuldig, weil ich meine Familie vernachlässigte; entweder hatten Harry und unser Teenager Hal jede Hoffnung aufgegeben, daß ich bald zurückkommen würde, und eine Pizza in den Ofen geschoben, oder sie warteten geduldig, daß ich nach Hause kommen und das Abendessen machen würde. Ich fühlte mich schuldig, weil ich nach Hause wollte, obwohl ich wußte, daß Dorene Coe irgendwo, irgendwo, irgendwo tot war oder noch lebte und ohne allzu große Hoffnung darauf wartete, gerettet zu werden.

Ich erinnerte mich, daß mir mein erster Partner, Clint Barrington – das war, bevor er ins Büro des Sheriffs hinüberwechselte – immer gesagt hatte, ich könne die Welt nicht retten und solle es auch nicht versuchen. Das war mir jetzt genausowenig eine Hilfe wie damals, als Clint es zum erstenmal gesagt hatte.

Coe war noch immer in dem Verhörraum, oder wie auch immer der Raum heute genannt wird. Er war groß, größer als Harry, und dünn, fast hager, und seine graumelierten Haare waren zerwühlt. Er blickte auf, als ich die Tür öffnete, und sagte dann: »Ach, Sie sind's.«

»Ja. Ich muß Ihnen was zeigen.« Normalerweise war mir nicht so unwohl zumute, wenn ich mit Angehörigen eines Opfers sprach. Aber normalerweise war ich auch nicht so eng in ein Verbrechen verstrickt wie jetzt.

»Was denn?« Seine Stimme klang ausdruckslos.

Ich legte den Armreif, der noch in dem durchsichtigen Vinylbeutel für Beweisstücke steckte, vor ihn auf den Tisch.

Er nahm ihn hoch und schaute ihn an. »Wo haben Sie den her?«

»Gehört er Dorene?«

»Ja, natürlich gehört er Dorene. Wo haben Sie ihn her? Ist sie –« Seine Stimme wurde lauter.

»Wir haben sie nicht gefunden«, sagte ich rasch und erzählte ihm, wo wir den Armreif entdeckt hatten.

»Aber wieso macht sie denn so was?« fragte er. »Wieso hat sie ihn abgenommen? Ich habe ihn in Paris für sie gekauft, auf unserer Hochzeitsreise. Sie nimmt ihn sonst nie ab –«

»Sie bewahrt einen kühlen Kopf«, sagte ich leise. »Ihre Frau ist ganz schön clever. Sie versucht, eine Spur für uns zu hinterlassen. Ohne den Armreif könnten wir nicht hundertprozentig sicher sein, daß es wirklich das Fluchtauto ist. Jetzt aber können wir sicher sein. Sie bewahrt einen kühlen Kopf.«

»Das heißt nicht, daß sie sie nicht töten werden.«

»Nein«, stimmte ich zu, »das nicht. Aber wenn sie die Ruhe bewahrt, bewahren ihre Entführer vielleicht auch die Ruhe. Das heißt, ihre Chancen sind besser, sehr viel besser, als wenn sie in Panik geraten würde.«

»Und was jetzt?« fragte er.

»Die Fernsehnachrichten und Zeitungen werden eine Beschreibung und ein Foto von ihr, eine Beschreibung und Videoaufnahmen von den mutmaßlichen Bankräubern bringen«, sagte ich. »Mit etwas Glück wird einer von ihnen erkannt. Bis dahin gehen wir routinemäßig vor.«

»Sie gehen routinemäßig vor. Ist das alles?«

»Ich habe gehört, daß Sie ein Erfinder sind«, sagte ich. »Wie macht man denn Erfindungen?«

Zum erstenmal seit er ins Präsidium gekommen war, sah ich ihn lächeln, schwach, kurz. »Man geht routinemäßig vor«, sagte er. »Und hofft auf Glück.«

»Genau. Jetzt wäre es mir lieb, wenn Sie nach Hause gehen würden. Ich verspreche Ihnen, daß Sie verständigt werden, sobald wir was wissen. Und – es wäre immerhin möglich, daß die Sie anrufen oder Dorene Sie anrufen lassen.«

»Und dann muß ich dran sein. Nicht der Anrufbeantworter.« Mit verblüffender Schnelligkeit, gemessen daran, wie lethargisch er bis dahin gewirkt hatte, stand er auf und eilte zur Tür.

Ich diktierte eine Stunde lang Berichte und machte mich auf den Weg nach Hause.

Ich hatte meinen Wagen vor einer Parkuhr geparkt, die ich mit einem Vierteldollar gefüttert hatte – um neun Uhr morgens. Er war nicht abgeschleppt worden, aber es steckten vier Knöllchen hinter dem Scheibenwischer.

Ich hatte einen Scheck in der Tasche, der noch immer nicht eingereicht war, und keinerlei Bargeld, weil der Überfall stattgefunden hatte, bevor ich an die Kasse gelangt war.

Ich fuhr zu Winn-Dixie, dem großen Supermarkt, der vor einigen Jahren am Denton Highway gebaut worden ist, und kaufte ein paar Lebensmittel, die ich mit einem Scheck bezahlte, der bestimmt platzen würde, wenn Harry oder ich es nicht schafften, am Montag gleich als erstes zur Bank zu gehen, und fuhr nach Hause.

Kapitel 3

Theoretisch – wenn man den Büchern glaubt – wacht ein neun Wochen altes Baby nicht um zwei Uhr nachts auf, um gestillt zu werden. Cameron kann noch nicht lesen, und selbst wenn er es könnte, vermute ich, daß er sich von einem Buch nicht vorschreiben lassen würde, wann er Hunger hat. Außerdem glaubt er nicht an die Sommerzeit. Ich auch nicht, aber ich komme trotzdem nicht um sie herum. Und wenn ich noch soviel jammere, es ist nun mal nicht zu ändern.

Was bedeutete, daß Cameron um drei in der Nacht nach aktueller Uhrzeit – zwei nach richtiger Zeit – wach wurde und brüllte, ohne sich einen Deut darum zu scheren, ob es uns anderen in den Kram paßte.

Ich bin der festen Überzeugung, daß ein Baby, falls irgend möglich, erst dann entwöhnt werden sollte, wenn es um zwei Uhr nachts nicht mehr gestillt werden muß. Ich meine, warum sollte eine Frau, wenn sie die Wahl hat und halbwegs bei Verstand ist, aufstehen und in der Küche herumtorkeln, um ein Fläschchen warm zu machen, während das Baby alle im Haus weckt, wo sie doch nur aufstehen, dem Baby die Windeln wechseln und wieder ins Bett kriechen muß?

Also stand ich auf, wechselte dem Baby die Windeln und kroch wieder ins Bett, und Cameron hatte sich gerade wieder beruhigt, als das Telefon klingelte.

Um drei Uhr nachts? Das war sogar im Haus einer Polizistin ungewöhnlich. Meiner Erfahrung nach warten Leute, die sich bis zwei Uhr noch nicht gegenseitig umgebracht haben, in der Regel dann bis fünf oder halb sechs damit. Ich erinnere mich noch an eine schreckliche Woche während meiner Zeit beim Erkennungsdienst, als ich in sechs Nächten dreimal rausgerufen wurde, und zwar jedesmal entweder um fünf vor oder fünf nach zwei Uhr morgens. Beim dritten Mal öffnete ich ein Auge und sah auf die Uhr und nahm dann den Hörer ab und sagte: »Wo ist die Leiche?« Harry sagte, es wäre für mich sehr peinlich geworden, wenn der Anruf nicht von der Zentrale gewesen wäre, aber ich bleibe noch heute dabei, daß jeder andere den Schock verdient hätte, wenn er zu dieser unchristlichen Stunde anruft.

Doch eine völlig gelassene Stimme hatte erwidert: »Sie liegt mitten auf der Berry Street.«

Ich konnte mich nicht erinnern, jemals einen Anruf zwischen Viertel nach zwei und halb sechs Uhr morgens erhalten zu haben. Weder wegen eines Mordes noch wegen sonstwas.

Aber nichtsdestotrotz klingelte das Telefon schrill in die Nacht, und ich versuchte – mit begrenztem Erfolg – dranzugehen, ohne Cameron, der sich nicht gern beim Stillen stören läßt, von der Brust zu nehmen.

»Deb?« sagte eine Stimme, die ich als die von Darla Hendricks erkannte, die noch relativ neu in der Zentrale war und vorher im Archiv gearbeitet hatte. »Ich fürchte, wir haben Dorene Coe gefunden.«

»O verdammt«, sagte ich. Der schüchterne Tonfall ließ keinen Zweifel daran, in welchem Zustand Dorene Coe gefunden worden war. »Wo?«

»Trinity Park. Eine Streife hat sie gefunden. Kopfschuß.«

»Wie bei einer Hinrichtung?« fragte ich. Heutzutage machen das schon Amateure. Das haben sie im Kino gelernt.

»Sieht so aus. Wie schnell können Sie dort sein?«

»In einer Stunde?«

»*Eine Stunde?*«

»Eine Stunde«, sagte ich bestimmt. Ich würde etwa fünfundzwanzig Minuten brauchen, um mich anzuziehen und mitten in der Nacht, wenn so gut wie kein Verkehr auf den Straßen war, zum Trinity Park zu fahren. Und eine halbe Stunde würde es noch dauern, Cameron fertigzustillen.

»Okay«, sagte Darla. »Ich sag' Millner Bescheid.« Ihre Stimme spiegelte meine eigenen Befürchtungen wider, wie Millner meinen Zeitplan wohl aufnehmen würde.

Es dauerte genau sieben Minuten, bis das Telefon wieder klingelte. Captain Millners Stimme klang erbost. »Was soll das heißen, Sie können erst in einer Stunde hier sein?«

»Ich stille das Baby«, sagte ich.

»Dann soll Harry das machen.«

»Harry«, sagte ich mit soviel Würde, wie ich aufbringen konnte, »ist dafür nicht ausgerüstet.«

»Ach, verdammt«, sagte Millner. »Deb, haben Sie schon mal was von einem Fläschchen gehört?«

»Cameron nimmt kein Fläschchen.«

Wir schlossen einen Kompromiß. Ich fütterte Cameron zehn Minuten weiter, bis er satt genug war, um sich mit dem Gedanken an ein Fläschchen anzufreunden, und Harry stand auf und machte das Fläschchen, während ich mich anzog und zum Trinity Park fuhr.

Tagsüber ist es sehr schön in dem Park. Die Kindereisenbahn vom Forest Park Zoo führt hierher. Es gibt Picknicktische und Ententeiche und Spielplätze. Hier findet das Maifest statt; hier wird Shakespeare im Park gespielt. Auf Trittsteinen kann man den Trinity River überqueren und gelangt zu den Bürogebäuden und Restaurants auf der anderen Seite, oder wenn man mal in so einer Stimmung ist, daß man völlig allein sein möchte, kann man auf den Trittsteinen bis in die Mitte des Flusses gehen und sich auf den größten Stein setzen, wie ich es schon öfters getan habe, und dem Fluß zusehen, der auf beiden Seiten vorbeigleitet. Ich weiß nicht, was mit den Trittsteinen während des Maifestes geschieht; ich könnte mir denken, daß sie bei den Bootsrennen im Wege sind, es sei denn, sie dienen als eine Art Hindernisstrecke.

Tagsüber. Tagsüber.

Ich würde nachts nicht in den Trinity Park gehen, wenn nicht auch jede Menge anderer Leute dort sind, wie während der Shakespeare-Aufführungen oder des Maifestes.

Dorene Coe hatte vermutlich auch nicht in den nächtlichen Trinity Park gewollt.

Sie lag im Gras nicht weit von den Trittsteinen entfernt, und sie trug noch immer das grüne Seidenkleid; der helle Paisleyschal, nur ein wenig verrutscht, leuchtete im Licht des auf sie gerichteten Suchscheinwerfers des Streifenwagens auf. Sie trug noch immer die goldene Halskette, die goldene Seiko-Uhr, die bunten Sandaletten. Nicht mal ihr Haar war richtig durcheinander. Sie lag auf dem Bauch, das Gesicht nach links gedreht. Sie war durch einen einzigen Schuß getötet worden; die Einschußwunde hinter dem Ohr sah größer aus als von einer .38er, was bedeutete, daß die Austrittswunde auf der rechten Seite, wenn wir Dorene umdrehten, kein schöner Anblick sein würde.

Ich hatte nicht den geringsten Zweifel daran, daß sie genau das getan hatte, was man von ihr verlangt hatte. Sie hatte genau das getan, was man von ihr verlangt hatte, und deshalb hatte man sie umgebracht. Ich weine normalerweise nicht am Tatort, aber Tränen rannen mir übers Gesicht, wegen Dorene Coes gestohlenem Leben, wegen Robert Coes Trauer, wegen der Erinnerung, die ich, wie ich wußte, niemals, niemals, niemals wieder loswerden würde, die Erinnerung an Dorene Coes Gesicht, wie sie mich anblickte, als sie zur Tür der Bank hinausging, um ermordet zu werden.

Ihr Auto war nicht da. Der blaue Lynx war nicht da. Es gab nicht einmal Reifenspuren, aber wieso hätte es Reifenspuren geben sollen? Durch den ganzen Park führt eine hübsche, kleine asphaltierte Straße, und ich sah keinen Grund, warum der Wagen – was für einen Wagen sie auch immer benutzt hatten – die Straße hätte verlassen sollen. Dorene war mit großer Wahrscheinlichkeit von der Stelle, wo der Wagen gehalten hatte, zu der Stelle gegangen, wo sie ermordet wurde. Es gab keine Spuren; es gab nichts, rein gar nichts, womit wir was hätten anfangen können. Ich weinte inzwischen nicht mehr; die Trauer war Wut gewichen, nackter Wut. Dorene Coe war ohne Grund ermordet worden. Ohne jeden Grund. Und ich wollte diese Bankräuber, die zu Mördern geworden waren, nicht mehr nur deshalb fassen, weil ich Polizistin war. Ich wollte sie fassen, weil eine unbändige Wut in mir tobte.

Die Wut würden wir – würde ich – niemals einem Richter oder irgendwelchen Geschworenen mitteilen können, weil vor Gericht bloß Fakten zählen. Nur die Fakten, Ma'am. Alles andere gilt als Befangenheit.

Ich trat zur Seite, sah zu, wie das Laborteam sich an die Arbeit machte, und ich mußte an ein Gespräch denken, das ich zwanzig Jahre zuvor mit einer Bekannten geführt hatte, die nicht nur gegen die Todesstrafe, sondern auch gegen die Gefängnisstrafe war. Auf meine Frage, was denn ihrer Meinung nach mit Verbrechern geschehen sollte, hatte sie keine Antwort, aber sie war überzeugt, daß das gesamte Gerichtssystem in seiner heutigen Form völlig falsch ist. »Aber, Trish«, sagte ich, »angenommen, eine deiner Töchter würde gekidnappt, vergewaltigt und ermordet, was sollte deiner Ansicht nach mit dem Täter geschehen?«

»Darum geht es nicht«, erwiderte sie. »Du bringst einen persönlichen Aspekt in die Diskussion.«

»Darum geht es sehr wohl«, sagte ich. »Jedes Verbrechen ist für die Opfer und ihre Angehörigen persönlich.«

Wir mußten uns darauf einigen, daß wir uns nicht einigen konnten. Ich konnte sie nicht verstehen, und sie konnte mich nicht verstehen. Aber jetzt, da ich hier unter den Bäumen stand und zusah, wie Irene Loukas diese Leiche fotografierte, wünschte ich, daß jeder, der die gleiche Überzeugung vertrat wie Trish, verpflichtet werden könnte, eine Woche lang Mitarbeiter der Mordkommission einer Großstadt bei ihren Einsätzen zu begleiten.

Natürlich war mir klar, daß das nichts bringen würde. Nur sehr wenige Menschen ändern ihre tiefsten Überzeugungen wegen so etwas Unerheblichem wie ein paar Fakten.

Ein Streifenpolizist stand zwischen mir und der Leiche, die Ellbogen angewinkelt und die Hände in den Hüften, und ich blickte durch die Armbeuge über den Griff seines Revolvers hinweg auf die Tote. *Davon hätte ich gern ein Foto*, dachte ich. *Ein Foto von der Toten, wie sie im Gras liegt und wie der Streifenbeamte so dasteht, wie er dasteht, ein Foto, das ich Leuten zeigen könnte, als die definitive Antwort auf ihre Frage, wie das Leben eines Cops wirklich ist. So ist es, könnte ich erwidern. Es ist der unsinnige, sinnlose Tod von Menschen, die nicht hätten sterben dürfen, zumindest nicht, wo und wann und wie sie gestorben sind. Es ist der Ekel und die Wut und die Nutzlosigkeit, die alle Cops angesichts einer solchen unsinnigen, gedankenlosen Verschwendung menschlichen Lebens, menschlichen Potentials empfinden. Ich wünschte, ihr könntet es so sehen.*

Der Krankenwagen war bereits vor mir eingetroffen, und der Fahrer und sein Helfer warteten geduldig darauf, die Leiche abtransportieren zu können. Jetzt kam noch ein Wagen, ein beigefarbener Kombi von der Gerichtsmedizin. Der stellvertretende Leiter der Gerichtsmedizin Andrew Habib und die Ermittlerin der Gerichtsmedizin Gil Sanchez stiegen aus, und Gil machte sich sofort daran, die gleichen Fotos zu schießen wie Irene Loukas zuvor. Ich frage mich immer, wieso sie nicht einfach dieselben Fotos verwenden, statt die gleiche Arbeit zweimal zu machen, aber es ist nicht an mir, dies zu ergründen.

Während Gil Fotos machte, stand Habib neben mir. »Was habt ihr bisher?« fragte er mich.

Ich erzählte es ihm.

»*Coe?*« fragte er ungläubig. »*Dorene* Coe? *Robert* Coes –?«

Wir hatten schon einige Male Leichen gehabt, die ich als Menschen gekannt hatte. Jetzt, so vermutete ich, hatten wir endlich eine Leiche, die Habib als Person gekannt hatte.

»Coe«, bestätigte ich. »Dorene Coe. Robert Coes Frau.«

»Verdammt«, sagte Habib. »Was für ein Scheißkerl bringt denn so ein junges Ding um?«

»Ein Scheißkerl, der Angst hat«, erwiderte ich. »Ein Scheißkerl, den sie hätte identifizieren können.« Habib nickte.

Sanchez war mit den Fotos fertig, und Habib und ich gingen zu der Leiche, die nun offiziell – wenn auch ein wenig überflüssigerweise – zur Leiche erklärt wurde. Offiziell, weil das Gesetz eine offizielle Feststellung des Todes verlangt. Überflüssigerweise, weil die Leiche erheblich abgekühlt und die Bildung der Totenflecke – die Verfärbung, die anzeigt, in welcher Position die Leiche lag – schon fortgeschritten war.

Habib, der diesmal nicht wie sonst an einem Tatort summte, überprüfte am Handgelenk die Leichenstarre (sie hatte noch nicht eingesetzt), sah sich die Totenflecke an, schaute auf seine Uhr, machte rasch ein paar Berechnungen und sagte: »Zehn Uhr. Etwas später oder früher.«

Zu dieser Jahreszeit und wegen der Sommerzeit wurde es erst kurz vor zehn richtig dunkel. Es müßten also noch Leute im Park gewesen sein – Jogger, Liebespärchen. Irgend jemand müßte einen Schuß gehört haben. Müßte, vielleicht, den Wagen gesehen haben, vielleicht sogar den Mörder.

Aber niemand hatte einen Schuß gemeldet. Niemand hatte eine Leiche gemeldet.

Hatte niemand sie gesehen? Oder wollte niemand in die Sache hineingezogen werden?

Die beiden vom Krankenwagen kamen und drehten die Leiche um, damit Gil und Irene die Ausschußwunde fotografieren konnten.

Man darf nur die Wunde fotografieren. Dem Gericht darf nichts vorgelegt werden, was die Geschworenen emotional beeinflussen könnte.

Aber die Kameras, die die schmutzige, blutige, zerfetzte Ausschußwunde einfingen, die im Vergleich zur Einschußwunde riesengroß war, konnten nicht verhindern, daß auch die halb geöffneten Augen und die zarte, kindliche Wölbung von Wange und Kinnpartie mit aufs Bild kamen.

Ich dachte heute nacht nicht wie ein Cop. Ich versuchte, mich selbst damit zu entschuldigen, daß ich fast drei Monate nicht mehr im Dienst gewesen war, aber das war gar nicht der Grund. Der wahre Grund war –

Es brachte nichts, darüber nachzudenken.

Die beiden Sanitäter brachten die Leiche weg.

Irene fotografierte die Spritzspuren aus Blut, Haut, Schädelknochenfragmenten und Gehirngewebe um das kleine Loch herum, das die Kugel in das frühlingsgrüne Gras gebohrt hatte. Dann begann sie mit Plastikhandschuhen an den Händen, nach der Kugel zu graben, behutsam, um sie nicht zu zerkratzen, wenn sie sie fand.

Die Kugel steckte nicht tief. Erdboden hält Kugeln wirksamer auf, als Gehirngewebe das vermag. Irene tat die Kugel in einen Plastikbeutel für Beweismittel, schrieb die Fallnummer, Datum, Uhrzeit, Fundort und ihre Initialen auf das Etikett und reichte ihn mir. Ich fügte meine Initialen hinzu, bevor ich mir die Kugel im grellen Licht des Suchscheinwerfers genauer ansah.

Für mich als Nichtexpertin auf dem Gebiet sah sie aus wie von einer .357er Magnum.

Die lebende Dorene Coe hatte vermutlich keine fünfundvierzig Kilo gewogen.

»Es bringt nichts, hier weiterzumachen«, hörte ich Irene zu Millner sagen. »Es ist einfach zu dunkel. Morgen früh –«

»Ich lasse jemanden bis zum Morgen hier Wache stehen«, pflichtete Millner bei. Er rief über Funk einen Streifenwagen, irgend jemanden, der abgestellt werden konnte, um den Tatort zu bewachen; nach kurzer Erörterung mit der Zentrale kam man überein, daß zwei Wagen erforderlich waren, obwohl damit weniger Wagen als erwünscht Streife fahren konnten.

Ich fuhr zum Präsidium, verschloß die Kugel in dem Beweismittelschrank und diktierte einen Bericht auf Band. Captain Millner kam gegen fünf Uhr morgens herein und sagte: »Wie wär's, wenn Sie den Sonntag freinehmen?«

Die Frage verdiente keine Antwort. Ich funkelte ihn bloß an.

»Im Ernst«, sagte er. »Das FBI ist auch an der Sache dran –«

Ich schaltete den Kassettenrecorder ab und drückte REWIND, STOP, PLAY, um an die Stelle zu kommen, wo ich war, bevor ich gestört wurde. »Ich habe sonntags sowieso keinen Dienst«, stellte ich klar.

»Dann nehmen Sie sich frei –«

»*Ich bin doch schon hier*«, brüllte ich.

»Was?«

»Es *ist* Sonntag«, sagte ich etwas ruhiger, »und ich bin hier. Wie kann ich etwas nicht machen, das ich bereits gemacht habe?«

»Sie können nach Hause fahren«, sagte er, »und Ihrem Kleinen beibringen, aus einem Fläschchen zu trinken.«

An dieser Stelle gab ich mir eine peinliche Blöße. Ich brach in Tränen aus.

Als ich mich endlich ausgeweint hatte, war Captain Millner nicht mehr da, was vermutlich sehr schlau von ihm war, und ich beschloß, ebenfalls nach Hause zu fahren. Unterwegs hielt ich an einem Kiosk ein paar Straßen von meinem Haus entfernt und kaufte noch etwas Milch fürs Frühstück, nachdem Hal beim Abendessen gut zwei Liter konsumiert hatte. Die Morgenausgabe vom *Star-Telegram* lag bereits zum Verkauf aus. Den Schlagzeilen entnahm ich, daß Robert Coe eine stattliche Belohnung für die wohlbehaltene Rückkehr seiner Frau ausgesetzt hatte. Beinahe wäre ich wieder in Tränen ausgebrochen.

Ich fuhr das kurze Stück nach Hause und schaffte es etwa zwei Minuten bevor Cameron beschloß, daß es Frühstückszeit war, durch die Tür. Ich legte also das Baby trocken, nahm es mit in mein Bett, und als ich drei Stunden später abrupt aufwachte, wurde mir klar, daß Cameron, das Bett und ich allesamt nicht nur trockengelegt, sondern besonders gründlich gewaschen werden mußten. Man sollte meinen, daß ich, die ich doch noch drei ältere Kinder habe, inzwischen wissen müßte, was alles passieren kann, wenn man ein Baby mit ins Bett nimmt. Aber schließlich hatte ich sechzehn Jahre Zeit gehabt, um es zu vergessen.

Als ich die unangenehme Aufgabe erledigt hatte und die erste von zwei erforderlichen Waschmaschinenladungen durchlief, hatte ich die Kirche verpaßt. Na ja, um ehrlich zu sein, ich hatte die Kirche eigentlich nicht verpaßt. Die Kirche, der Hal beigetreten ist und die ich sporadisch besuche, nutzt den ihr zur Verfügung stehenden Raum sehr effizient; drei Gemeinden, sogenannte »Pfähle«, teilen sich ein und dasselbe Gebäude und sprechen sich zeitlich ab. Dieses Jahr begann der Gottesdienst für unsere Gemeinde um ein Uhr nachmittags, und anschließend fanden die Sonntagsschule und die verschiedenen anderen Veranstaltungen statt. Somit hatte ich noch genügend Zeit, zur Kirche zu kommen, nur daß ich es mir anders überlegt hatte und nicht hingehen würde. Inzwischen war ich wieder im Nachthemd, und falls nicht erforderlich, würde ich heute nirgendwo mehr hingehen, wozu ich mich anziehen müßte.

Ziemlich verschlafen sagte ich Hal, er müßte sich von jemand anders mit zur Kirche nehmen lassen – das war kein Problem; er konnte mit irgendeiner von fünf Familien mitfahren, die im Umkreis von einer Meile um uns wohnten –, und ich legte Cameron in seinen Laufstall, wo er versuchen konnte, seine Babywippe aufzuessen. Auch das war kein Problem; Cameron steckt alles in den Mund außer einem Fläschchen. Und ich ging in die Küche und fing an, in Kochbüchern zu lesen.

Ich weiß auch nicht genau, warum ich samstags und sonntags morgens immer in Kochbüchern lese, wo ich doch sehr wohl weiß, daß ich früher oder später Muffins machen werde. Aber ich lese immer in Kochbüchern für den Fall, daß ich eine plötzliche Eingebung bekomme, doch mal etwas anderes zuzubereiten.

Wie gewöhnlich tat ich nichts dergleichen, und um Viertel nach zehn – was fürs Frühstück ein wenig spät ist, aber an einem Morgen am Wochenende absolut typisch für mich – hatte ich die Muffins im Backofen. Harry saß ausnahmsweise mal nicht an seinem Funkgerät; er las etwas, das er ohne großen Erfolg vor mir zu verbergen versuchte, als ich ins Wohnzimmer kam.

Natürlich fragte ich ihn, was er da las. Wer würde das nicht?

Zögerlich zeigte er es mir. Es war eine große Hochglanzbroschüre von etwas, das sich das Napoleon Hill Institute of Management schimpfte. In kleinen Buchstaben auf der Rückseite stand, daß es nach Napoleon Hill benannt war, aber ansonsten nichts mit ihm zu tun hatte. »Ich habe mir überlegt, ich studiere Betriebswirtschaft«, sagte er.

»Betriebswirtschaft?« wiederholte ich.

»Deb, ich kann nicht mehr fliegen«, sagte er, und das war das erste Mal, daß er es sagen konnte, ohne daß ihm die Stimme brach. »Ich kann nicht mehr fliegen. Ich war fast dreißig Jahre Hubschrauberpilot, aber das ist vorbei. Ich kann keinen Hubschrauber mehr fliegen. Und das Problem ist, ich kann auch sonst nichts. Ich bin nicht auf den Kopf gefallen. Die Firma hätte bestimmt noch Verwendung für mich, wenn ich ins Management gehe.«

»Und ohne einen Abschluß in Betriebswirtschaft können sie dich nicht ins Management versetzen?«

»Doch«, sagte er. »Deb, ich hab' es dir nicht erzählt, aber sie haben es mir angeboten. Das Problem ist – das Problem ist, ich kann den Job nicht machen. Nicht jetzt. Ich weiß einfach nicht, wie. Ich habe einiges von dem Zeug gelesen, was ich für sie lesen sollte, und nichts kapiert. Aber wenn ich Betriebswirtschaft studiere –«

»Aber an so einem zweifelhaften Institut –«

»Das ist kein zweifelhaftes Institut«, sagte er ein wenig verärgert.

»Ich meine, könntest du nicht an der TCU studieren oder in Arlington oder –«

»Ich weiß nicht, ob ich an einer von diesen Unis einen Studienplatz bekommen würde oder, falls doch, ob ich das Studium schaffen würde. Es ist fast dreißig Jahre her, daß ich auf dem College war. Das weißt du ja. Aber dieses Institut ist auf Leute wie mich eingestellt. Ich habe mich erkundigt, Deb. Es ist staatlich anerkannt. Und ich habe in meiner Firma nachgefragt. Die zahlen mir das Studium, solange ich einen einigermaßen guten Notendurchschnitt halte. Es ist eine Abendschule. Einen Abend in der Woche. Ich kann – ich kann mich tagsüber um das Baby kümmern. Und vielleicht, vielleicht, wenn ich den Abschluß in der Tasche habe und wieder arbeite, vielleicht kannst du dann kündigen und zu Hause bleiben. Ich weiß, daß du das möchtest.«

Ich sagte nicht, daß ich jetzt zu Hause bleiben wollte, und nicht erst in zwei Jahren. Das wußte er bereits.

Und er war seit dem Unfall nur noch trübsinnig und deprimiert, mal beteuerte er, daß der Arzt sich irrte und er wieder würde fliegen könnte, mal saß er auf der Couch und starrte ins Leere. Ich war froh, daß er keinen Alkohol trank, denn sonst hätte er bestimmt schon längst zur Flasche gegriffen. Und das hier war das erste positive Zeichen überhaupt.

»Die Idee hört sich gut an«, sagte ich. »Wann fängst du an?«

»Ich hab' mich noch nicht entschieden«, sagte er. »Ich denke bloß drüber nach.«

»Oh. Wenn du das nicht machst, was dann —«

»Ich weiß nicht«, sagte er und hörte sich an, als wäre er wieder den Tränen nah.

Ich beschloß, in die Küche zu gehen, um mir zu überlegen, was wir zu den Muffins essen könnten. Vielleicht ein Schinken-Käse-Omelett. Jetzt war nicht der Zeitpunkt, sich über Cholesterin Gedanken zu machen.

Die Mittagsnachrichten berichteten von dem Mord, und kurz vor eins rief Detective Nathan Drucker an, der unlängst zu uns ins Sonderdezernat versetzt worden war. »Ich hab' hier zwei Jugendliche, die glauben, daß sie den Mord gesehen haben«, sagte er. »Soll ich ihre Aussagen aufnehmen, oder willst du selbst mit ihnen sprechen?«

Cameron würde sich um zwei Uhr mit einem Fläschchen einverstanden erklären oder warten müssen, bis ich nach Hause kam, beschloß ich, zog mich rasch an und war schon zur Tür hinaus. Wer ist hier schließlich der Boß, ich oder ein neun Wochen altes Baby?

Wer schon mal ein neun Wochen altes Baby hatte — und so mancher, der noch keins hatte —, kennt die Antwort darauf. Das Baby natürlich. Wenn Cameron brüllt, dann brüllt er laut. Pat, die Dobermann-Pitbull-Mischung, die der Grund dafür ist, warum wir einen 1,80 hohen Maschendrahtzaun um den Garten herum haben (freilaufende Hunde können *sehr* teuer sein), kommt an die Hintertür und winselt, wenn Cameron brüllt. Die Katze, die ich eines Tages meinem Schwiegersohn (dem zukünftigen

Psychiater-Schwiegersohn, nicht dem Anwalt-Schwiegersohn) schenken werde, hockt sich auf die Kommode, den Schwanz um alle vier Beine gewickelt, und blickt ganz neugierig auf das Kinderbettchen unter ihr. Manchmal springt die Katze ins Kinderbettchen und schnurrt laut. Cameron läßt sich dadurch nicht davon abbringen zu brüllen, es sei denn, er brüllt nicht vor Hunger, sondern aus Langeweile, dann versucht er nämlich den Schwanz der Katze zu fassen, den er anscheinend für eine Art Griff hält. Das wiederum führt zu erneutem Brüllen, weil die Katze es nicht mag, wenn man nach ihrem Griff faßt. Doch der Gedanke, das Bettchen zu verlassen, kommt der Katze nie in den wie auch immer gearteten Sinn. Nein, die Katze bleibt in dem Bettchen und zuckt nur gerade soviel mit dem Schwanz, daß Cameron ihn nicht zu fassen kriegt.

Wenn ich es mir recht überlege, ist es vielleicht doch besser, die Katze nicht Olead und Becky zu schenken, meiner jüngeren Tochter und ihrem Mann. Außer Camerons Neffen Barry, der älter ist als er – der Sohn meiner älteren Tochter – wird es in zirka sieben Monaten endlich einen Neffen oder eine Nichte geben, die jünger ist als ihr Onkel. Mit anderen Worten, Becky ist schwanger. Da sie bereits von Oleads drei Jahre altem Halbbruder, der jetzt ihr und Oleads Adoptivsohn ist, ganz schön auf Trab gehalten wird, braucht sie nicht unbedingt noch eine Katze, die Babys ärgert und für noch mehr Trubel sorgt.

Mit diesem recht verdrießlichen Gedanken parkte ich auf einem leeren Parkplatz neben dem Polizeipräsidium und ging hinein.

Mike Howell und Janelle Parker schienen ungefähr im Alter meines älteren Sohnes zu sein, sechzehn oder so. Sie wirkten beide wie nette, normale, adrett gekleidete, wohlerzogene Teenager aus der Mittelschicht. Mike war weiß, und Janelle war schwarz, und was ihnen am meisten Sorgen zu machen schien, war, daß ihre Eltern nicht erfahren durften, daß sie am Abend zuvor zusammen waren. Sowohl seine als auch ihre Eltern waren gegen die Verbindung.

»Von mir erfahren sie es bestimmt nicht«, sagte ich, »und ich denke, wir können es vorläufig auch vor der Presse geheimhalten. Aber wenn die Sache vor Gericht geht –«

»Hmm«, sagte Mike und blickte Janelle an.

Janelle zuckte die Achseln. »Wir sagen als Zeugen aus, wenn wir müssen«, sagte sie. »Aber meine Mama dreht durch, wenn sie das mit Mike rausfindet.«

»Und mein Dad –«, sagte Mike und schüttelte den Kopf. »Ich müßte jetzt eigentlich mit Orrin beim Basketball sein, und Janelle hat angeblich Chorprobe.«

»Wo seid ihr beiden gestern abend angeblich gewesen?« fragte ich.

»Ich hab' bei meiner Schwester übernachtet«, sagte Janelle. »Sie verrät nichts.«

»Und mein Dad weiß, daß ich mit einem Mädchen verabredet war«, sagte Mike. »Er weiß nur nicht, mit wem.«

»Und ihr glaubt, ihr habt vielleicht den Mord gesehen?«

Sie nickten beide.

»Dann erzählt mal.«

»Wir waren – ähm – im Park«, sagte Mike. »Ich hab' mir den Wagen von meiner Mom geliehen. Wir haben – wir haben nichts gemacht, na ja, was wir nicht machen sollten.«

»Wir haben die Enten gefüttert«, sagte Janelle leise. »Ich hatte altes Brot dabei, und wir haben die Enten auf dem Teich gefüttert. Und da ist dieses Auto ziemlich schnell an uns vorbeigefahren.«

»Ein weißer New Yorker«, sagte Mike. »Und die Straßen im Park sind ja ganz schön kurvig. Er fuhr viel zu schnell. Deshalb habe ich hingeschaut. Deshalb und auch wegen dem Wagen. Es war ein richtig –« Er stockte, suchte nach Worten. »Yuppiemäßig. Ein echt yuppiemäßiger Wagen.«

»Konntest du sehen, wer drin saß?«

»Ja. Es war – waren vier Leute drin. Ein Typ und eine Frau vorne, und ein Typ und eine Frau hinten.«

»Kannst du sie beschreiben?«

»Als sie im Auto saßen, habe ich nichts erkannt, aber sie sind ausgestiegen. Sie sind am Ententeich ausgestiegen, und dann sind sie wieder eingestiegen und weitergefahren, wieder zu schnell. Sie sind zum Fluß gefahren, und wir waren mit Entenfüttern fertig und sind rumspaziert, na ja, einfach rumspaziert, ohne irgendein Ziel, nur rumspaziert, und wir haben gesehen, daß der Wagen angehalten hatte und sie wieder ausgestiegen waren. Der eine Typ, ich glaube, der, der gefahren hat, war groß, zirka 1,88, 1,90, so um den Dreh, und der andere war um einiges kleiner, vielleicht knapp 1,70. Sie hatten beide dunkelbraunes Haar, oder vielleicht war es auch fast schwarz, schwer zu sagen, weil es schon dunkel wurde. Die eine Frau hatte blondes Haar, und die Haare der anderen Frau waren bräunlich. Hellbraun, jedenfalls so hell, daß ich selbst bei dem Licht erkennen konnte, daß sie braun waren und nicht blond oder schwarz.«

»Was hatten sie an?«

»Die beiden Typen und die Blonde hatten Jeans an, und beide Männer trugen T-Shirts«, sagte Mike. »Die andere Frau –« Er blickte Janelle an.

»Sie hatte ein grünes Kleid an«, sagte Janelle. »Es war – elegant. So ein Kleid, dem man auf den ersten Blick ansieht, daß es nicht von K Mart ist. Vielleicht von Dillards. Sehr wahrscheinlich von Neiman-Marcus. Aber ganz schlicht. Ganz, ganz schlicht. Die blonde Frau trug eine gestreifte Bluse. Die war von K Mart. Oder vielleicht Wal-Mart.

»Ihr habt gesagt, die Männer trugen T-Shirts. Was –«

Janelle und Mike blickten einander an. »Bloß T-Shirts«, sagte Janelle. »Mehr habe ich nicht erkennen können. Oder vielleicht doch, aber ich kann mich nicht mehr erinnern. Bloß T-Shirts.

Helle. Möglich, daß sie beschriftet waren, aber ich erinnere mich nicht. Der größere Typ hatte eine Baseballmütze auf, aber ich könnte nicht sagen, welche Farbe oder ob was drauf gestanden hat.«

»Wieso glaubt ihr, daß sie die Mörder sind?« fragte ich.

»In der Zeitung stand heute morgen, was die Frau anhatte«, sagte Janelle. »Und heute mittag im Fernsehen haben sie gemeldet, daß sie – daß sie ermordet wurde. Im Park.«

»Und wir – ich glaube, wir waren da«, sagte Mike. »Genau da. Sie waren – wir haben so einen *Knall* gehört. Kurz bevor wir über den Hügel kamen. Wir hatten den Wagen an uns vorbeifahren sehen, aber wir wußten nicht, daß er wieder angehalten hatte, und dann haben wir dieses Knallgeräusch gehört, wie ein lauter Knallfrosch –«

»Eher wie ein Böller«, fiel ihm Janelle ins Wort. »Das war zu laut für einen gewöhnlichen Knallfrosch.«

»Eher wie ein Böller«, stimmte Mike zu. »Und dann sind wir über den Hügel gegangen und haben sie gesehen, und die blonde Frau lag auf dem Boden, aber ich habe mir nichts dabei gedacht, weil im Park immer irgendwo Leute herumliegen. Ich habe bloß –« Er schluckte. »Ich habe bloß gesagt, ›Heh, Mister, es ist nicht erlaubt, hier mit Knallfröschen rumzuballern‹, und der große Typ hat gesagt, ›Ach ja? Dann hören wir damit auf.‹ Und er hat sich auf den Boden gesetzt, und Janelle und ich sind weitergegangen.«

»Und ihr seid nicht denselben Weg zurückgegangen?«

»Nein«, sagte Janelle. »Wir hatten den Wagen auf dem Parkplatz auf der anderen Seite vom Deich abgestellt, und wir sind den anderen Weg zurückgegangen. Ich muß immerzu denken, wenn wir denselben Weg zurückgegangen wären, hätten wir die Frau gefunden.«

»Und wir hätten sie gefunden, und sie wüßten es –«, sagte Mike, ohne den Satz zu beenden. Er sah mich an. »Ich habe gedacht, es wären Knallfrösche«, sagte er. »Ich habe gedacht, es wären bloß Knallfrösche.«

Ich nahm ihre Aussage schriftlich auf, wobei ich erfolglos versuchte herauszubekommen, wie oft der Wagen angehalten hatte, und schickte sie dann nach Hause, wohlwissend, als ich sie gehen sah, daß diese beiden Kinder gerade ihre Kindheit hinter sich gelassen hatten. Sie waren in den Park gegangen, um die Enten zu füttern und vielleicht ein bißchen zu schmusen, und sie hatten einen Mord erlebt. Nichts würde daran je etwas ändern.

Aber für Dorene Coe, die nur vier Jahre älter gewesen war, war nicht nur die Kindheit vorbei. Sondern ihr Leben.

Ich diktierte einen zusätzlichen Bericht und wollte gerade nach Hause fahren, als ich von der Frau am Empfang – der jetzt sogar sonntags besetzt ist – einen Anruf bekam. »Ed Gough ist hier«, sagte sie.

Das wird »Goff« ausgesprochen. Ich kannte Ed Gough. Jeder Cop in der Stadt kennt Ed Gough. »Schicken Sie ihn rein«, sagte ich resigniert und fragte mich, wie lange es wohl diesmal dauern würde, bis ich ihn wieder loswürde.

Er kam herein, in einer Khakihose, die ihm zu kurz war, und einem Khakihemd, das ihm zu groß war. Er hatte eine Baseballmütze auf, so unbeholfen auf den Kopf gezwängt, daß sein angegrautes braunes Haar in alle Richtungen darunter hervorstand. Er nahm die Mütze ab, als er vor meinem Schreibtisch Platz nahm, und beugte sich vertraulich vor. »Ich war's«, sagte er.

»Schön, Ed, können wir morgen darüber reden?« fragte ich ohne Hoffnung.

»Nein, ich muß es Ihnen jetzt erzählen«, sagte er.

Vor langer Zeit – vor fünfundzwanzig Jahren – war Ed Gough es wirklich gewesen. Er vergewaltigte und erwürgte seine Schwester, an einem Sonntag nachmittag in einem Park in der Innenstadt, und das Gericht erklärte ihn für den Zeitpunkt des

Mordes und für die Zeit der Verhandlung für geistesgestört und steckte ihn für lange Zeit in eine Anstalt. Doch vor etwa sieben Jahren kamen die Ärzte zu dem Schluß, daß er wieder bei Verstand war und freigelassen werden könnte, und sie ließen ihn tatsächlich frei. Seitdem kommt Ed Gough zwei- oder dreimal im Monat bei uns hereingeschneit und gesteht einen Mord nach dem anderen. Und wir müssen uns jedesmal seine Geschichte anhören, denn es besteht ja immer die Möglichkeit, daß er vielleicht diesmal die Wahrheit sagt.

Diesmal glaubte ich nicht, daß er die Wahrheit sagte. Aber er hatte die richtige Größe – 1,88 –, und er hatte die richtige Hautfarbe und das richtige Geschlecht, und er hatte schon einmal gemordet. Ich mußte mir seine Geschichte anhören.

»Dann schießen Sie mal los«, sagte ich.

»Sie hatte ein grünes Kleid an.«

Das könnte als beweiserheblich betrachtet werden, aber – und das wußte inzwischen jeder Cop in Fort Worth – Ed Goughs Schwester hatte ein grünes Kleid getragen.

»Aha«, sagte ich. »Was noch?«

»Ich habe sie umgebracht«, sagte er.

»Aha«, sagte ich. »Wie haben Sie sie umgebracht?«

»Ich habe es nicht gewollt.«

»Okay.«

»Ich wollte, daß sie aufhört zu schreien. Sie hat geschrien und geschrien und geschrien, und ich wollte, daß sie aufhört. Also habe ich ihr den Mund zugehalten, und sie hat mich gebissen, und sie hat weiter geschrien, und da habe ich ihr den Hals zugedrückt, damit die Schreie nicht rauskonnten, und ich habe immer weiter zugedrückt und zugedrückt – Nein?«

Ich schüttelte den Kopf. »Nein, Ed, diesmal nicht.«

»Ich habe sie nicht so getötet?«

»Sie haben diese Frau nicht getötet, Ed«, sagte ich zu ihm. »Sie haben eine andere getötet, vor langer Zeit. Diese nicht.«

»Aber sie hatte ein grünes Kleid an«, sagte er. »Im Fernsehen haben sie gesagt, sie hatte ein grünes Kleid an.«
»Es war ein anderes grünes Kleid.«
»Oh. Dann sperren Sie mich also nicht ein?«
»Heute nicht.«
»Sie sollten mich aber einsperren«, sagte er.
»Wieso?«
»Damit ich niemanden mehr umbringen kann«, sagte er, und einen Moment lang klang er völlig normal und sehr besorgt. Er schüttelte den Kopf. »Ich weiß, wen ich umgebracht habe. Ich habe Debbie umgebracht. Ja, sie. Es ist lange her. Ich hatte nicht vor, sie umzubringen. Ich wollte sie nicht umbringen. Aber ich konnte nicht aufhören. Und sie haben mich eingesperrt, ganz lange, damit ich niemanden mehr umbringen konnte, aber dann haben sie mich rausgelassen, und ich habe wieder eine umgebracht, aber niemand glaubt mir.«
»Wir können keine Frau finden, die Sie umgebracht haben«, sagte ich.
»Aber es stimmt. Ich habe wirklich jemanden umgebracht.«
»Aber nicht gestern.«
»Nein. Nicht gestern. Aber ich habe wieder eine umgebracht. Und sie hatte ein grünes Kleid an, genau wie Debbie.«
Diese Geschichte erzählte er mir jetzt mindestens zum vierten Mal, das vierte Mal von vierzig oder fünfzig Morden, die er gestanden hatte, also so gut wie jeden, den wir bearbeitet hatten. Meine Freundin Susan Braun ist Psychiaterin; ich habe ihr von Ed erzählt, und sie hat gesagt, daß er wahrscheinlich wirklich wieder eine Frau ermordet hat.
Aber in den sieben Jahren, seit Ed wieder auf freiem Fuß ist, wurde bei uns keine Frau als vermißt gemeldet, die ein grünes Kleid getragen haben soll, und es wurde auch keine Frau als vermißt gemeldet, auf die seine Beschreibung von der Frau paßt, die er angeblich ermordet hatte.

»Sie müssen mich einsperren«, sagte er mit Nachdruck.

»Ed, ich kann Sie nicht einsperren«, erwiderte ich. »Mag ja sein, daß Sie wieder jemanden umgebracht haben, aber ich kann die Leiche nicht finden, und Sie haben die Frau gestern nicht umgebracht.«

»Aber ich könnte es getan haben.«

»Ja, vielleicht. Aber Sie haben es nicht getan. Gehen Sie jetzt nach Hause und handeln Sie sich keinen Ärger ein.«

Ed sah zu Nathan hinüber. »Sperren *Sie* mich ein?«

Nathan schüttelte den Kopf. »Ich würde, wenn ich könnte, Ed, aber ich kann nicht.«

»Irgend jemand muß mich einsperren«, murmelte Ed, rammte sich die Baseballmütze wieder auf den Kopf und schlich aus dem Büro.

»Eines Tages bringt er wieder jemanden um«, sagte Nathan, »und dann wird die Presse fragen, wieso die Polizei es nicht verhindert hat.«

»Oder«, erwiderte ich, »eines Tages läßt jemand ein Haus einreißen oder ein leerstehendes Grundstück ausheben, und es wird ein Skelett in einem grünen Kleid gefunden.« Ich schloß meine Schreibtischschublade. »Ich fahr' nach Hause.«

Nach Hause. Wo, genau wie gestern, mein Mann und mein Sohn geduldig darauf warten würden, daß ich nach Hause kam und das Abendessen machte.

In der Vergangenheit lösten wir das Problem, indem wir in einen Schnellimbiß oder zum Red Lobster gingen, aber seit Cameron da ist, gestaltet sich diese Notlösung nicht mehr ganz so einfach. Gestern abend habe ich drei tiefgefrorene Pizzas in den Backofen geschoben. Heute abend fuhr ich bei Kentucky Fried Chicken vorbei. Eine langfristige Lösung wäre vielleicht die, Harry mit einem Kochbuch bekannt zu machen.

Kochbuch, darf ich vorstellen, das ist Harry.

Harry, das ist ein Kochbuch.

Harry, das ist meine Küche.

Vergiß es.

Dem Himmel sei Dank für Kentucky Fried Chicken, Pizzas und chinesisches Essen zum Mitnehmen, Red Lobster, Schnellimbisse und Knack und Back.

Und ich muß mir wirklich was einfallen lassen, wie ich Cameron dazu kriege, das Fläschchen zu nehmen.

Kapitel 4

Hal und seine Freundin Lori waren im Vorgarten und ärgerten den Hund, indem sie mal einen Ball warfen, damit er ihn jagen konnte, und mal nur so taten als ob. Pat, nicht gerade der intelligenteste Vierbeiner der Welt, raste dem Ball jedesmal eifrig nach, ob er nun geworfen worden war oder nicht, woraufhin Hal sich vor Lachen bog, bis Lori Mitleid mit Pat bekam und Hal den Ball abnahm, um ihn so ungefähr in die Richtung zu werfen, wo Pat eifrig im Gras herumschnüffelte.

Als ich reinging, kamen Hal und Lori – beide in Blue jeans, T-Shirts und schmutzigen Turnschuhen ohne Schnürsenkel (anscheinend sind Schnürsenkel dieses Jahr démodé) – hinter mir her, Hal mit dem bemüht lässigen Gang, der normalerweise bedeutet, daß er hofft, nicht bemerkt zu werden (ein unmöglicher Traum für jemanden, der mit sechzehn Jahren 1,95 mißt), oder aber, daß er um etwas bitten will, das er nicht zu kriegen erwartet. »Na, du Stinker«, sagte er freundlich zu Cameron, der in seinem Laufstall lag und seine Füße aß, was er meiner Ansicht nach eigentlich noch gar nicht können dürfte.

»So was sagt man nicht zu einem Baby, das ist gemein!« meinte Lori empört.

»Dann wickel du ihn doch das nächste Mal«, sagte Hal, »dann weißt du, warum ich ihn Stinker nenne.«

In diesem Augenblick kam Pat dazu, überaus stolz, weil er es geschafft hatte, ins Haus zu gelangen. Aus irgendeinem für Menschen unerfindlichen Hundegrund liebt Pat Cameron über alles. Er steckte seine Schnauze durch die Stäbe des Laufstalls, und bevor einer von uns ihn zurückhalten konnte, hatte er auch schon dem Baby, dessen Gesicht zwar gewaschen werden mußte, aber möglichst nicht von einem Hund, einen dicken Schmatzer verpaßt. Cameron blickte ungeheuer verdutzt, fing aber nicht an zu brüllen. »Hal, schaff den Hund raus und mach die Tür diesmal richtig zu«, sagte ich und ging einen Waschlappen holen, um Cameron auf meine Weise noch einmal das Gesicht zu waschen.

»Mom, kann ich den Pick-up haben?« fragte Hal, mit einer Hand an Pats Halsband. Ohne mir Zeit zum Antworten zu geben, fuhr er hastig fort. »Ich muß mich nämlich umziehen, und dann muß ich Lori nach Hause bringen, damit sie sich umziehen kann, weil heute um sieben von der Kirche aus ein Kaminabend für Jugendliche ist.«

»Ein *Kaminabend?*« fragte ich. »Bei *diesem* Wetter?« Im Mai haben wir in Tarrant County zwar noch nicht Hochsommer, aber es fehlt nicht viel, und das Thermometer war seit zwei Wochen tagsüber nicht mehr unter dreißig Grad gesunken.

»Kein *richtiger* Kaminabend«, erklärte Hal. »Es nennt sich bloß Kaminabend. Es ist eigentlich ein Treffen, wo wir Sachen besprechen und so, und gegen neun oder vielleicht halb zehn sind wir, ich meine, bin ich wieder zu Hause, also, kann ich nun den Pick-up haben?«

»Der Pick-up gehört deinem Vater«, sagte ich. »Frag ihn.«

»Er hat gesagt, ich soll dich fragen wegen dem Defekt.«

»Wegen *was?*«

»Der Haushaltsdefekt. Oder so ähnlich. Weil wir uns nicht mehr soviel Sprit leisten können, weil Dad arbeitslos ist.«

»Du meinst das Haushaltsdefizit?«

»Könnte sein.«

»Ja, du kannst den Pick-up haben, wenn dein Dad einverstanden ist«, sagte ich. »Wann habe ich dir je verboten, zur Kirche zu gehen?«

»Danke, Mom.« Er überließ es Lori, einen sehr großen Dobermann-Pitbull-Mischling aus dem Haus zu schaffen – damit Sie sich ein Bild machen: Lori ist ungefähr 1,63, und ein durchschnittlicher Pitbull kann einen Pick-up ziehen –, und sauste los, um sich umzuziehen. Das heißt, er zog ein frisches T-Shirt an. Mehr zog er sich offenbar nicht um. Dann zogen er und Lori los, und ich stillte Cameron und legte ihn in sein Bettchen, damit er so lange ein Nickerchen machte, bis er fand, daß es wieder Essenszeit war.

Dann ging ich mich selbst umziehen, in der Hoffnung, daß ich heute abend nicht mehr nach draußen mußte, und Harry folgte mir ins Schlafzimmer. »Hal«, erklärte er, »ist heute abend nicht da.«

»Stimmt«, erwiderte ich.

»Und Cameron scheint zu schlafen.«

»Stimmt ebenfalls.«

»Schön«, sagte Harry und fügte hinzu, »ich hab' das Telefon ausgehängt.«

Das war einfach der beste Einfall, der mir seit Wochen zu Ohren gekommen war.

Montag morgen, und ich mußte offiziell wieder zur Arbeit. Da ich bereits am Wochenende acht Stunden im Dienst gewesen war, hätte ich mir einfach freinehmen und zu Hause bleiben können. Das hätte mein Gewissen in bezug auf Cameron einen Tag mehr beruhigt, aber natürlich in keinster Weise mein Gewissen in bezug auf Dorene Coe.

Also stand ich um sechs Uhr auf (diesbezüglich hatte ich keine andere Wahl), stillte Cameron (Harry macht ein gutes Frühstück) und fuhr zur Arbeit; Harry würde um zehn und um zwei Uhr allein mit Cameron fertigwerden müssen. Wir hatten jede Menge Babymilchpulver. Wir hatten jede Menge Fläschchen. Ich ging fest davon aus, daß die Fläschchen voll und Cameron leer sein würden und daß er brüllen würde, wenn ich nach Hause kam. Wie bringt man ein Kind dazu, das Fläschchen zu nehmen?

Bei meinen anderen Kindern gab es dieses Problem nicht. Ich habe sie adoptiert, und sie waren alle drei schon älter gewesen als Cameron jetzt, als ich sie bekam. Sie nahmen bereits das Fläschchen.

Man sollte meinen, daß ich, nachdem ich das ganze Wochenende Berichte geschrieben hatte, nicht noch mehr Berichte würde schreiben müssen. Das ist ein Witz. Polizeireviere ersticken in Papierkram. Ich war offiziell gerade mal fünf Minuten im Dienst und schon jetzt drei Berichte im Rückstand. Außerdem hatte ich einen vollen – einen sehr, sehr vollen – Eingangskorb, dessen Inhalt überwiegend aus Dingen bestand, die ich, oder irgend jemand, vor ein, zwei oder drei Monaten hätte erledigen müssen. Ich ging alles rasch durch, entsorgte das meiste in den Papierkorb, bis auf die Unterlagen, die gelesen, abgezeichnet und weitergeleitet werden mußten. Die zeichnete ich nämlich ab, ohne sie gelesen zu haben, und legte sie heimlich in Nathans Eingangskorb, als der gerade mal nicht hinguckte.

Ich war noch immer mit dem Eingangskorb beschäftigt, als Dub Arnold und Donald Chang hereinkamen. Ich käme mit FBI-Mitarbeitern wesentlich besser klar, wenn sie wesentlich weniger Hektik verbreiten würden. Für einen FBI-Agenten ist Dub ziemlich unhektisch – er ist lange genug in dem Geschäft, um zu wissen, daß Hektik nichts bringt –, aber Donald Chang war ein anderes Kaliber. Er kam frisch von der FBI-Schule. Er erwartete, daß alles richtig gemacht wurde – richtig im Stil von J. Edgar Hoover, obwohl Hoover seit etwa fünfzehn Jahren tot ist –, und er erwartete, daß alles auf der Stelle erledigt wurde. Im richtigen Leben funktioniert das nicht so. Auch er würde das noch lernen. Aber er mußte es nicht gerade während meiner Dienstzeit lernen.

Für diesen Fall jedoch waren wir gemeinsam zuständig, ob mir das nun gefiel oder nicht. Das Fort Worth Police Department war zuständig, weil sowohl der Banküberfall als auch der Mord in Fort Worth passiert waren. Das FBI war zuständig, weil das FBI für alle Banküberfälle zuständig ist, ganz gleich, ob sie auch noch zu einem Mord geführt haben oder nicht. Ich war die Vertreterin der Polizei von Fort Worth, und Dub und Chang waren die Vertreter des FBI. Das hieß, wir mußten zusammenarbeiten.

Dub wollte, daß wir die Akte des Falles gemeinsam durchgingen und anschließend rausfuhren, um uns mit Zeugen zu unterhalten. »Ihr seid zu zweit«, stellte ich klar.

»Na und?« sagte Dub, der es sich in Dutch Van Flaggs Sessel bequem gemacht hatte. Da Dutchs und mein Schreibtisch einander gegenüberstehen, saß Dub mir direkt im Blickfeld.

»Na, wenn ihr zu zweit seid, wozu braucht ihr dann mich?«

»Behördenübergreifende Zusammenarbeit«, sagte Dub gedehnt, und ich erwiderte: »Scheiße!«

Donald Chang blickte schockiert drein. Wegen des Wortes oder wegen der Tatsache, daß es aus meinem Mund gekommen war, oder wegen der Majestätsbeleidigung, die eine einfache Polizistin sich gegenüber einem Mitarbeiter des FBI erlaubt hatte?

»Dub, sehen Sie sich doch meinen Schreibtisch an«, protestierte ich. »Ich war drei Monate nicht im Dienst. Können Sie mir nicht wenigstens zwei Stunden zum Verschnaufen geben?«

»Deb, es tut mir leid«, sagte Dub. »Wir müssen die Akte durchgehen. Sie haben einen Teil davon, und ich habe einen Teil davon, und keiner hat alles, und Sie haben noch weiter gearbeitet, als ich am Samstag gegangen bin, und Sie waren am

Sonntag wieder hier und haben wieder was gemacht. Ich muß wissen, wie der Stand der Dinge ist. Also, entweder Sie gehen die Akte mit mir durch, oder Sie geben sie mir.«

Natürlich hatte er recht, und ich verhielt mich wie ein Schwachkopf. »Lassen Sie mich vorher schnell was checken«, sagte ich und rief im Labor an.

Irene – manchmal frage ich mich, wann Irene schläft, da sie ständig dazusein scheint, ob sie nun im Dienstplan steht oder nicht – meldete sich, und ich fragte, ob die Untersuchung des Tatortes im Park bereits abgeschlossen war. »Ja, heute morgen in aller Frühe«, beruhigte sie mich.

»Ich hab' die vom FBI hier sitzen. Ist der Bericht schon fertig?«

»Bestell diesen Frustrierten Büro-Idioten, sie sollen verdammt noch mal warten«, erwiderte sie. »Ich habe ihn fertig, wenn ich ihn fertig habe.«

»Wann wird das sein?«

»Wer braucht ihn denn? Die oder du?«

»Sowohl als auch«, sagte ich.

»Laß mir noch ein halbes Stündchen Zeit.«

Ich gab die Information weiter – ohne die Nebenbemerkungen –, und Dub nickte. »Wenn ich um den Bericht gebeten hätte, hätte es zwei Tage gedauert«, bemerkte er.

»Wieso?« fragte Chang.

»Das ist eine sehr lange Geschichte«, sagte Dub zu ihm. »Ich will es mal so ausdrücken. Wenn du – und wenn ich du sage, meine ich auch *du*, und nicht *man* – an Tatortuntersuchungen denkst, dann denkst du sofort an unser Labor. Aber unser Labor ist über tausend Meilen entfernt und meistens drei Monate mit Arbeit im Rückstand. Wenn wir rasche Laborergebnisse brauchen, wenden wir uns an die örtliche Polizei.« Ohne Changs mißbilligenden Blick zu beachten, fuhr er fort. »So ist das nun mal. So ist das schon lange. Eine Hand wäscht die andere. Aber,

Chang, es war einmal ein junger Bursche, der mir zur Ausbildung zugeteilt worden war, genau wie du jetzt, und der hatte nicht kapiert, daß wir nett zu den Leuten sein müssen, die uns einen Gefallen tun. Er war mal stinksauer auf Irene Loukas, weil sie uns einen Bericht drei Tage zu spät zukommen ließ, ohne auch nur darüber nachzudenken, daß Irene Loukas uns ja gar keinen Bericht schuldete – oder eine Tatortuntersuchung. Und die Folge war, daß Irene Loukas stinksauer auf uns wurde. Und das ist sie bis heute. Schreib dir folgendes hinter die Ohren«, sagte er oberlehrerhaft. »Beiß nicht in die Hand, die – äh – die deine wäscht.«

Ich mußte lachen. Ich mußte daran denken, wie Irene einmal als Zeugin ausgesagt hat – es wurde wegen Einbruch verhandelt –, als der Verteidiger, der etwa genauso alt und genauso unerfahren war wie Donald Chang, sie fragte, ob sie sicher sei, daß die Fingerabdrücke, die sie am Tatort genommen hatte, eine einwandfreie Identifizierung ergeben hatten. Sie sagte, daß sie sich dessen sicher sei, und der Anwalt wollte wissen, ob sie das FBI gebeten hatte, die Identifizierung zu bestätigen. Das war nun wirklich eine sehr dumme Frage – eine Fingerabdruckexpertin ist eine Fingerabdruckexpertin, egal, für welche Abteilung sie arbeitet –, und Irene erwiderte: »Nein, Sir, das habe ich nicht.«

»Und warum nicht?«

»Das ist nicht üblich.«

Dämlicherweise hakte der Anwalt nach, bis er Irene – so glaubte er – in die Ecke gedrängt hatte. Da sagte Irene: »Sir, Sie scheinen offenbar nicht zu verstehen, was ich sagen will. Ich bitte nicht das FBI um Hilfe. Das FBI bittet mich um Hilfe.«

Der Verteidiger schnappte hörbar nach Luft, und der Staatsanwalt, der die gekränkte Unschuld spielte und sich aufregte, daß seine Zeugin ungerechterweise in Frage gestellt worden war, ließ sich daraufhin von Irene zehn Beispiele nennen, in denen das FBI Irene um Unterstützung gebeten hatte.

Warum erzähle ich die Geschichte jetzt? Weil der damalige Fall – möglicherweise – mit unserem vergleichbar war. Wir hatten – bislang – keine Fingerabdrücke von irgendeinem der Verdächtigen. In der Vergangenheit hätte das eigentlich keine Rolle gespielt; das FBI hätte keine Vergleichsuntersuchungen vornehmen können, weil das womöglich Jahre gedauert hätte. Heute, dank des Fingerabdruck-Identifizierungssystems auf Computer, ist eine Vergleichsuntersuchung möglich – also der Vergleich eines einzelnen Fingerabdrucks von einem Tatort mit der gewaltigen Fingerabdrucksammlung des FBI –, und bei Banküberfällen geht die Suche wahrscheinlich schneller, weil das FBI eine eigene Datei mit Fingerabdruckblättern von Bankräubern hat. Doch das FBI verfügt über Abermillionen Fingerabdruckblätter, so daß eine Überprüfung selbst mit Hilfe von Computern Wochen oder gar Monate dauern würde.

Das war unerheblich, weil wir keine Fingerabdrücke hatten. Wir hatten allerdings ein Stück von einem Handflächenabdruck, den wir an dem Rückspiegel gefunden hatten. Das FBI behauptet, eine Identifizierung von Personen, die keinem engen Kreis von Verdächtigen angehörten, mittels Handflächenabdrücken sei unmöglich.

Irene hat das einmal gemacht. Nur einmal, aber das reichte als Beweis aus, daß es nicht unmöglich war. Es würde nicht schnell gehen, aber falls der Handflächenabdruck von »Melanie Griffith« irgendwo bei uns erfaßt war, würde Irene ihn früher oder später identifizieren. Wir verfügen zwar über eine große Fingerabdrucksammlung, doch unsere Handflächenabdrucksammlung ist klein und dazu noch ohne Klassifizierungssystem – bislang sind nur wenige Klassifizierungssysteme für Handflächenabdrücke entwickelt worden, aber keines davon ist wirklich so brauchbar wie das Fingerabdrucksystem Henry oder das Vucetich oder das vom FBI – würde die manuelle Überprüfung des kleinen Stücks Handflächenabdruck in unserem Bestand sehr viel Zeit in Anspruch nehmen. Nicht nur die Frauen mußten überprüft werden, sondern auch die Männer, denn es war ja durchaus möglich, daß nicht die Verdächtige, sondern einer der Verdächtigen den Abdruck hinterlassen hatte.

Ich wußte, ohne sie fragen zu müssen, daß Irene bereits das Naheliegende getan hatte; sie hatte den Namen »Melanie Griffith« überprüft, und sie hatte ähnlich lautende Namen überprüft wie »Griffen« und »Griffin«. Sie hätte es mir gesagt, wenn sie etwas gefunden hätte.

Wir hatten also eine Spur, der wir nachgehen konnten und der das FBI nicht nachgehen konnte – oder zumindest nicht nachgehen würde. Ich mußte Dub nicht ausdrücklich darauf hinweisen, sondern nur sichergehen, daß er den Bericht las, in dem der Handflächenabdruck erwähnt wurde, denn er kannte Irene. Und ich würde mir nicht die Mühe machen, Chang darauf hinzuweisen. Sollte Dub es ihm sagen, wenn er es für nötig hielt.

Ich reichte Dub meine Akte, so, wie sie war – einige Berichte von Samstag und Sonntag waren noch nicht getippt worden –, und widmete mich wieder meinem Eingangskorb. Nach einer Weile rief Irene an und sagte, daß ihr Bericht im Computer war, ob ich einen Ausdruck wollte. Ich ließ einen Ausdruck kommen und gab ihn Dub und wandte mich erneut meinem Eingangskorb zu. »Deb?« sagte Dub.

»Ja?« Ich blickte nicht auf. Ich hatte fast den Boden meines Eingangskorbs erreicht und war keineswegs geneigt, schon wieder in die Welt zurückzukehren.

»Ich denke, wenn wir überhaupt was finden, dann im Wagen des Opfers.«

»Ganz meine Meinung. Wenn wir den Wagen des Opfers finden könnten.«

Dub raschelte mit Papier. »Weißer New Yorker, praktisch nagelneu. Müßte eigentlich leicht zu finden sein.«

»Eigentlich ja«, pflichtete ich ihm bei, »aber er ist noch nicht aufgetaucht.«

»Chang, geh nach unten und hol mir eine Cola«, sagte Dub. Als Chang außer Hörweite war, sagte Dub: »Sie wollen nicht mit mir reden.«

»Nehmen Sie's nicht persönlich. Ich will mit niemandem reden.«

»An Ihrer Stelle hätte ich das gleiche getan. Das gleiche gesagt.«

Ich antwortete nicht. Ich wollte nicht antworten.

»Sie haben also einen guten Rat gegeben, und die Situation ist aus dem Ruder gelaufen. So was ist in der gesamten Geschichte der Menschheit noch nie jemandem passiert.«

»Nun hören Sie schon auf, Dub«, sagte ich.

»Ich werde nicht aufhören, verdammt. Sie hören mir jetzt zu –«

»Dub, würden Sie bitte den Mund halten?« schrie ich. »Diese Frau – dieses neunzehn Jahre alte junge Mädchen – ist *tot!*«

»Ja, sie ist tot. Aber Sie haben sie nicht getötet. So was passiert. So was passiert, mehr nicht. Ja, eine neunzehnjährige Frau ist gestorben, und ja, es ist verdammt beschissen. Ja, sie hat Sie angesehen, als sie zur Tür rausging, und ja, vielleicht hat sie Ihnen die Schuld gegeben. Das heißt aber nicht, daß Sie einen Fehler gemacht haben. Was wäre passiert, wenn Sie das nicht gesagt hätten, was Sie gesagt haben? Dann wären jetzt vielleicht zehn Menschen tot und nicht nur einer.«

»*Wenn, wenn, wenn*, ich scheiß' drauf«, entgegnete ich. »Ich muß damit leben, was passiert *ist*.«

»Stimmt«, sagte Dub. »Dann tun Sie's auch. So wie jeder, der schon mal in einer Befehlsposition war und in der Schlacht Befehle gegeben hat. Manchmal werden Menschen getötet. Manchmal – meistens – werden die falschen Menschen getötet. Dagegen kann man nichts machen. Damit muß man leben. Ja. Sie müssen damit leben. Also, kriechen Sie hinter Ihrem blöden

Papierberg hervor und stellen Sie sich der Welt. Hören Sie auf, sich selbst leid zu tun, und lassen Sie uns den Fall lösen.«

»Haben Sie vielleicht auch noch irgendwelche genialen, wunderbaren Vorschläge, wie wir dieses Mirakel bewerkstelligen sollen? Dub, wir haben nichts in der Hand außer einem mickrigen Stück Handflächenabdruck, und Irene tut, was sie kann, um da was rauszuholen, aber ich muß Ihnen nicht sagen, wie lange es dauern wird, wenn es überhaupt was bringt.«

»Sie und ich fahren jetzt zu Coe und sprechen mit ihm; vielleicht kriegen wir ja noch eine genauere Beschreibung von dem weißen New Yorker. Irgendwas, das ihn vielleicht von allen anderen weißen New Yorker unterscheidet, die auf den Straßen unterwegs sind.«

»Sie und ich, meinetwegen«, sagte ich. »Was ist mit Ihrem Anhängsel?« Normalerweise rede ich nicht so abfällig über Neulinge. Schließlich haben wir alle mal angefangen. Aber heute wollte ich einfach fies sein. Und außerdem hatte Donald Chang irgendwas an sich, das mich an Dan Quayle erinnerte.

Donald Chang, der in den letzten Sekunden mit einem Pappbecher Coca Cola hereingekommen war, blickte gekränkt, weil ich ihn als Anhängsel bezeichnet hatte. »Er kommt mit«, sagte Dub. Er nahm den Becher, trank ihn in einem Zug aus, warf ihn in einen Abfalleimer und sagte: »Gehen wir. Nehmen Sie ein Walkie-talkie mit.«

Überraschung! Wir fuhren sogar mit dem Wagen vom FBI. Das kommt nur ganz selten vor. Den FBI-Leuten fällt es sonst nicht im Traum ein, ihr Geld auszugeben, wenn sie das der Stadt ausgeben können. Ich habe sogar schon erlebt, daß sie Ferngespräche von unseren Apparaten aus gemacht haben, statt ihr hübsches regierungseigenes Fernnetz zu benutzen. Ich vermute, wir fuhren diesmal nur deshalb mit Dubs Wagen, weil Dub sehr wohl wußte, daß Robert Coe fast ganz oben auf der Liste mit Leuten stand, mit denen ich heute nicht reden wollte, und er sich keineswegs sicher war, ob wir jemals bei ihm ankämen, wenn wir mit meinem Wagen fahren würden. Vielleicht hätte ich mir ja eine oder zwei oder zwei Dutzend Umwege oder andere Besorgungen einfallen lassen, die wir unterwegs unbedingt erledigen mußten.

Robert Coes Haus wirkte nicht so, wie man es bei einem erfolgreichen Erfinder erwartet hätte. Es war einfach ein Haus, so eins, das eine Freundin von mir mal als ein stinknormales Haus ohne Schlagsahne bezeichnet hat. Es war aus Backstein, weil fast alle Häuser in der Gegend aus Backstein sind, und es hatte eine angebaute Garage, weil fast alle Häuser in der Gegend eine angebaute Garage haben. Ich schätzte, daß es drei Schlafzimmer hatte, und der ungepflegte Rasen vor dem Haus bestand aus Bermudagras, das von der Maihitze bereits verbrannt war. Im August würde es mit Sicherheit katastrophal aussehen.

Ich hatte damit gerechnet, daß viele Leute da sein würden. Aber vor dem Haus standen keine Autos, und in der Einfahrt nur ein Pick-up, der genauso klapprig war wie Harrys. »Sind Sie sicher, daß wir hier richtig sind?« fragte ich verwundert.

»Wir sind hier richtig«, sagte Dub und klopfte an die Tür.

Robert Coe kam mit nackten Füßen an die Tür, in Khakihose und T-Shirt. Sein Gesicht wirkte abgespannt, und das Weiße in seinen Augen war blutunterlaufen. »Was wollen Sie?« fragte er. »Sie ist tot. Sie können nichts mehr machen.«

»Wir können versuchen, die Mörder zu finden«, sagte Dub.

»Wozu soll das gut sein?«

»Es könnte verhindern, daß sie noch jemanden umbringen«, sagte Chang. Das war die richtige Reaktion, und normalerweise auch eine taktvolle. Im Augenblick vermutete ich jedoch, daß sie nicht taktvoll war.

Coes Blick wanderte zu mir herüber. »Sie sind diejenige, die ihr gesagt hat, daß sie tun soll, was die sagen.«

»Nicht nur ihr. Allen.«

»Warum haben Sie das gemacht?«

»Um eine Schießerei zu verhindern.«

»Damit sie als einzige stirbt.«

»Ich hatte gehofft, daß niemand stirbt«, sagte ich.

»Sie hat doch getan, was die ihr gesagt haben. Sie hat alles getan, was die gesagt haben, und sie haben sie erschossen. Was wäre passiert, wenn sie nicht getan hätte, was die gesagt haben?«

»Das kann niemand mit Sicherheit beantworten«, sagte Dub. »Aber sehr wahrscheinlich hätten sie sie auf der Stelle erschossen und sich eine andere Geisel geschnappt.«

»Was wollen Sie jetzt?« fragte er wieder. »Wenn ich irgendwas wüßte, was Ihnen weiterhilft, hätte ich es am Samstag gesagt. Dann hätte ich sie lebend wiederbekommen.«

»Dürfen wir reinkommen?« fragte Dub. »Hier auf der Treppe zu reden –«

Coe zuckte die Achseln und trat von der Tür zurück. »Kommen Sie rein.«

Das Wohnzimmer war so adrett, so hübsch und so unpersönlich wie der Ausstellungsraum eines Möbelgeschäftes; ich nahm an, daß sie überwiegend im Fernsehzimmer oder Schlafzimmer gelebt hatten. Nach ein paar weiteren Schritten ins Haus sah ich dann zu meiner Rechten das Eßzimmer. Der Holztisch war so groß, daß zwölf Leute bequem Platz gefunden hätten; mehr konnte ich nicht von ihm erkennen, denn er war überhäuft, überladen mit Papier. Keine Zeitungen, sondern alle denkbar möglichen Blätter und Unterlagen. Juristische Dokumente. Formulare. Briefe. Zeitungsausschnitte – auf einem fiel mir die Überschrift ins Auge: HIGH-SCHOOL-LEHRER/ERFINDER NACH HOCHZEIT MIT SECHZEHNJÄHRIGER ENTLASSEN.

Coe sah, wo ich hinschaute. »Was immer Sie suchen, es liegt wahrscheinlich irgendwo dazwischen«, sagte er, ging zu dem

Tisch und fing an, einzelne Blätter in die Hand zu nehmen.
»Patente – 1980–1985. Patente – 1986–1990. Ich habe jede Menge Patente. Mein Testament. Dorene hatte kein Testament. Sie war erst neunzehn. Wozu sollte eine Neunzehnjährige ein Testament machen? Ich habe ein Arbeitszimmer. Ich habe Aktenschränke. Ich muß den ganzen Kram nicht auf dem Tisch aufbewahren. Dorene hat mich ständig gebeten, das Zeug vom Tisch zu räumen, damit wir am Tisch essen können statt von den Fernsehtabletts, und ich habe jedesmal gesagt, ich würde es machen. Ich würde es machen. Ich würde es machen. Was immer Sie auch suchen, es liegt wahrscheinlich hier.«

»Mr. Coe, wir wollen im Grunde nichts weiter als eine genauere Beschreibung von ihrem Wagen«, sagte Dub.

»Ihr Wagen. Was zum Teufel spielt ihr Wagen noch für eine Rolle? Sie ist tot. Sie braucht keinen Wagen. Tote Frauen fahren nicht Auto. Ich habe ihr einen schönen Wagen gekauft. Einen New Yorker. Wollen Sie den Kaufvertrag? Hier ist der Kaufvertrag. Hier ist der Fahrzeugbrief. Hier ist die Versicherungs-«

»Waren an dem Wagen irgendwelche Aufkleber? Oder sonst irgend-«

»-ein Schnickschnack?« beendete Coe die Frage verbittert. »Nein. Er hatte keine Aufkleber. Er hatte keinen sonstigen Schnickschnack. Sie mochte den Wagen nicht. Er war genau wie das Wohnzimmer. Ohne Persönlichkeit. Dorene hatte eine Persönlichkeit, als wir geheiratet haben. Aber ich habe sie vollkommen erdrückt. Ich wollte das nicht, aber ich habe sie erdrückt. Deshalb wollte sie auch unbedingt arbeiten – bei der Arbeit war sie nämlich Dorene, nicht Mrs. Robert Coe. Ich hätte sie in Ruhe lassen sollen. Ich hätte sie nicht –«

»Könnten nicht Freunde von Ihnen herkommen?« fragte ich. »Ich habe den Eindruck, es wäre gut, wenn Sie –«

»Nicht allein wären? Ich bin immer allein. Ich habe keine Freunde. Ich wollte auch nicht, daß Dorene Freunde hat. Ich habe immer nur gearbeitet. Ich hatte keine Zeit für Freunde. Ich hatte keine Zeit für Dorene –« Er fing laut an zu weinen.

Und das Walkie-talkie in meiner Hand sagte: »Zehn-drei, zehn dreiunddreißig.« Notruf auf allen Kanälen. Automatisch stellte ich es lauter, damit Dub und Chang mithören konnten.

Bewaffneter Raubüberfall. Die Bank war zwei Meilen entfernt.

Ohne uns auch nur von Coe zu verabschieden, machten wir drei auf dem Absatz kehrt und rannten zum Wagen.

Kapitel 5

Die C&S Bank war so klein und so neu, daß sie noch immer in einem großen Wohncontainer auf der Belknap Street untergebracht war, während die Bauarbeiten auf dem kürzlich geräumten Grundstück hinter der provisorischen Unterbringung weiter voranschritten. Als wir dreieinhalb Minuten nach Erhalt des Funkrufs eintrafen, waren bereits zwei Streifenwagen vor Ort, und die Bauarbeiter hatten ihre Arbeit liegenlassen und drängten sich um den Container.

Ich konnte einen Streifenbeamten vor der Tür stehen sehen. Daraus schloß ich, daß der – oder die – Bankräuber längst weggewesen waren, als der erste Streifenwagen eintraf. Natürlich hatte ich recht. Bevor Dub den Motor abstellte, meldete sich die Zentrale über Funk: »An alle Einheiten, Fahndung nach beigefarbenem Honda Accord, Baujahr unbekannt, gefahren von Deandra Black, weiß, weiblich, 1,63 groß, blond, blaue Augen. Geisel. Weitere Insassen des Fahrzeugs vermutlich zwei männliche Tatverdächtige. Tatverdächtiger Nummer eins ist weiß, zirka 1,88, 72 Kilo, zuletzt gesehen in Blue jeans und weißem T-Shirt. Tatverdächtiger Nummer zwei ist weiß, zirka 1,70, 63 Kilo, zuletzt gesehen in Blue jeans und gelbem T-Shirt. Tatverdächtige bewaffnet mit abgesägten Schrotflinten.«

Entweder handelte es sich um eine verflixt gute Nachahmungstat, oder es waren dieselben Männer – und ich glaubte nicht an eine Nachahmungstat. Was ich dagegen glaubte, war, daß Deandra Black in großen Schwierigkeiten steckte.

Aber für diese Entführung war ich eindeutig nicht verantwortlich, und vielleicht – nur vielleicht – war ich für die Entführung und Ermordung von Dorene Coe ja auch nicht so verantwortlich, wie ich dachte. Vielleicht hatten die Gangster ja von Anfang an Entführungen eingeplant. Oder sie waren bei Dorene Coe auf die Idee gekommen, und als es funktionierte, hatten sie beschlossen, es weiter zu tun –

Ach, das war dumm. Als sie Deandra Black mitnahmen, waren noch keine Polizeiwagen in Sicht gewesen. Es war also ihre Idee gewesen.

Ganz plötzlich hatte ich eine Idee. Wenn es klappen würde – wenn es klappen würde –

Ich ließ die FBI-Agenten schalten und walten, wie sie wollten, setzte mich an einen Schreibtisch, schnappte mir ein Telefonbuch und fing an zu wählen.

Wenige Minuten später, bei meinem sechsten Anruf, spürte ich, daß Captain Millner neben mir stand und etwas mehr als nur ein bißchen verärgert wirkte. Ich warf ihm einen Blick zu und sprach weiter. »Genau. Ob einer Ihrer Mitarbeiter ein Auto für eine Probefahrt abgegeben hat – an jemanden, der es für ein, zwei Stunden haben wollte, vielleicht noch nicht zurückgegeben hat – möglicherweise um es in einer Werkstatt durchchecken zu lassen – genau. Ich bin nicht in meinem Büro. Ich bin zu erreichen unter –« Ich blickte kurz auf die Telefonnummer und nannte sie. »Aber wenn Ihre Leute hier nicht durchkommen, sollen sie im Polizeipräsidium in Fort Worth anrufen, und von dort wird man mich verständigen. Genau. Vielen Dank.«

Ich legte auf. »Meinen Sie nicht, das hätte noch ein paar Minuten Zeit, während wir hier die Zeugen befragen?« erkundigte sich Millner mit kaum verhohlenem Zorn.

»Nein«, sagte ich. »Weil sie beim letzten Mal den Wagen mehrere Stunden behalten haben. Vielleicht machen sie es ja wieder so. Wenn wir die Frau beobachten, wenn sie den Wagen zurückbringt, führt sie uns vielleicht zu –«

»Hm. Ja.« Millner nahm seine Brille ab und kratzte sich die Druckstelle, die sie auf seiner Nase hinterlassen hatte. »Verstehe, was Sie meinen. Okay. Machen Sie weiter. Wo rufen Sie denn überall an?«

Zunächst einmal rief ich jeden Autohändler im Nordosten von Tarrant County an, weil diese Bank im Nordosten von Tarrant County lag und ich nicht glaubte, daß die Gangster einen Wagen am anderen Ende der Stadt ausgeliehen hatten. Bei dem Überfall am Samstag hatten sie einen Wagen von University Chrysler-Plymouth; die schreckliche Kreuzung, an der ich ständig eine Ewigkeit warten muß, nicht mitgerechnet, waren es nur etwa vier Meilen von dort zu der überfallenen Bank. Wenn sie sich an das Muster hielten, hatten sie diesmal den Wagen von irgendeinem Händler in der Gegend von Birdville – Richland Hills, North Richland Hills, Haltom City oder so. Möglich, daß sie ihren Radius im Vergleich zu Samstag ein wenig ausdehnten, weil in dieser Gegend alles weitläufiger ist als in der Innenstadt, aber sehr viel weiter war die Entfernung bestimmt nicht.

Wenn sie sich an das Muster gehalten hatten.

Wenn sie sich an das Muster gehalten hatten.

Nur, haben Sie überhaupt eine Ahnung, wie viele Autohändler – für Neu- und Gebrauchtwagen – es in der Gegend von Birdville gab? Erheblich mehr, als Sie vielleicht meinen, wenn Sie in der letzten Zeit nicht mehr dort herumgefahren sind oder mal in einem Telefonbuch oder einem Branchenverzeichnis nachgeschlagen haben.

Aber ich hatte Glück. In gewisser Weise.

Bevor ich wieder zum Hörer griff, klingelte das Telefon. Ich hob ab.

Es war auch sonst niemand da, der hätte abheben können. Erneut hatten die Bankräuber zugeschlagen, während der Filialleiter nicht da war und die zweite Kassiererin Pause machte. Deandra war zur Zeit des Überfalls die einzige Kassiererin gewesen, und sie war fort. Der Filialleiter war inzwischen wieder da, aber er war draußen und sprach mit Donald Chang, und die Kassiererin, die in der Pause gewesen war, saß in ihrem Wagen und weinte.

Ich hob also, wie gesagt, den Hörer ab. »Detective Ralston?« fragte eine unbekannte männliche Stimme.

»Ja, Detective Ralston am Apparat.«

»Mein Name ist Harry Weaver, und ich bin Geschäftsführer der Gebrauchtwagenhandlung Clean Harry's?« Er ließ es wie eine Frage klingen.

»Ja, Mr. Weaver?«

»Nun, äh, Sie suchen doch jemanden, der sich einen Wagen zur Probefahrt ausgeliehen hat und noch nicht wiedergekommen ist?«

»Stimmt.« Ich wünschte mir, er würde weniger unsicher klingen. Er machte mich nervös.

»Ja, also, äh, hier war vor zirka einer Stunde eine Frau, die einen Wagen zur Probefahrt mitgenommen hat, und sie ist noch nicht wieder da. Sie hat mir ihren Wagen dagelassen.«

»Ist es ein blauer Lynx?«

»Mhm, nein, es ist ein weißer New Yorker.«

»Weißer New Yorker«, wiederholte ich und hatte das Gefühl, als wäre in meinem Bauch gerade eine Bombe explodiert. »Neu?«

»Ja, nagelneu. Sie hat gesagt, sie hätte ihn in einem Preisausschreiben von irgendeiner Zeitschrift gewonnen und er wär' ihr zu groß und sie wollte ihn verkaufen und mit einem Teil des Geldes, das sie dafür kriegt, einen –«

»Was für einen Wagen hat sie mitgenommen, Mr. Weaver?«

»Tja, äh – Moment, einen weißen Chevrolet –« Er nannte mir das Baujahr und das Kennzeichen.

»Wie hat sie ausgesehen?«

»Oh, blond, ich würde sagen, etwa so groß wie meine Frau –«

»Wie groß ist das, Mr. Weaver?«

»Oh, ich weiß nicht, etwa 1,70 –«

»Hat sie Ihnen ihren Namen genannt?«

»Ja, sie hat gesagt, sie heißt Carrie Fisher.«

Ich brauchte eine Sekunde, doch dann fing mein Hirn an, Verbindungen herzustellen. Und zwar solche Verbindungen, die Captain Millner meist als voreilige Schlüsse bezeichnet. Denn sie – wer immer sie war – hatte den Namen Melanie Griffith benutzt, als sie bei University Chrysler-Plymouth einen Wagen zur Probefahrt mitgenommen hatte. Melanie Griffith konnte also ein richtiger Name sein. Melanie Griffith *war* sogar ein richtiger Name – der Name der Schauspielerin, die an der Seite von Harrison Ford in *Die Waffen der Frauen* die Hauptrolle spielte. Und Carrie Fisher war der Name der Schauspielerin, die an der Seite von Harrison Ford in *Krieg der Sterne* und den beiden Nachfolgefilmen die Hauptrolle spielte.

Ließ sich daraus schließen, daß ich es mit einer filmverrückten Bankraubkomplizin zu tun hatte?

Würde ich die Namen von allen Schauspielerinnen raussuchen müssen, die je zusammen mit Harrison Ford gespielt hatten, um herauszufinden, welchen Namen seine Bewunderin als nächstes benutzen würde?

Vielleicht. Vielleicht aber auch nicht. Vielleicht gelang es mir ja, sie zu schnappen, bevor sie wieder jemand anders wurde.

»Mr. Weaver, ich schicke jetzt Kollegen zu Ihnen. Lassen Sie möglichst niemanden in die Nähe des New Yorker. Wenn die Frau wiederkommt, versuchen Sie, sie irgendwie aufzuhalten, aber gehen Sie kein Risiko ein, und wenn sie einen Mann dabei hat, lassen Sie sie gehen. Diese Leute sind sehr gefährlich. Haben Sie verstanden?«

»Ich denke doch, aber –«

»Wir sprechen uns später. Bleiben Sie, wo Sie sind.« Ich legte rasch auf, erhob mich rasch und rief in der Zentrale an, um eine Fahndung nach dem Chevy rauszugeben. Doch dann fiel mir nichts mehr ein. Es gibt Zeiten, da der Schwarze Peter weitergegeben werden muß. »Captain Millner!« rief ich.

»Gleich«, sagte Millner. Er sprach gerade mit einem Zeugen.

»Sofort!« brüllte ich. »Es ist dringend.«

Das Problem war nämlich, was machten wir jetzt? Wenn wir Streifenwagen mit Blaulicht und Sirene zu Clean Harry's schickten, war es zwar möglich, daß die dort waren, bevor die Frau den Wagen zurückbrachte. Aber wenn sie dann das Blaulicht sah und die Sirenen hörte, würde sie den Wagen vermutlich gar nicht zurückbringen. Wenn ich allein hinfuhr, mit Dub und Chang, weil ich meinen Wagen nicht hier hatte, war es möglich, daß sie keinen Argwohn schöpfen und den Wagen zurückbringen würde, aber da wir länger brauchen würden, war die Wahrscheinlichkeit größer, daß sie den Chevy bereits zurückgebracht hatte und wieder fort war, bevor ich dort ankam.

Falls sie überhaupt vorhatte, den Chevy zurückzubringen und den New Yorker wieder mitzunehmen, dachte ich verspätet. Der New Yorker wurde mittlerweile gesucht. Es war wirklich erstaunlich, daß sie es damit überhaupt bis zu dem Gebrauchtwagenhändler geschafft hatte, ohne von einer Polizeistreife angehalten zu werden.

Ich schilderte Millner die Lage, und er blickte sich nach Dutch Van Flagg um, der gerade in die Bank gekommen war. »Übernehmen Sie hier«, sagte er. »Ich fahre mit Deb. Heh, Dub, hören Sie? Ich nehme Deb mit.«

»Jaja«, sagte Dub geistesabwesend. Er war gerade in ein längeres Gespräch mit einem der Arbeiter von der Baustelle verstrickt. »Millner!« rief er uns nach. »Der Mann hier sagt, sie sind in einer weißen Limousine gekommen, einem Chevrolet, glaubt er. Eine Frau hat sie abgesetzt und ist dann weitergefahren.«

»Stimmt«, sagte Millner. »Wir haben das Kennzeichen und haben schon eine Fahndung rausgegeben.«

»Wie zum Teufel haben Sie das denn gemacht?« fragte Dub. »Sie waren doch die ganze Zeit hier in der –«

»Wir sind clever«, sagte Millner. Grinsend fügte er hinzu: »Jedenfalls Deb ist clever.«

Chang blickte mich an. Er wirkte völlig perplex. Das war mir egal; ich mußte jetzt nicht mit ihm zusammen fahren. Millner und ich fuhren in einem von unseren Wagen.

Die Gebrauchtwagenhandlung Clean Harry's – was, wie Millner meinte, ein komischer Name für eine Gebrauchtwagenhandlung war – lag an einer kleinen Parallelstraße zur Schnellstraße, was bedeutete, daß man in der richtigen Richtung unterwegs sein mußte, um dorthin zu gelangen. Das wiederum bedeutete, daß wir daran vorbeifahren und wenden mußten, bevor wir richtig herum in diese Parallelstraße einfuhren.

Aber als wir schließlich ankamen, war der New Yorker ungefähr das erste, was wir sahen. Coe hatte recht; der Wagen hatte weder Aufkleber noch sonst irgendwelchen Schnickschnack. Am Rückspiegel baumelte die Plakette, die besagte, daß Dorene ihre monatlichen Parkgebühren bezahlt hatte. Das war aber auch das einzige, womit der Wagen nicht schon im Werk ausgerüstet worden war, das und die Nummernschilder.

Das Wageninnere war natürlich etwas anderes. Vielleicht – nur vielleicht – würden wir ja dort was Brauchbares finden.

Aber das konnte warten. Ich wollte zuerst mit Weaver sprechen.

Er sah fast genauso unbestimmt aus, wie er sich anhörte. Er war vielleicht fünfundzwanzig, vielleicht fünfunddreißig; er hatte so ein Aussehen, das sich einfach nicht viel veränderte. Rotblondes Haar und blaue Augen und ein leicht fliehendes Kinn, so daß er ein wenig wie ein Kaninchen wirkte. Es drängte sich einem der Eindruck auf – vielleicht zu Unrecht –, daß er Gebrauchtwagen verkaufte, weil er nichts anderes konnte.

Andererseits war er vielleicht ein toller Gebrauchtwagenverkäufer; so ein unbestimmtes Auftreten tarnt mitunter einen richtig durchtriebenen Verstand. Ich habe Anwälte gekannt, die diese Arglosigkeitsmaske abzogen und damit die Geschworenen um den Finger wickelten. War er nun ein wenig vertrottelt oder ein ausgekochter Fuchs? Wir würden es wissen, sobald wir mit ihm sprachen.

Vielleicht.

Natürlich bestellten wir über Funk den Erkennungsdienst. Wir würden Bob Castle kriegen, weil Irene noch immer an dem Bankraub arbeitete, aber das war okay; Bob macht seine Arbeit genauso gut. Obgleich es wohl nicht viel bringen würde, egal, wer vom Erkennungsdienst kam – diese Bankräuber verteilten ihre Fingerabdrücke nicht gerade üppig.

Ich stellte die gleichen Fragen, die ich bei University Chrysler-Plymouth gestellt hatte, und erhielt in etwa die gleichen Antworten.

»Sie war schon vorher ein paarmal hier«, erzählte mir Weaver. »Und es ist schon komisch, daß Sie am Telefon nach einem blauen Lynx gefragt haben, weil sie die ersten Male, die sie hier war, immer mit einem blauen Lynx gekommen ist. Sie hat gesagt, der würde bald den Geist aufgeben und sie bräuchte einen anderen Wagen. Und als sie dann in dem pompösen New Yorker aufgetaucht ist, habe ich gesagt, tja, wie es aussieht, haben Sie sich ja schon einen anderen Wagen zugelegt, und sie hat gelacht und gesagt, sie hätte ihn in irgendeinem Preisausschreiben gewonnen und er wäre ihr zu groß und sie bräuchte das Geld, deshalb wollte sie ihn verkaufen und sich von einem Teil des Erlöses einen Gebrauchtwagen kaufen. Da habe ich sie gefragt, ob sie den Lynx denn noch immer in Zahlung geben wollte, und sie hat gelacht und gesagt, Mister, den Lynx wollen Sie bestimmt nicht mehr.«

»Haben Sie sie gefragt, wieso?«

»Ja, sie hat gesagt, sie wäre zur Kindertagesstätte gefahren, um ihr Kind abzuholen, und dann hätte sich der Wagen nicht mehr von der Stelle gerührt. Er ist zwar angesprungen und der Motor ist auch einwandfrei gelaufen, aber sie hat keinen Gang mehr reingekriegt. Dann hat sie die Werkstatt angerufen, und es ist jemand rausgekommen und hat ihn sich angesehen und gesagt, daß das Getriebe total hinüber war. Na, Sie wissen ja, wie das ist beim Getriebe von einem Lynx mit Vorderradantrieb.«

Ich muß verständnislos dreingeblickt haben, weil er hinzufügte. »Da kommt man nur schwer dran, wenn man es reparieren will. Sie hat gesagt, die Werkstatt hätte gesagt, die Reparatur des Getriebes würde mindestens tausend Dollar kosten. Na, der ganze Wagen war keine tausend Dollar mehr wert, und selbst wenn sie das Getriebe hätte reparieren lassen, wäre sie kaum noch einen Berg raufgekommen, weil der Motor es nicht mehr gebracht hat. Sie hat gesagt, sie hätte ihn verschrotten lassen. An einen Schrotthändler für hundert Dollar verkauft. Und ich habe gesagt, Lady, da haben Sie ja verdammtes Glück gehabt, daß Sie den New Yorker gerade jetzt gewonnen haben, und sie hat gelacht und gesagt, ja, vielleicht, aber der Wagen wäre ihr zu groß. Der kleine Chevy würde ihr sehr viel besser gefallen.«

»Also hat sie mit dem Chevy eine Probefahrt gemacht«, sagte Millner ungeduldig. »Sie haben noch nicht gesagt, was er für ein Baujahr ist und wie das Kennzeichen lautet und –«

Weaver blickte Millner vorwurfsvoll an. »Das habe ich der Lady hier am Telefon schon alles erzählt«, sagte er.

»Ich hab's schon an die Zentrale weitergegeben«, bestätigte ich. »Wissen Sie nicht mehr? Ich hab's Ihnen gesagt, und Sie haben es Dub gesagt.«

»Es wäre mir schon lieb, wenn Sie mir endlich mal sagen würden, worum es hier eigentlich geht«, bemerkte Weaver.

»Es geht um Bankraub und Mord«, sagte Millner präzise. »Die Frau ist die Komplizin der zwei Männer, die am Samstag in der Stadt eine Bankkassiererin gekidnappt und erschossen haben. Sie haben gerade wieder eine Bankkassiererin gekidnappt.«

Weaver klappte der Unterkiefer runter. »Sie machen Witze – diese nette kleine Lady –«

»Diese nette kleine Lady hat vielleicht nicht selbst abgedrückt«, sagte ich, »und am Samstag hat sie vielleicht gar nicht gewußt, daß sie in einen Mord verwickelt werden würde, aber sie war bei dem Mord dabei. Also weiß sie Bescheid. Mr. Weaver, es wäre schön, wenn Sie und jemand anders, der die Frau gesehen hat, sich mit einem Polizeizeichner zusammensetzen würden und –«

Ich hielt inne, denn Weaver schüttelte energisch den Kopf. »So was kann ich nicht«, sagte er.

»Das denken die meisten Leute«, gab ich zu, »aber –«

»Sie verstehen mich falsch«, sagte er. »Sie behaupten, diese nette kleine Lady hätte was mit einem Mord zu tun. Das kann ich einfach nicht glauben. Und deshalb werde ich nicht –«

»Sehen Sie diesen New Yorker da drüben?« fiel ich ihm ins Wort. »Ihre ›nette kleine Lady‹ hat den nicht in einem Preisausschreiben gewonnen. Haben Sie denn noch nie gelesen, was bei solchen Preisausschreiben immer dabei steht? Die Gewinner können sich aussuchen, ob sie das Auto nehmen oder Bargeld wollen. Also wieso sollte sie den Wagen nehmen und ihn dann verkaufen? Sie wissen doch, daß ein so teurer Wagen ein Drittel seines Wertes verliert, sobald er beim Händler vom Hof fährt. Sie hätte das Geld genommen. Aber es gibt noch einen anderen Grund, warum wir wissen, daß sie ihn nicht gewonnen hat. Es ist – es war – nicht ihr Wagen. Der Wagen gehörte Dorene Coe.

Ihr Mann hat ihn für sie gekauft. Auch Dorene Coe war eine nette kleine Lady. Sie war neunzehn Jahre alt. Ich habe gesehen, wie die Gangster sie mit vorgehaltener Waffe aus der Bank geführt haben, bevor sie sie ermordet haben. Sie hatte große Angst. Man hat mir erzählt, daß auch die Kassiererin, die heute entführt wurde, große Angst hatte. Sie ist nicht neunzehn. Sie ist etwa so alt wie ich – dreiundvierzig –, und sie hat einen Mann und vier Kinder. Die haben sich nicht vorstellen können, daß Mama, als sie heute morgen das Haus verließ, nicht wiederkommen würde – bestimmt nicht. Also, wollen Sie uns helfen, sie zurückzuholen?«

Weaver sah aus, als hätte ich ihm mit einem harten, schweren Gegenstand auf den Kopf geschlagen. Dann nickte er langsam. »Ich werd's versuchen«, sagte er. »Aber ich sage Ihnen gleich, ich kann nicht gut Leute beschreiben.«

Ein brauner Van bog auf das Firmengelände, und Weaver schaute in die Richtung. Millner und ich ebenfalls. Am Steuer saß Bob Castle, und der Wagen war, so wußten wir, mit Kameras, Material zur Beweissicherung, Utensilien zum Abnehmen von Fingerabdrücken und dergleichen beladen.

Bob stieg aus, und wir stellten ihn Weaver vor. »Ich würde mich gern mit Ihnen unterhalten, bevor ich anfange«, sagte er zu Weaver, und Millner und ich beschlossen, uns derweil ebenfalls kurz zu beraten. Als wir in verschiedene Richtungen gingen, konnte ich hören, wie Bob sagte: »Also, was haben Sie alles angefaßt –«

»Was halten Sie von der Geschichte mit dem Lynx?« fragte Millner. »Meinen Sie, die stimmt?«

»Möglich«, sagte ich und erinnerte ihn daran, daß ich auch mal einen blauen Lynx hatte. »Ich weiß, daß es ein Heidengeld kostet, das Getriebe reparieren zu lassen. Wir mußten fünfhundert Dollar zahlen, und die gleiche Reparatur an Harrys Pick-up hat weniger als achtzig gekostet.«

Millner nahm seine Brille ab und rieb sich den Nasenrücken.

»Wie viele Schrottplätze mag es wohl in Fort Worth geben?«

»In Tarrant County. Im städtischen Umland. In Dallas. In –«

»Seien Sie doch nicht so pessimistisch«, sagte er. »Die Gangster schlagen hier in der Gegend zu. Wahrscheinlich – sehr wahrscheinlich – wohnen sie auch hier in der Gegend. Und wer einen schrottreifen Wagen abschleppen lassen will, ruft nicht bei einem Schrotthändler an, der dreißig Meilen entfernt ist. Der ruft den nächsten Schrotthändler an, den er finden kann.«

»Innenstadt. Oder im nordöstlichen Gebiet von Tarrant County.«

»Wer ist im Büro?«

»Woher soll ich wissen, wer im Büro ist?« fragte ich. »Ich bin nicht –«

»Deb«, sagte Millner, »halten Sie den Mund und lassen Sie mich nachdenken.«

Am Ende gingen wir in das kleine Büro – eine Art Baracke, bestehend aus einem Raum, in dem zwei Schreibtische standen, auf denen sich mehr Papier stapelte als auf Robert Coes Eßtisch, und einer abgetrennten Ecke, in der eine kleine – übrigens extrem schmutzige – Toilette untergebracht war, um im Präsidium anzurufen. Es gab keinen einleuchtenden Grund, warum ein Detective bei Schrotthändlern anrufen und sich nach Autos der Marke Lynx erkundigen sollte, die seit Samstag hereingekommen waren. Das konnte genausogut eine Sekretärin machen.

»Captain«, sagte ich, nachdem wir aufgelegt hatten, »wann soll das passiert sein?«

»Wann soll was passiert sein?«

»Daß der Wagen den Geist aufgegeben hat. Wann soll das passiert sein? Sie hatte den Lynx eindeutig noch am Samstag. Sie –«

»Als die beiden Jugendlichen sie am Sonntag im Park gesehen haben, was hatten sie da für einen Wagen?«

»Den New Yorker. Aber —«

»Und? Wenn Sie eine Bank überfallen wollen, nehmen Sie da Ihr Kind mit?«

»Ich raube keine Banken aus.«

»Natürlich nicht. Aber wenn Sie es vorhätten, würden Sie Ihr Kind mitnehmen oder das Kind in einer Tagesstätte abgeben?«

»Die meisten Tagesstätten haben samstags nicht auf, und ich glaube nicht, daß sonntags überhaupt welche aufhaben.«

»Wann hat sie dann —«

»Das ist doch meine Rede«, sagte ich, und es gelang mir, nicht zu schreien. »Sie hatte den Lynx am Samstag. Liegengeblieben ist der Lynx angeblich, als sie ihr Kind abgeholt hat. Die meisten Tagesstätten haben samstags nicht auf. Und so gut wie keine – wahrscheinlich gar keine – hat sonntags auf. Heute ist Montag, und es könnte sein, daß sie ihr Kind zu einer Tagesstätte gebracht hat, aber sie hat – oder hatte – bestimmt keine Zeit mehr, das Kind wieder *abzuholen*, und wenn der Wagen auf dem Weg *hin* zu der Tagesstätte liegengeblieben ist, hatte sie keine Zeit, ihn bis neun Uhr heute morgen an einen Schrotthändler zu verkaufen.«

»Also ist es am Samstag passiert, oder es ist überhaupt nicht passiert«, stellte Millner klar.

»Ja. Aber die meisten Tagesstätten —«

Millner nahm erneut den Telefonhörer und rief erneut die Sekretärin an. »Sagen Sie den Schrotthändlern, es ist wahrscheinlich am Samstag gewesen«, sagte er. »Wenn Sie das erledigt haben, fangen Sie an und rufen Kindertagesstätten an. Fragen Sie, ob sie am Samstag aufhaben. Wenn ja, fragen Sie nach, ob da jemand etwas von einer Frau weiß, deren Wagen eine Panne hatte, als die Frau ihr Kind irgendwann am Samstag nachmittag abgeholt hat.«

Wir gingen wieder nach draußen und sahen, daß Bob Castle gerade den Wagen fotografierte – von vorn, von hinten, von beiden Seiten. Wie üblich. Er legte die Kamera beiseite, öffnete den Kasten mit den Utensilien zur Abnahme von Fingerabdrücken und fing an, wie ich es gemacht hätte, die Fahrertür auf Fingerabdrücke hin zu untersuchen.

Es waren natürlich keine vorhanden. Die Tür war abgewischt worden – aber sie mußte die Tür geschlossen haben. Wie hätte sie sie abwischen können, ohne daß Weaver es gesehen hätte?

Bob stellte sich die gleiche Frage. Ich weiß es, weil er fragte. Weaver schüttelte entgeistert den Kopf. »Nein, natürlich hat sie die Tür nicht abgewischt«, sagte er. »Aber sie hat Autohandschuhe getragen. Ist das von Bedeutung?«

Es war von Bedeutung.

Und sehr wenige Leute in dieser Gegend trugen Autohandschuhe bei diesem Wetter.

Wir suchten jetzt nicht nach Dorene Coes Fingerabdrücken. Wir wußten, daß sie in dem Wagen gewesen war; schließlich war es ihr Wagen. Aber natürlich hatten wir ihre Abdrücke, um sie als Vergleich heranzuziehen. Und das war gut so, denn wenn der Wagen nicht gründlich gereinigt worden war, würden jede Menge Abdrücke von ihr darin sein. Wir würden sie ausschließen müssen, und auch die Abdrücke von ihrem Mann, und dann würden alle übrigen Abdrücke vielleicht – vielleicht – von einem der beiden Bankräuber oder ihrer filmverrückten Komplizin stammen.

Vielleicht. Nicht unbedingt. Coes Behauptung, er habe Dorene daran gehindert, Freundschaften zu pflegen, beruhte sehr wahrscheinlich eher auf seinen Schuldgefühlen als auf Tatsachen. Es war nicht abzuschätzen, wie viele Leute Dorene in dem Chrysler mitgenommen hatte.

Und natürlich war es unmöglich, das Geschlecht einer Person anhand von Fingerabdrücken zu bestimmen. Es trifft zwar im allgemeinen zu, daß die Abdrücke einer Frau kleiner sind als die eines Mannes, weil die Hände einer Frau im allgemeinen kleiner sind als die eines Mannes, aber ein kleiner Mann hat natürlich kleinere Hände als eine große Frau. Und ein großer Mann mit schmalen Fingern hat kleinere Abdrücke als eine kleine Frau mit breiten Fingern.

Somit konnte jeder Abdruck, der nicht von einem der Coes stammte, irgendeinem der drei gehören, die Dorene entführt und ermordet hatten – aber auch davon konnten wir nicht mit eindeutiger Sicherheit ausgehen.

Bob versuchte, die Tür zu öffnen. Sie war abgeschlossen. Er fluchte, dezent, und bat Weaver um die Schlüssel. Weaver, der jetzt noch entgeisterter dreinblickte, erwiderte: »Mister, die Schlüssel hab' ich nicht.«

»Wieso nicht?«

Weaver drehte sich um und ließ den Blick über das Gelände wandern. »Mister«, sagte er, »sehe ich etwa so aus, als würde ich einen nagelneuen Wagen – und noch dazu einen New Yorker – in Zahlung nehmen? Sehen Sie sich doch mal um. Hier steht kein einziger Wagen, der jünger ist als zehn Jahre. Ich habe keine New Yorker. Ich habe einen einzigen Cadillac. Der ist zwanzig Jahre alt. Für so was hab' ich kein Geld. Sie wollte mir den New Yorker nicht verkaufen. Wieso also hätte ich mir die Schlüssel geben lassen sollen?«

Das klang plausibel. Doch die Frage war jetzt, ob wir – Millner und ich – zu Coe fahren und ihn um die Ersatzschlüssel bitten sollten, die er irgendwo bei sich zu Hause haben mußte? Oder sollten wir Bob hinschicken? Oder einen Streifenwagen? Oder sollten wir die Feuerwehr rufen und den Wagen einfach aufbrechen lassen?

Solche kleinen Fragen tauchen in unserem Job ständig auf. Es war nämlich zweifellos nicht Bobs Aufgabe, die Schlüssel zu holen. Aber wenn wir sie holten und – so unwahrscheinlich es auch war – die Frau oder einer ihrer Komplizen auftauchte, um den New Yorker abzuholen, wäre Bob nicht gerade dafür ausgerüstet, mit dem Problem fertig zu werden. Gegen eine abgesägte Schrotflinte hat man nun mal mit einem Fingerabdruckpinsel keine Chance. Aber wenn wir einen Streifenwagen losschickten, die Schlüssel zu holen, hätten wir einen Streifenwagen hier auf dem Gelände, was wir zum jetzigen Zeitpunkt vermeiden wollten, für den Fall, daß doch jemand den New Yorker abholen kam. Wenn wir die Feuerwehr riefen, hätten wir hier einen Feuerwehrwagen, der auch ziemlich auffällig ist, und obendrein würden wir den New Yorker beschädigen, was Robert Coe im Moment vielleicht egal war, aber es war immerhin möglich, daß es ihm, oder seiner Versicherung, irgendwann unangenehm auffallen würde.

Ich weiß nicht, was Sie machen würden. Ich weiß nicht, was wir letztlich beschlossen hätten, denn wir mußten nichts von alledem tun. Dutch Van Flagg meldete sich über Funk, um mitzuteilen, daß er jetzt die Bank verlassen würde, und Millner beauftragte Dutch über Funk, zu Coe zu fahren und ihn um die Schlüssel zu bitten.

Dann standen wir alle herum und warteten, und während wir warteten, holte Bob die Fotomontageausrüstung aus seinem Wagen und fing an, damit und mit Weaver zu arbeiten.

Wenn Sie an das Fotomontagesystem denken, denken Sie vermutlich an das sogenannte Identi-Kit-Verfahren. Ich jedenfalls. Bei Bobs handelte es sich aber nicht um Identi-Kit. Identi-Kit funktioniert – oder funktionierte, ich habe es in letzter Zeit nicht mehr gesehen – mit handgezeichneten Gesichtszügen, und ich könnte nicht garantieren, daß ich meine eigene Großmutter auf den Zeichnungen erkennen würde, die dabei herauskommen. Das Montageverfahren – ich glaube, ein gewisser Sirchie hat es entwickelt, aber ich könnte es nicht beschwören – arbeitet mit fotografischen Elementen. Ich will mir gar nicht erst vorstellen, wieviel Arbeit der Knabe da reingesteckt hat, er muß fünfzig Jahre und fünf Millionen Fotos gebraucht haben, aber die Bilder, die am Ende entstehen, sehen tatsächlich fast – nicht ganz, aber fast – so aus wie die Person, die gesucht wird. Als wir die Ausrüstung bekamen, wollte Irene sie ausprobieren, und sie bat mich, Harry zu beschreiben. Das Ergebnis sah genau so aus wie er, oder jedenfalls so ähnlich, daß er eine kleine Kopie von dem Bild auf sein Namensschildchen bei Bell Helicopter hätte kleben können und vermutlich hätte niemand den Unterschied bemerkt.

Das Bild, das hier entstand, hatte weder Ähnlichkeit mit der richtigen Carrie Fisher noch mit der richtigen Melanie Griffith. Das Bild, das in verblüffend kurzer Zeit entstand, zeigte eine blonde Frau mit einem ziemlich länglichen Gesicht, glatten Haaren und jugendlicher Frisur. Sie sah deprimierend normal aus. Ich hätte mir nicht unbedingt zugetraut, sie mit dem Bild in der Hand aus einer Menschenmenge herauszupicken.

Na ja, es war ein Anfang. Wenn Bob hier fertig war, würde er zu University Chrysler-Plymouth fahren, sämtliche Mitarbeiter zusammentrommeln, die die Frau dort gesehen hatten, und versuchen, das Bild weiter zu verfeinern.

Als er mit dem Bild fertig war, kam Dutch gerade die Schlüssel abliefern. »Ich habe Coe gesagt, ich wüßte nicht, wann wir ihm den Wagen ausliefern könnten«, berichtete Dutch, »und er hat gesagt, er will ihn nicht wiederhaben. Wir sollen ihn behalten.«

»Was zum Teufel denkt er denn, was wir damit anfangen sollen?« fragte Millner.

»Keine Ahnung«, sagte Dutch. »Der taugt nicht mal für Überwachungen – viel zu auffällig.«

»Er kommt schon drüber weg«, sagte Bob und öffnete die Wagentür.

In dieser Phase wird alles ein wenig knifflig. Wenn man weiß, daß die Verbrecher – wir nennen sie Tatverdächtige, um dem Gesetz genüge zu tun, aber wir meinen es nicht so – in einem bestimmten Wagen waren, muß der Wagen mit einem speziellen

Handstaubsauger mit speziellen Filtern drin ausgesaugt werden. Der Grund dafür ist der, daß die kleinsten Staubteilchen, Haare und Pollen beweiserheblich werden könnten, und deshalb will man alles einsammeln. In diesem Fall wußten wir, daß die Verbrecher einen Teil des Samstags, den ganzen Sonntag und einen Teil des Montags im Besitz des New Yorker gewesen waren. Somit war möglich, daß Sand von ihrer Zufahrt, Haare von ihrem Pudel, irgendwas von zwei Dutzend anderen Dingen in dem Wagen waren, mit deren Hilfe wir sie zwar nicht ausfindig machen, aber ihre Identität beweisen konnten, sobald wir sie mit anderen Mitteln ausfindig gemacht hatten. Aber das Problem ist folgendes: Man muß staubsaugen, aber man muß auch Fingerabdrücke suchen. Wenn man zuerst staubsaugt, könnte es sein, daß die Fingerabdrücke beschädigt oder verwischt werden, aber wenn man zuerst nach Fingerabdrücken sucht, muß man eine Unmenge Fingerabdruckpulver mit aufsaugen.

Jeder Mitarbeiter des Erkennungsdienstes geht das Problem auf seine Weise an. Bob saugte zuerst den Boden und den Sitz auf der Fahrerseite ab und suchte dann in diesem Bereich nach Fingerabdrücken, bevor er sich die Beifahrerseite vornahm, und dann – na ja, Sie können es sich vorstellen. Diese Methode war gründlich, systematisch und sehr, sehr zeitaufwendig. Währenddessen stand ich die ganze Zeit mit einer sonnenverbrannten Nase auf dem Parkplatz von Clean Harry's Gebrauchtwagenhandel herum – Millner war längst weg und hatte mir gesagt, ich sollte mit Bob zum Präsidium zurückfahren – und wußte genau, warum ungemolkene Kühe herumlaufen und so einen entsetzlichen Lärm machen.

Bob kroch aus dem Kofferraum des Wagens – ja, heraus; er war vollständig drin gewesen, während ich aufgepaßt hatte, daß die Klappe nicht aus Versehen zufiel – und sagte: »Deb, holst du mir mal ein paar Beweismittelbeutel?«

»Welche Größe?«

»Große«, sagte er ungeduldig.

Ich hätte es mir denken können. Er hatte einen Stapel kleiner Plastikbeutel, alle ordentlich und vorschriftsmäßig etikettiert, auf dem Asphalt neben dem Klemmbrett liegen, das alle seine Notizen zusammenhielt. Auch seine abgenommenen Fingerabdrücke wären da gewesen, wenn er welche gefunden hätte, was leider nicht der Fall war. Jetzt endlich war er soweit, größere Dinge aus dem Wagen einzusammeln.

Viel war es nicht. Ein Paar Sportschuhe, sehr wahrscheinlich Dorenes, auf dem Rücksitz. Handschuhe und ein Stadtplan von Fort Worth im Handschuhfach. Ein Stadtplan von Dallas auf dem Fußraum vor dem Rücksitz. Ein Videoband von einem Videoverleih, das nicht zurückgegeben worden war, auf dem Armaturenbrett. Natürlich inzwischen ruiniert. Dorene hatte einen Stellplatz im Parkhaus. Vermutlich hatte sie das Video auf das Armaturenbrett gelegt, damit sie nicht vergaß, es zurückzubringen. Ich mache das auch manchmal. Die Gangster hatten sich nicht daran gestört und es auf dem Armaturenbrett liegenlassen. Drei Tage in der Texas-Sonne, verstärkt durch die Autoscheiben, können einem Videoband den Rest geben.

Robert Coe hatte vermutlich inzwischen etliche Anrufe von dem Verleih erhalten mit der Bitte, das Band zurückzubringen.

Wenn – was ich vermutete – keine Fingerabdrücke darauf waren, würde ich es zurückbringen und erklären, was passiert war. Sicher würde kein Videoverleih bei einem Mann Schadensersatzansprüche stellen, dessen Frau entführt und ermordet worden war. Natürlich konnte er es sich leisten, den Schaden zu bezahlen. Aber darum ging es nicht.

»Das ist alles«, sagte Bob, während er die kleineren Plastikbeutel in eine große Tüte steckte. »Was soll mit dem Wagen passieren?«

Ich schüttelte den Kopf. »Wir lassen ihn besser bewachen, für alle Fälle«, sagte ich.

Das hätte ich schon vor Stunden beschließen sollen. Jetzt mußten wir noch eine Stunde warten, bis wir jemanden von der Überwachung angefordert und die jemanden zu uns rausgeschickt hatten. Aber endlich kam Carlos Amado – Amado bedeutet Liebhaber, und Carlos kann seinen Nachnamen nicht ausstehen –, und wir sagten ihm, was er zu tun hatte.

Dann mußten wir noch etwas länger warten, während Bob und Carlos, die oft zusammen angeln gingen, ein Weilchen miteinander plauderten.

Bob und ich fuhren los. »Sollen wir irgendwo einen Happen essen?« fragte Bob.

Ich zuckte die Achseln. Ich wäre jetzt am liebsten in meinem eigenen Wagen gewesen, um meiner eigenen Wege zu gehen; Bob war inzwischen der dritte, mit dem ich heute fuhr, und ich wurde allmählich unruhig und hoffte, daß ich nichts in einem der anderen Wagen vergessen hatte. Egal, wenn ja, würde ich es schon irgendwann zurückbekommen. »Ja, von mir aus«, sagte ich undankbar.

Ganz in der Nähe der Belknap Street ist ein nettes Grillrestaurant. Coors. Sie benutzen das gleiche Logo wie die Bierbrauerei. Mir ist schleierhaft, wie sie damit durchkommen. Ich meine, wenn der Besitzer wirklich Coors heißt (ich weiß nicht, ob dem so ist), dann kann die Brauerei wohl nicht viel dagegen unternehmen, daß er den gleichen Namen benutzt, aber eigentlich müßte es der Brauerei doch gehörig gegen den Strich gehen, daß sie auch noch das gleiche Logo benutzen. Na ja, entweder, sie weiß nichts davon – obwohl man meinen sollte, daß die Bierlieferanten es ihrer Firma eigentlich sagen müßten –, oder sie hält es für eine gute Werbung.

Sie haben jedenfalls ein ausgezeichnetes Barbecue.

Trotz meines entschiedenen Protestes bestand Bob darauf, daß wir uns in dem Bereich hinsetzten, wo ein Fernseher ist. Ich hasse das, nicht wegen des Fernsehers, der mich nicht besonders stört, sondern weil es dort noch verrauchter ist als in dem übrigen Teil des Restaurants, wo es schon verraucht genug ist. Country-music, Barbecue, Bier und Zigaretten scheinen irgendwie zusammenzugehören. Ich mag Country-music und Barbecue einigermaßen, auf das Bier kann ich gut verzichten, und die Zigaretten – na ja. Wenn Carrie Nation damals Tabakplantagen abgebrannt hätte, statt Kneipen zu demolieren, wäre es mir nur recht gewesen.

Bob sah das nicht so. Er zündete sich eine Zigarette an. Ich keuchte demonstrativ. Bob ignorierte mich. Und der Fernseher sagte: »Kennen Sie diese Frau?«

Sieh an, sieh an. Irene war also in der Bank fertig geworden, und sie hatte beschlossen, nicht darauf zu warten, bis Bob zu University Chrysler-Plymouth fuhr. Sie war selbst dort gewesen.

Das Bild hatte so große Ähnlichkeit mit dem, das Bob zustande gebracht hatte, daß es sich unverkennbar um dieselbe Frau handelte. Und es wurden überraschend viele Informationen über sie genannt. Natürlich nicht ihr Name; den kannten wir noch nicht. Millie hing wahrscheinlich noch immer am Telefon und rief bei Schrotthändlern und Kindertagesstätten an. Aber daß die Frau für gewöhnlich mehrmals bei Autohändlern erschien und dann darum bat, mit einem Wagen eine mehrstündige Probefahrt zu machen. Daß sie einen blauen Lynx gefahren hatte, aber nicht mehr besaß. Daß sie möglicherweise ein Kind hatte, daß ihr Wagen möglicherweise am Samstag vor einer Kindertagesstätte eine Panne gehabt hatte –

Irgendwas beunruhigte mich, ohne daß ich sagen konnte, was, aber mir wurde immer mulmiger zumute. »Bob«, sagte ich, »ich möchte noch mal zu dem Gebrauchwagenhändler fahren.«

»Wozu?«

»Weil ich es möchte.«

»Wir haben aber noch nicht gegessen.«

»Bob, ich möchte noch mal zu dem Gebrauchtwagenhändler.«
»Ach, Deb –«
»Dann gib mir die Autoschlüssel, und du kannst hier bleiben und was essen.«

Vor langer Zeit war ein Freund von mir mal mittags in einem Restaurant. Er war damals noch nicht mein Freund, weil ich zu der Zeit noch nicht bei der Polizei war. Sein Partner war bei ihm, und sie wurden zu einem Einsatz gerufen. Bloß ein kleiner Einsatz, ein Randalierer an einer Bushaltestelle. Sie sollten hinfahren und den Mann beruhigen. Nichts Ernstes. Deshalb sagte Billy: »Die sollen warten, bis ich meinen Nachtisch aufhabe. So dringend kann es nicht sein.«

Aber sein Freund war mit dem Essen fertig. »Bleib doch hier und iß in Ruhe zu Ende«, sagte er. »Ich fahr' hin und erledige das und hol' dich dann anschließend ab.«

Also aß Billy in Ruhe zu Ende, doch sein Freund kam nicht wieder, um ihn abzuholen.

Mir ist häufig erzählt worden, wie Billy weinend draußen auf der Treppe vor der Notaufnahme saß, während die Ärzte – ohne die geringste Hoffnung – versuchten, seinen Partner noch so lange am Leben zu halten, bis seine Frau da war, um ihn noch einmal zu sehen.

Bob kannte diese Geschichte so gut wie ich. Er wollte mich nicht allein zu Clean Harry's fahren lassen. Ich hatte schamlos darauf spekuliert, und das wußte er auch, und ich konnte an der Art, wie er den Wagen fuhr, merken, daß er wütend auf mich war. Er wußte, daß ich es merken konnte, und er legte es darauf an, daß ich es merken konnte.

Aber das war, bevor wir wieder bei Clean Harry's ankamen und sahen, daß sämtliche Scheiben des New Yorker zerschossen waren und Harry Weaver und Carlos Amado in der Zufahrt lagen. Carlos hatte seinen Dienstrevolver in der Hand. Ein paar Schritte entfernt waren Blutspuren auf dem Boden. Er hatte also einen von ihnen erwischt. Auch wenn es ihm nichts mehr genützt hatte.

Bob stieg aus dem Wagen und befestigte das Blitzgerät an der Kamera und fing systematisch an, Fotos von den Toten zu machen, wobei er versuchte, die Tränen zu ignorieren, die ihm übers Gesicht strömten. Ich hängte mich ans Funkgerät.

Kapitel 6

»Also, was haben die als nächstes vor?« fragte Captain Millner wütend. »Den Schrottplatzbesitzer ermorden? Die gesamte Kindertagesstätte umbringen? Was haben diese Schweine als nächstes vor?«

Ich schüttelte den Kopf. Was hätte ich auch sagen sollen? Millner drehte sich um, stieg in seinen Wagen und fuhr davon, hinter den Krankenwagen her, ohne daß ich ihn noch bitten konnte, mich mitzunehmen.

Wenigstens waren die Krankenwagen jetzt weg. Ich mußte mich nicht mehr krampfhaft bemühen, den Blick von Carlos Amados entstelltem Leichnam abzuwenden, obwohl die mit Kreide gezogenen Umrißlinien, das Blut, die Knochenfragmente und Gewebefetzen noch immer auf dem Asphalt zu sehen waren. Der Gerichtsmediziner war fort; schließlich hatte es nicht viel für ihn zu tun gegeben, außer offiziell den Tod festzustellen, und der war ziemlich offensichtlich. Eine abgesägte Schrotflinte läßt keine Fragen offen, was ihre Absichten und ihre Ergebnisse angeht.

Alle möglichen Zugänge zu Clean Harry's (ein ehemals komischer, nun grotesker Name) waren mit Polizeiband abgesperrt, und Streifenbeamte standen Wache. Bob und Irene arbeiteten in dem abgesperrten Bereich, doch die Chancen, irgendwelche aussagekräftigen Beweismittel zu finden, standen eins zu tausend. Man spult das übliche Programm ab. Mehr nicht. Man spult das Programm ab. Detectives gingen auf beiden Straßenseiten auf und ab und versuchten, jemanden zu finden, der irgendwas gehört oder gesehen hatte. Auch ich hatte mich an der Suche beteiligt. Was dabei herauskam, gibt am besten mein erstes Gespräch wieder, das ich mit dem Besitzer eines kleinen Tante-Emma-Ladens genau gegenüber von Clean Harry's führte. »Lady, ich hab' nix gesehen. Ich hab' nix gehört«, sagte er zu mir.

»Vier Schüsse aus einer Schrotflinte und zwei aus einem Revolver, auf diese kurze Entfernung –«, setzte ich ungläubig an.

»Ich hab' nix gesehen, ich hab' nix gehört«, wiederholte er. »Jedenfalls nicht, solange diese Schweine noch frei herumlaufen, da weiß ich absolut nichts. Wenn ihr die erwischt habt, fällt mir vielleicht wieder was ein. Aber jetzt – Null. Ich hab' nämlich einen ziemlich starken Selbsterhaltungstrieb.«

Etwas Besseres hatte ich nicht erreicht, als ich mit meiner Straßenseite durch war, und es wäre auch sinnlos gewesen, den Kollegen zu helfen, weil auch sie alle so gut wie mit ihrem Abschnitt fertig waren. Und keiner wußte irgendwas. Keiner wußte irgendwas. Als ich zum Tatort zurückkehrte, herrschte dort ein ziemlicher Trubel. In regelmäßigen Abständen brauste ein Hubschrauber darüber hinweg, drei Fernsehteams und eine wechselnde, aber stets große Schar von Presse- und Radioreportern kam und ging. Die Nachrichtensprecherin eines Fernsehsenders strich ihren Rock glatt, der ein wenig im Wind flatterte, strich sich die Haare glatt, die das gleiche taten, und sprach dann in ein Mikrofon.

»Ein Polizeisprecher hat inzwischen offiziell bestätigt, daß der siebenundzwanzigjährige Police Corporal Carlos Amado und der Gebrauchtwagenhändler Harry Weaver, Alter unbekannt, heute am frühen Nachmittag hier auf dem Gelände der

Gebrauchtwagenfirma Clean Harry's in Fort Worth erschossen wurden. Genauere Angaben wurden nicht gemacht, und die Polizei verweigert auch jede Erklärung für die Anwesenheit eines Zivilbeamten auf dem Firmengelände. Es gibt jedoch Hinweise darauf, daß sein Einsatz mit der Entführung und Ermordung der neunzehnjährigen Bankkassiererin Dorene Coe sowie mit dem Überfall auf die C&S Bank heute morgen im Zusammenhang steht, in dessen Folge die Kassiererin Deandra Black entführt wurde. Mein Name ist Sonja Jensen, und ich werde mich wieder melden, sobald weitere Einzelheiten bekannt werden. Wir schalten jetzt um nach –«

Ich weiß nicht, wohin sie jetzt umschaltete. Ich hörte nicht mehr zu. Ich hatte nämlich gerade gesehen, daß Nathan Drukker in seinen Wagen stieg, und falls er zum Präsidium fuhr, wollte ich mit ihm fahren. Schließlich war ich seit dem frühen Morgen nicht mehr dort gewesen, und ich wollte jetzt an meinen Schreibtisch und mit den Berichten anfangen, die ich heute nicht mehr würde abschließen können, ohne Überstunden zu machen, und ich hatte nicht die Absicht, Überstunden zu machen, und dann wollte ich in meinen Wagen steigen und nach Hause fahren.

Wo ich mich in Ruhe ausweinen konnte.

Carlos Amado war mit zweiundzwanzig in unser Department gekommen. Fünf Jahre. Im ersten Jahr hatte er als Streifenbeamter gearbeitet, und ich war ihm dann und wann über den Weg gelaufen, wie das eben so ist mit den uniformierten Kollegen, die man nie richtig kennenlernt. Jedenfalls nicht in einem so großen Department wie unserem. Aber dann war er vier Jahre in der Abteilung für Überwachungen gewesen, und in diesen vier Jahren hatte ich oft mit ihm zusammengearbeitet. Ich konnte zwar nicht behaupten, daß wir enge Freunde gewesen wären. Aber wir waren freundschaftlich und warmherzig miteinander umgegangen.

Sein Frau Bev arbeitete in der Stadtbücherei. Sie hatten versucht, ihre jeweiligen Arbeitszeiten so aufeinander abzustimmen, daß einer von ihnen die meiste Zeit zu Hause bei den Kindern sein konnte. Natürlich klappte das nicht immer; es gab Tage wie heute, an denen er zum Einsatz gerufen wurde, während Bev noch bei der Arbeit war. Also hatte er die Kinder wohl zu Bevs Mutter gebracht. So machten sie das nämlich. Er hatte mir das mal erzählt. Er hatte gesagt, sie hätten ein wunderbares Leben, er und Bev und die Kinder.

Ich nahm an, daß irgendwer zur Bücherei gefahren war und Bev erzählt hatte, was passiert war, sie nach Hause gebracht hatte; bestimmt hatte jemand anderes ihren Wagen nach Hause gebracht, weil sie wohl nicht in der Verfassung war zu fahren. Ich nahm an, daß jemand geistlichen Beistand für sie gerufen hatte; ich wußte, daß Carlos katholisch gewesen war – und er war einen plötzlichen Tod gestorben, so daß es für ihn keine letzte Ölung gegeben hatte. Wie bedeutsam war das wohl? Da ich nicht katholisch bin, hatte ich nicht die leiseste Ahnung. Es war wohl am besten, wenn ich Bev noch am Nachmittag besuchte, um ihr mein Beileid auszusprechen, aber ich hatte nicht die leiseste Ahnung, was ich ihr sagen sollte.

»Geht's dir gut, Deb?« fragte Nathan.

Ich zuckte die Achseln. »Ja. Und dir?«

»Geht so.«

Ihm ging es ungefähr genauso gut wie mir. Also nicht besonders. Wer mich nicht kannte, dem mußte ich angesichts der Umstände wohl absolut ruhig, sogar unmenschlich und gefühllos ruhig erscheinen. Aber wer mich kannte, sah mir auf Anhieb an, daß dem nicht so war.

Nathan Drucker kannte mich. Und ich kannte ihn.

»Hast du was zu Mittag gegessen?« fragte er.

»Ich will nichts.«

»Du mußt was essen.«

»Irgendwann esse ich schon.«

Er bog auf den Parkplatz einer Imbißbude. Der Nordosten von Tarrant County leidet in dieser Hinsicht noch heute darunter, daß Goldenburger dichtgemacht hat, denn so sind wir – zumindest ich – gezwungen, auf die großen Hamburgerrestaurant-Ketten zurückzugreifen. Normalerweise störte mich das. An diesem Tag jedoch nicht. Hamburger waren mir einfach egal. Ob nun Dairy Queen's oder Burgerking oder Wendy's oder egal was oder egal wer. Ich wollte keinen Hamburger. Ich wollte nichts zu essen.

Nathan fragte mich nicht, was ich essen wollte. Er ging rein, während ich bei eingeschaltetem Funkgerät im Wagen blieb. Er kam mit zwei Tüten zurück und reichte mir eine. Darin waren ein Hamburger, Fritten und ein Schokomilchshake.

»Nathan, ich hab' dir doch gesagt, daß ich nichts –«

»Ich auch nicht. Und jetzt iß. Wenn du krank wirst, macht das Carlos auch nicht wieder lebendig.«

Natürlich hatte er recht, und ich wußte genau, daß Carlos das gleiche sagen würde, wenn Nathan erschossen worden wäre. Nathan aß seinen Hamburger. Er schien genauso wenig Appetit zu haben wie ich. Mit einem Achselzucken begann ich zu essen.

Und das Funkgerät meldete sich. Das soll nicht etwa heißen, daß es vorher geschwiegen hätte; das hatte es nicht. Ein Polizeifunkgerät ist praktisch niemals still. Aber die Menschen, die sich den ganzen Tag in der Nähe von Polizeifunkgeräten aufhalten, lernen irgendwann, das Funkgerät nicht mehr wahrzunehmen, es sei denn, es meldet irgendwas, das die Betreffenden unbedingt mitbekommen müssen. So hören beispielsweise alle Polizeibeamten das jeweilige Signal oder Codewort, das in ihrem Bereich »Überfall« bedeutet oder »Kollege braucht Hilfe«; ansonsten bekommt man mit ziemlicher Sicherheit nur sein eigenes Rufsignal mit.

Und genau das hörte ich jetzt. Mein eigenes Rufsignal. Ich wurde im Polizeipräsidium gebraucht. »Schon unterwegs«, sagte ich, und Nathan gab mir seinen Schokomilchshake zu halten, während er rückwärts aus der Parklücke setzte. Ich gab ihn ihm wieder, als wir auf der Straße waren, und wir hatten beide noch einen Rest Schokomilch in unseren Bechern, als wir den Einsatzraum betraten.

Der, wie wir feststellten, regelrecht aus allen Nähten platzte. Da war das Raubdezernat. Das Morddezernat. Das Sonderdezernat. Etliche FBI-Beamte, nicht bloß Dub und Chang, sondern auch Darren Fletcher und noch ein paar andere, die ich nicht näher kannte. Ein Texas Ranger. Da waren auch vier sehr gut gekleidete Herren, die ich noch nie gesehen hatte. Alle vier trugen teure und ausgefallene Cowboystiefel – wie sie echte Cowboys im Leben nie anziehen würden – und ausladende weiße Stetson-Hüte und sehr elegante Aktenkoffer. Sie wirkten eigentlich nicht wie Leute, die Stiefel und weiße Stetsons trugen. Sie wirkten wie Leute mit teuren Aktenkoffern.

Sergeant Distefano, der Leiter des Dezernats für Informationsbeschaffung, war auch da. Wir Detectives bezeichnen sein Dezernat meistens als die Abteilung für Überwachungen, weil wir seine Mitarbeiter häufiger für Überwachungen anfordern als für irgendwas anderes. Wie zu erwarten hatte Distefano – Carlos Amados Vorgesetzter – rote Ränder um die Augen.

Allem Anschein nach hatten wir eine Besprechung.

Millner fixierte vielsagend meinen Pappbecher, und ich ließ ihn so unauffällig wie möglich, also nicht sehr, in den nächsten Mülleimer fallen und suchte mir einen Platz. Drucker warf seinen Pappbecher nicht in den Mülleimer. Er trank einfach weiter daraus. Das wunderte mich nicht. Er hatte seine Haltung in dieser Frage bereits hinreichend deutlich gemacht.

Wie sich herausstellte, waren die Männer, die ich nicht kannte, vom Texanischen Bankenausschuß. Mir war ziemlich unklar, was der Texanische Bankenausschuß wegen der Raubüberfälle unternehmen wollte, das wir nicht bereits unternahmen, aber Leute, die in wichtigen Komitees sitzen, sind nun mal so. Vor allem wollen sie wissen, was wir gemacht haben und was wir gerade machen. Es kommt ihnen gar nicht den Sinn, daß das, was wir gerade machen, sich darin erschöpft, eine Besprechung mit ihnen abzuhalten, wo wir doch unterwegs sein und an der Lösung des Falles arbeiten könnten.

Millner, der, wie in solchen Situationen üblich, die Rolle des Vorsitzenden übernahm, fing an, die Lage zusammenzufassen. Der erste Raubüberfall am Samstag. Beschreibung der Verdächtigen. Arbeit der Detectives. Beschreibung der blonden Verehrerin von Harrison Ford. Auffindung der Leiche am Sonntag. Die Teenager, die uns von der Erschießung berichtet hatten. Der zweite Raubüberfall am Montag. Wie ich Harry Weaver gefunden hatte, was Harry Weaver mir erzählt hatte, was mit Harry Weaver und Carlos Amado passiert war. Der Personenschutz, der für Connie Daynes, die Verkäuferin bei University Chrysler-Plymouth, angeordnet worden war. Ich hörte zum erstenmal davon und hoffte, daß es etwas nützen würde. Die Fahndung nach dem weißen Chevrolet, der von Clean Harry's ausgeliehen worden war. Die Suche nach Deandra Black und ihrem beigefarbenen Honda Accord, von dem wir inzwischen das Baujahr und das Kennzeichen hatten. Die noch andauernde Suche nach dem Schrottplatz, zu dem der Lynx abgeschleppt worden war, falls die Geschichte der Frau stimmte, was vermutlich der Fall war, denn wenn nicht, welchen erdenklichen Grund hätten sie gehabt, Weaver zu erschießen? Die noch andauernde Suche nach der Kindertagesstätte, die samstags geöffnet hatte und wo ein blauer Lynx seinen Geist aufgegeben hatte.

Die telefonische Suche gestaltete sich im übrigen immer schwieriger, denn bis diese Besprechung einberufen worden war, hatten die Sekretärinnen noch immer alle Hände voll zu tun gehabt, die Aussagen von Zeugen des Banküberfalls und der Entführung von heute morgen zu schreiben. Da sie die Aussagen nicht selbst entgegennehmen durften – das dürfen offiziell nur Polizeibeamte – traten sich die noch verbliebenen Zeugen inzwischen auf den Gängen und in den Vernehmungszimmern die Beine in den Bauch, weil die Detectives jetzt an dieser Besprechung teilnehmen mußten. Aber während die Sekretärinnen Zeugenaussagen schrieben, konnten sie nicht gleichzeitig Schrottplätze und Kindertagesstätten anrufen, und während sie Kindertagesstätten und Schrottplätze anriefen, konnten sie keine Zeugenaussagen schreiben.

Wir hatten uns aus anderen Abteilungen im Haus Sekretärinnen ausgeliehen.

Millner berichtete von dem Blut, das darauf hindeutete, daß Carlos einen von den Gangstern getroffen hatte. Und von den Anrufen in Krankenhäusern, ob dort jemand mit einer Schußwunde behandelt worden war. Er berichtete von –

»Aber was wollen Sie denn nun unternehmen?« unterbrach ihn einer der Leute vom Bankenausschuß, der eine unglückliche Ähnlichkeit mit einem als John Connally verkleideten Senator John Tower hatte.

»Ich habe Ihnen soeben dargelegt, was wir alles unternehmen«, erwiderte Millner mit einer Miene, die fast nachsichtig wirkte.

»Das hört sich aber nicht gerade nach viel an, finde ich.«

»Was sollten wir denn Ihrer Meinung nach sonst noch tun?« wollte Millner wissen.

»Das zu entscheiden ist Ihre Aufgabe, nicht meine.«

»Sehr richtig. Es ist meine Aufgabe. Und –«

Und die Tür wurde aufgerissen. »Captain Millner?« rief Millie. »Raubüberfall auf die First Security Bank!«

Das war einfach lächerlich. Die Bankräuber mußten wirklich töricht sein.

Ich weiß nicht, was die Leute vom Bankenausschuß machten. Wir übrigen stürmten jedenfalls so schnell, wie derart viele Menschen überhaupt durch eine Tür gelangen konnten, nach draußen. Und wir warteten nicht auf die Aufzüge, sondern rasten die Treppe hinunter und sprangen in die Wagen, ohne noch groß darauf zu achten, wer mit wem fuhr – und so landete ich dieses Mal im Auto eines Texas Ranger namens Neal Ryan. Ich kenne Neal ziemlich gut. Er sieht aus wie ein Bücherwurm und hat eigentlich nicht viel an sich, das der traditionellen Vorstellung von einem Texas Ranger entspricht, mit Ausnahme seiner handgearbeiteten Lederstiefel, die in der Tat auch ein echter Cowboy tragen würde. Wenn er vor Gericht aussagen muß, trägt er Anzug und Krawatte; wenn er nicht gerade im Zeugenstand ist, trägt er die gleiche praktische graue Baumwollarbeitskluft, die man von Lieferanten kennt und die man sich direkt aus den Versandhauskatalogen bestellen kann. Der fünfzackige, von einem Kreis umrundete Stern an dem grauen Baumwollarbeitshemd verkündet jedem Texaner »Ranger«, und der fünfzehn Zentimeter lange Lauf des Colt Cobra in seinem Revolverhalfter sagt das und noch einiges mehr. Diese Botschaft vergißt man jedenfalls nicht so schnell.

Als der Wagen aus der Tiefgarage brauste, schaltete Neal die Sirene ein und betätigte einen Kippschalter, der das Blaulicht einschaltete und zugleich dafür sorgte, daß die Scheinwerfer in rascher Folge von Fernlicht auf Abblendlicht und wieder zurück wechselten. Im normalen Straßenverkehr fällt das mehr auf, als Sie vielleicht meinen, falls Sie es noch nie gesehen haben. Er betätigte einen weiteren Kippschalter, um sein Funkgerät von der staatlichen Frequenz auf die städtische umzuschalten. Der Einsatzleiter war mitten im Satz. »... unter Kontrolle. An alle Einheiten, Entwarnung, die Situation ist unter Kontrolle.«

Schlagartig ließ das Sirenengeheul in der Luft nach. Doch nicht alle Sirenen verstummten. Unsere jedenfalls nicht. Ich schielte zu Neal hinüber, und er sagte sanft: »Ich arbeite nicht für die Stadt Fort Worth.« Unausgesprochen schwebte der zweite Teil des Satzes in der Luft. »Ich fahre so schnell ich will.«

Ein uniformierter Polizeibeamter und ein Wachmann der Bank standen rechts und links von einem etwas verängstigt und recht schäbig aussehenden Mann von zirka Mitte Dreißig. Wie schon gesagt, sie standen. Er saß.

Es ist gar nicht so leicht, wie man vielleicht glaubt, die Größe einer sitzenden Person zu schätzen. Aber er war bestimmt gut über 1,80. Seine hellolivefarbene Haut war leicht gebräunt, sein schwarzes Haar ein wenig zu lang, sein Schnurrbart ein wenig ungepflegt, und seine blauen Augen blickten sehr, sehr zornig. Er trug Blue jeans und ein weißes T-Shirt. Das T-Shirt hatte ein Logo auf der Brust mit drei reptilienartigen Fingern, die einen Globus umschlossen, und darunter stand in Anführungszeichen *To Life Immortal!* Es war recht offensichtlich, daß der Mann, ebenso wie mein Sohn Hal, ein Fan der Fernsehserie *Krieg der Welten* war.

Doch mit relativ hoher Wahrscheinlichkeit wurde er nicht deshalb so überaus eifrig bewacht, weil er gern Serien über Marsmenschen sah, die dann doch keine Marsmenschen waren, sondern Wesen aus einer fernen, fernen Galaxie.

»Was ist hier los?« fragte ich.

Der Wachmann und der Polizist starrten mich an. »Das ist Sache der Polizei«, sagte der Officer rüde.

Das geschieht immer mal wieder. Unser Department ist einfach zu groß geworden. »Detective Deb Ralston, Sonderdezernat der Polizei von Fort Worth«, sagte ich. »Also, was ist hier los?« Ich konnte keine Anzeichen für einen versuchten Banküberfall entdecken, aber der äußere Schein mochte ja trügen.

»Wissen Sie von dem Banküberfall am Samstag«, fragte mich der Polizist.

»Ich bin sehr gut über diesen Banküberfall am Samstag informiert«, antwortete ich.

»Finden Sie nicht, daß der hier aussieht wie der von der Videoaufnahme?«

Ich sah den Mann an. Der Mann sah mich an. »Das war eine ziemlich verschwommene Aufnahme«, sagte ich.

»Das versuche ich denen schon die ganze Zeit klarzumachen«, sagte der Mann verbittert. »Hören Sie, ich bin hergekommen, um ein Konto zu eröffnen, zum Donnerwetter noch mal, und plötzlich fängt der Kassierer an zu brüllen, und dann hatten die Wachleute mich auch schon im Griff.«

»Er sieht aus wie der auf dem Video«, sagte der Officer, auf dessen Namensschild Hickson stand, trotzig. »Und er ist auch genauso gekleidet.«

»Auf dem Video waren zwei Männer«, stellte ich klar. »Keiner von beiden trug ein T-Shirt. Bei dem Banküberfall heute morgen trugen beide T-Shirts, aber auf keinem war ein Logo. Welchem von beiden sieht er denn Ihrer Meinung nach ähnlich?«

»Dem Großen. Er hat genau die richtige Größe. Er hat mir schon unterschrieben, daß er über seine Rechte aufgeklärt worden ist.«

»Das Video hab' ich auch gesehen«, sagte der Mann. »Der Typ hatte eine Maske auf. Wie soll ich denn bitte schön wie einer aussehen, den noch keiner gesehen hat?«

»Ich habe ihn gesehen«, widersprach ich. »Und das nicht bloß auf dem Video.«

»Dann wissen Sie ja, daß ich es nicht war.«

»Nein, das weiß ich eigentlich nicht. Noch nicht. Wie heißen Sie?«

»Nick Casavetes.«

Noch ein Name aus der Filmbranche, dachte ich mit wachsendem Interesse. Na ja, zumindest der Nachname.

»Mr. Casavetes, würden Sie bitte mal aufstehen?«

»Klar. Wenn ich danach nach Hause darf.« Er stand auf. »Jetzt sehen Sie, daß ich es nicht war.«

Ich betrachtete ihn. Noch immer konnte ich nicht sagen, daß er es nicht war. Andererseits konnte ich auch nicht mit Sicherheit sagen, daß er der Mann am Samstag in der Bank gewesen war, aber genausowenig konnte ich sagen, daß er es nicht gewesen war.

»War er bewaffnet?« fragte ich Hickson.

»Mein Gott, nein, ich war nicht bewaffnet«, sagte Casavetes. »Wozu brauche ich denn eine Pistole, wenn ich ein Girokonto eröffnen will?«

»Nein, er war nicht bewaffnet«, antwortete Hickson.

»Habt ihr ihn über den Zentralcomputer überprüft?«

»Ja«, sagte Hickson. »Es liegt nichts gegen ihn vor.« Er sagte nicht, daß Casavetes kein Vorstrafenregister hatte, eine Auslassung, die vielleicht bedeutsam sein konnte – vielleicht aber auch nicht –, das hing von Hicksons Erfahrung ab, die, wie ich annahm, nicht eben überwältigend war.

Neal, der ein wenig herumgeschlendert war, kam zurückgeschlendert. »Ich habe gefragt, ob es hier einen Raum gibt, in dem wir uns ungestört unterhalten können«, sagte er. »Anscheinend gibt es solche Räumlichkeiten heutzutage in den Banken nicht mehr. Alles ist öffentlich, damit jeder jeden sehen kann.«

Casavetes sah ihn an. »Wer zum Teufel sind Sie denn?«

»Neal Ryan. Texas Ranger.«

»Ehrlich?« sagte Casavetes und zeigte zum erstenmal an irgendwas anderem als seiner eigenen unangenehmen Situation echtes Interesse. »Ich wußte gar nicht, daß es noch Rangers gibt.«

»›Sprach der Jüngling zur Welt, Sir, es gibt mich‹«, sagte Neal, und diesmal starrte nicht nur Casavetes, sondern auch ich ihn an.

»Ja, es gibt die Texas Rangers noch«, fuhr Neal fort. »Und ja, ich bin einer von ihnen. Sie und ich und Detective Ralston gehen jetzt raus und setzen uns in meinen Wagen, und dann schauen wir mal, ob wir die Sache hier klären können.«

Sein Wagen eignete sich etwas besser für diese Art von Klärung, als es ein städtischer Polizeiwagen getan hätte, von denen inzwischen etliche eingetroffen waren, weil seine Rückbank nicht mit einem Gitter abgetrennt war und die sperrigen Ausrüstungsgegenstände – Gewehre und dergleichen – ordentlicher verstaut waren. Zehn Minuten später saßen Casavetes und ich auf der Rückbank, und Neal und Captain Millner hatten auf den Vordersitzen Platz genommen. »Nun«, sagte Neal, »wer will anfangen?«

»Bin ich festgenommen?« fragte Casavetes.

»Nein, Sir, Sie sind nicht festgenommen«, sagte Captain Millner. »Dennoch möchte ich Sie darauf hinweisen, daß alles, was Sie sagen, gegen Sie –«

»Ja, ja, ja, das weiß ich«, unterbrach Casavetes ihn. »Der Cop da drinnen hat mir schon alles erzählt und mich irgendwas unterschreiben lassen.«

»Ich habe die Erklärung hier«, sagte ich, und Millner nickte.

»Wenn ich nicht festgenommen bin, darf ich dann gehen?«

»Nicht so schnell«, sagte Millner.

»Aber wenn ich nicht gehen darf, dann bin ich also doch festgenommen.«

»Wir behalten Sie zur Vernehmung hier«, stellte Neal klar.

»Ist das legal?«

»Wahrscheinlich«, sagte Millner.

»Was soll denn das nun wieder heißen, ›wahrscheinlich‹?« wollte Casavetes wissen. »Entweder es ist legal, oder es ist nicht legal. Und ich kann mir nicht vorstellen, daß es legal ist.«

»Lassen Sie es mich mal so formulieren«, schaltete ich mich ein. »Im Augenblick will Sie niemand festnehmen. Im Augenblick wollen wir Ihnen bloß ein paar Fragen stellen. Sie müssen diese Fragen nicht beantworten. Aber mindestens eine Person hat Sie als einen der Täter identifiziert, die zwei Banküberfälle, zwei Entführungen und einen Mord begangen haben. Das zweite Entführungsopfer wird noch vermißt. Also, wie schon gesagt, wir wollen Sie nicht festnehmen. Aber Sie werden doch wohl selber einsehen, daß wir Sie nicht einfach laufenlassen können, ohne uns vergewissert zu haben, daß es sich um eine irrtümliche Identifizierung handelt. Falls Sie also bereit sind, unsere Fragen zu beantworten, ohne zuvor festgenommen zu werden, dann wäre das schön. Falls nicht, müssen wir uns wohl überlegen, was wir als nächstes tun werden.«

»Ich habe immer gedacht, in diesem Land wäre ein Mensch solange unschuldig, bis seine Schuld bewiesen ist. Und Sie können mir nicht die Schuld an etwas nachweisen, das ich nicht getan habe. Aber was ist, wenn ich nicht in der Lage bin, meine Unschuld zu beweisen?«

»Dieses Gespräch nimmt einen etwas unglücklichen Verlauf«, sagte ich.

»Das müssen Sie mir nicht sagen. Für mich läuft es sogar richtig beschissen, seit dieser Rausschmeißer in der Bank mit seiner Pistole auf mich losgegangen ist.«

»Lassen Sie mich Ihnen einfach ein paar Fragen stellen, okay?« sagte ich, wobei unwillkürlich ein Bild in mir aufstieg, Carlos, tot auf dem Asphalt, zwei Drittel seiner Brust weggeschossen, und ich mußte höflich zu einem Mann sein, der ihn vielleicht getötet hatte, und nicht bloß weil der Mann ihn ja vielleicht nicht getötet hatte, sondern weil wir zu allen Verdächtigen höflich sein müssen. Man hätte auch dann von mir erwartet, daß ich zu Casavetes höflich war, wenn ich gesehen hätte, wie er Carlos erschoß.

Etwas in meiner Stimme mußte Casavetes wohl signalisiert haben, daß es ratsamer war, sich zu beruhigen, denn er zuckte die Achseln. »Okay. Fragen Sie.«

»Sie haben gesagt, daß Sie in der Bank waren, um ein Konto zu eröffnen, richtig?«

»Richtig.«

»Irgendwelche Gründe, warum Sie sich ausgerechnet für diese Bank entschieden haben?«

»Irgendwelche Gründe, warum ich das nicht tun sollte?«

»Nicht, daß ich wüßte. Wo wohnen Sie?«

»Arlington.«

»Sie wohnen in Arlington und wollen in einer Bank mitten in Fort Worth ein Konto eröffnen? Wo ist Ihre Arbeitsstelle?«

»Euless.« Seine Stimme klang mürrisch.

»Sie wohnen in Arlington, Sie arbeiten in Euless, und da eröffnen Sie ein Konto in einer Bank im Stadtzentrum von Fort Worth?«

»Na und? Ich will in zirka sechs Monaten nach Fort Worth ziehen, und ich will jetzt schon ein Konto eröffnen, damit ich keine Schwierigkeiten mit meinen Schecks kriege. Haben Sie schon mal versucht, Schecks einzulösen, wenn sie gerade ein neues Konto in einer neuen Stadt eröffnet haben? Wenn ja, müßte Ihnen das eigentlich einleuchten.«

»Was machen sie beruflich?«

»Ich baue Boote.« Er grinste ein wenig, und mir war nicht klar, wieso. Schuldig oder nicht schuldig, er stellte sich jedenfalls nicht sonderlich geschickt an, mich oder sonst wen davon zu überzeugen, daß er unschuldig war.

Aber er hatte schon recht damit, daß das nicht seine Aufgabe war. Es war meine Aufgabe, ihm seine Schuld nachzuweisen – falls er schuldig war.

»Wo waren Sie Samstag morgen?«

»Um welche Uhrzeit?«

»Egal, den ganzen Morgen«, sagte ich vage.

Er seufzte betont. »Ich bin um halb neun aufgestanden, hab' Corn-flakes gegessen und mir eine *Bullwinkle*-Folge im Fernsehen angeguckt. Wie klingt das?«

Zufälligerweise ist mein Sohn Hal ein großer *Bullwinkle*-Fan. Wenn *Bullwinkle* samstags morgens im Fernsehen käme, würde er es sich ansehen. Das tut er aber nicht. Was für mich ein eindeutiger und unwiderlegbarer Beweis dafür ist, daß im Gebiet von Fort Worth samstags morgens keine *Bullwinkle*-Folgen gesendet werden.

Natürlich würde ich das noch durch einen Blick in die Fernsehzeitung überprüfen müssen. Aber ich war mir sicher, daß ich recht hatte.

Ich sagte Casavetes nicht, daß *Bullwinkle* samstags morgens nicht läuft. Ich sagte lediglich: »Was haben Sie danach gemacht?«

»Ich bin zum Platz, hab' mir ein Boot genommen, bin damit zum Lake Dallas gefahren und den ganzen Tag dort geblieben.«

»Zu welchem Platz?« fragte Captain Millner.

»Dem Bootsplatz. Wo ich arbeite. Da ist ein Boot, das die Angestellten benutzen dürfen, wenn sie wollen.«

»Sie sind also zum Bootsplatz gefahren, haben sich ein Boot genommen, mit dem Sie zum Lake Dallas geschippert sind. Und dort haben Sie dann den ganzen Tag verbracht«, sagte ich. »War jemand bei Ihnen?«

»Ein Mädchen.«

»Was für ein Mädchen?«

»Na, eine junge Frau eben. Ich hab' sie in einer Bar kennengelernt.«

»Wie heißt sie?«

»Moment, Sie werden doch wohl nicht mit ihr reden, oder?« sagte Casavetes nervös. »Wegen ihrem Alten, der macht mich fertig.«

»Das kommt davon, wenn man sich mit verheirateten Frauen rumtreibt«, sagte Neal.

»Nein, mit ihrem Alten meine ich nicht ihren Mann«, sagte Casavetes. Er wand sich ein bißchen und sagte dann: »Ach, egal, was soll's? Das Mädchen ist sechzehn.«

»Und Sie haben sie in einer Bar kennengelernt?« hakte Millner nach. »Interessant; diese Bar sollte ich mal genauer unter die Lupe nehmen.«

»Äh … Okay, ich hab' sie nicht in einer Bar kennengelernt. Ich hab' sie im letzten Herbst bei einem Footballspiel von der High-School kennengelernt. Sie ist ja ein hübsches Ding, aber ihr alter Herr will nicht, daß sie mit jemandem in meinem Alter zusammen ist, deshalb schleicht sie sich schon mal …«

»Name?« fragte Neal.

»Ach, Scheiße. Sie heißt Rita Cleveland.«

»Und wo wohnt Rita Cleveland?«

Er nannte eine Adresse in Bedford. »Aber Sie werden doch wohl nicht da hinfahren und –«

»Wir werden sehen«, sagte ich. »Wie ist ihre Telefonnummer? Vielleicht müssen wir dann nicht extra hin.«

Er nannte eine Telefonnummer.

»Okay«, sagte ich. »Jetzt zu heute morgen.«

»Was ist mit heute morgen?«

»Wo waren Sie heute morgen?«

»Ich war arbeiten. Was meinen Sie denn, wo ich montags morgens gewesen sein könnte?«

»Ich weiß nicht, wo Sie gewesen sein könnten«, sagte ich. »Deshalb habe ich ja auch gefragt.«

»Tja, also ich war bei der Arbeit.«

»Wie kommt es dann, daß Sie montags nachmittags nicht arbeiten?« fragte Neal.

»Ich hab' freigemacht. Muß ich denn immer nur arbeiten?«

»Die meisten Menschen arbeiten montags nachmittags«, erwiderte ich. »Aber wenn Sie das nicht tun, dann ist das eine Sache zwischen Ihnen und Ihrem Chef. Nennen Sie mir den Namen der Bootsfirma.«

»Presto.«

»Die Firma heißt Presto?«

»Hab' ich doch gerade gesagt.«

Ich schrieb mir den Namen auf. »Und jetzt nennen Sie mir bitte die Telefonnummer.«

»Die Telefonnummer weiß ich nicht. Meinen Sie, ich rufe mich selbst da an?«

»Wer in Ihrer Firma könnte mir bestätigen, daß Sie an Ihrem Arbeitsplatz waren?«

»Mein Boß. Lonzo Hambley.«

»Sie bleiben hier bei dem Ranger, während ich dort anrufe«, sagte ich und stieg aus dem Wagen. Millner stieg mit aus.

»Was, wenn Lonzo Hambley der andere ist?« fragte er.

»Daran habe ich auch schon gedacht«, sagte ich. »Sie wissen doch bestimmt auch, daß *Bullwinkle* nicht samstags morgens läuft, oder?«

»Ich muß gestehen, daß ich das nicht wußte«, sagte er. »Aber ich hatte so einen Verdacht. Gut.« Er drehte sich nach dem Wagen um. »Er könnte es gewesen sein.«

»Bis auf eins«, sagte ich.

»Und das wäre?«

»Bei dem Raubüberfall hat der Große am meisten geredet«, sagte ich. »Nicht ausschließlich, aber am meisten. Und – ich kann zwar nicht mit Sicherheit behaupten, daß ich seine Stimme wiedererkennen würde, aber ich glaube schon. Und er hört sich nicht so an.«

Millner nahm seine Brille ab und rieb sich über den Nasenrücken. »Hmmm«, sagte er. »Na schön. Rufen Sie trotzdem in der Firma an.«

Montag nachmittag. Welche Uhrzeit? Fast vier Uhr. Vielleicht würde ich Rita Cleveland zu Hause erwischen, vielleicht aber auch nicht.

Eines war jedenfalls sicher: Rita Cleveland war nicht unser blonder Filmstarfan. Alle, die sie mir beschrieben hatten, waren sich einig gewesen, daß sie mindestens Mitte Dreißig, wenn nicht älter sein mußte.

Dann überlegte ich mir, daß ich Rita Cleveland doch nicht anrufen wollte. Ich wollte sie nämlich vor mir sehen, wenn ich ihr Fragen stellte. Ich hatte nämlich so ein Gefühl, daß eine Sechzehnjährige, die ihren Vater anlog, um mit so einem Widerling wie Nick Casavetes zusammenzusein, auch mich anlügen würde. Zumindest am Telefon. Wenn sie mir von Angesicht zu Angesicht gegenüberstand, würde ihr das vielleicht nicht ganz so leicht fallen.

Was nicht hieß, daß sie es nicht versuchen würde. Aber möglicherweise wären die Erfolgsaussichten geringer.

Also ließ ich mir von der Auskunft die Nummer von »Presto Boats« in Arlington geben, und dann, weil Telefonzellen nicht an die Metro-Line angeschlossen sind (das ist die Telefongesellschaft, über die man im gesamten Großraum Dallas/Fort Worth zum Ortstarif telefonieren kann), holte ich meine kleine Telefonkreditkarte aus dem Portemonnaie, wählte die Nummer in Arlington und wählte meine eigene Telefonnummer mit all den kleinen Codes, damit der Anruf auf meine Rechnung ging. Falls ich daran dachte, würde ich später einen Antrag auf Erstattung stellen. Im Augenblick jedoch kam es mir nicht sonderlich wichtig vor, ein Ein-Dollar-Telefongespräch erstattet zu bekommen. Nicht im Vergleich zu Carlos Amado. Nicht im Vergleich zu Dorene Coe.

Nicht im Vergleich zu Deandra Black, die vielleicht noch am Leben war.

Es klingelte zwölfmal, bevor sich eine rauhe männliche Stimme meldete. Im Hintergrund ertönte ein Geräusch, das sich wie eine Kreissäge anhörte. »Ja?«

»Bin ich verbunden mit Presto Boats?« fragte ich.

»Ja, Ma'am, hier ist Presto Boats.«

»Ich rufe an wegen Nick Casavetes –«

Die darauf folgende Reaktion hatte ich nicht erwartet. Die

rauhe Stimme schrie: »Sie können diesem Mistkerl bestellen, daß er gefeuert ist!« Und dann wurde der Hörer auf die Gabel geknallt.

Bedächtig absolvierte ich die ganze Wählprozedur erneut. Dieselbe Stimme meldete sich, aber diesmal schon beim zweiten Klingeln. »Ja?«

»Ich bin Detective Deb Ralston von der Polizei von Fort Worth«, sagte ich hastig, »und ich brauche ein paar Auskünfte über Nick Casavetes.«

»Wieso haben Sie das nicht gleich gesagt? Was für Auskünfte brauchen Sie denn?«

»War er heute morgen an seinem Arbeitsplatz?«

»Ja. Er ist zwei Stunden zu spät gekommen, aber er war da.«

»Um wieviel Uhr soll er eigentlich anfangen?«

»Um acht. Und er ist um zehn eingetrudelt.«

»Sind Sie sicher, daß es nicht nach zehn war?«

»Ich hab' ihn an der Stechuhr gesehen. Da war es fünf vor zehn.«

Halb zehn bis fünf vor zehn. Von der Belknap Road fast im Stadtzentrum bis nach Euless. Falls dieser Mann nicht der zweite Täter war, und das glaubte ich mittlerweile nicht mehr, war Nick Casavetes sauber. Aber ... »Und am Samstag?« fragte ich.

»Was soll das heißen, und am Samstag?«

»Ist er Samstag mit einem Boot rausgefahren?«

»Ja, wahrscheinlich. Irgendwer ist jedenfalls damit rausgefahren, und er macht das öfter.«

»Haben Sie irgendwelche Anhaltspunkte dafür, um wieviel Uhr er das Boot genommen und wann er es wieder zurückgebracht hat?«

»Nein, Ma'am, hab' ich nicht. Sagen Sie mal, worum geht's eigentlich?«

»Wir überprüfen nur einige Angaben«, antwortete ich ausweichend. »Würden Sie mir vielleicht verraten, warum Sie beschlossen haben, ihn rauszuschmeißen?«

»Er ist nicht hier, oder? Wie soll ich denn bitte schön einen Betrieb leiten, wenn die Hälfte meiner Angestellten dauernd selbst entscheiden, wann sie arbeiten wollen und wann nicht?«

»Aber Sie sind sicher, daß er heute morgen um fünf vor zehn erschienen ist?«

»Lady, ich habe seine Stempelkarte, und ich habe gesehen, wie er sie in die Stechuhr gesteckt hat. Um halb zwölf hat er sich wieder abgemeldet, ist in die Mittagspause gegangen und ward seitdem nicht mehr gesehen. Der Mann stinkt einfach vor Faulheit. Aber eins muß man ihm lassen.«

»Und das wäre?« fragte ich.

»Wenn er mal arbeitet, ist er ein verdammt – 'tschuldigung, Ma'am. Wenn er mal arbeitet, ist er ein richtig guter Arbeiter. Ich werde ihn diesmal wohl doch nicht rausschmeißen. Sagen Sie ihm einfach, er soll seinen Arsch – seinen Hintern hierherbewegen. Er kann heute abend arbeiten, um den Nachmittag wieder rauszuholen.«

»Danke«, sagte ich und ging zum Wagen zurück. »Ihr Chef läßt Ihnen ausrichten, Sie sollen Ihren Hintern zurück an die Arbeit bewegen«, sagte ich. »Das hat er gesagt, nachdem er Sie zuerst gefeuert und dann doch nicht gefeuert hat.«

»Jaja, so ist er«, sagte Casavetes selbstgefällig. »Er findet nun mal keinen, der besser arbeitet als ich.«

Ich wartete einen Moment. »Also, dann gehen Sie«, sagte ich zu ihm.

Er stieg aus dem Wagen, und wir sahen ihn mit jenem Ausdruck im Gesicht davonschlendern, den jeder erfahrene Cop – und die meisten Mütter – sofort erkennen. Es war der Ausdruck eines Menschen, der glaubt, daß er mit irgend etwas ungeschoren davonkommt.

»Sind Sie sicher, daß er sauber ist?« fragte Millner mich.

»Es sei denn, er schafft es in weniger als fünfundzwanzig Minuten von der C&S Bank nach Euless«, sagte ich. »Ich werde mich trotzdem morgen mal mit Rita Cleveland unterhalten. Aber er ist sauber. Zumindest in unserem Fall.«

»Was soll das heißen?« fragte Neal.

»Ich habe es Millner schon gesagt«, antwortete ich. »Am Samstag morgen hat er nicht *Bullwinkle* geguckt. Das läuft um diese Zeit nämlich gar nicht. Er hat irgendwas gemacht, von dem er möchte, daß wir es nicht erfahren.«

»Haben wir seine Personalien?« fragte Millner.

Ich nickte. »Hickson hat sie aufgenommen und mir gegeben.«

»Ich lasse ihn morgen noch mal durch den Zentralcomputer laufen«, sagte Millner. »Ich will mir sämtliche Unterlagen über ihn genau ansehen. Der Mistkerl hat Dreck am Stecken, darauf wette ich.«

Wir hatten das Funkgerät abgeschaltet. Man verhört keinen Verdächtigen mit ständigen Unterbrechungen durch das Funkgerät. Neal schaltete es jetzt wieder ein und fragte, ob es irgendwas Neues gab.

Es gab nichts Neues.

Carlos Amado war noch immer tot.

Deandra Black, die Frau mittleren Alters und Mutter von vier Kindern, wurde noch immer vermißt.

Neal setzte mich an meinem Wagen ab, und ich fuhr nach Hause. Ohne Berichte zu schreiben. Und Millner ließ es mir tatsächlich durchgehen.

Kapitel 7

Der braune Hund und die schwarze Katze, sie nahmen zusammen am Eßtisch Platz, wobei der Tisch unser Picknicktisch war, den Hal und Lori (es war ganz sicher nicht Harry gewesen) aus unerfindlichen Gründen aus dem Garten hinter dem Haus auf den Rasen vor dem Haus geschleppt hatten, und es sich bei dem einträchtigen Tierpaar auf dem Tisch um Pat und unsere buntscheckige Katze handelte. Als ich aus dem Wagen stieg, stupste Pat, der alte Angeber, die Katze an. Seine Message war eindeutig. »Lauf weg, damit ich dich jagen kann.«

Die Katze gähnte überaus herzhaft, zeigte ihre Zunge, ihren rosa und schwarz gefleckten Gaumen und zirka fünfhundert von ihren Zähnen. Ihre Antwort war ebenfalls klar: »Weglaufen ist langweilig.«

Pat warf mir einen frustrierten und ziemlich unschlüssigen Blick zu. »Ich kann dir auch nicht helfen«, sagte ich zu ihm.

Als ich auf die Haustür zuging, sprang die Katze vom Tisch und fiel in einen halbherzigen leichten Galopp. Pat fegte vom Tisch und hinter ihr her, worauf sie prompt den nächstbesten Mesquitbaum hinaufflitzte, der nur knapp zwei Meter vom Picknicktisch entfernt stand. Pat setzte sich abrupt hin und starrte entgeistert in den Baum. Völlig ausgeschlossen, daß er da hinaufkam. Ich konnte mir schon nicht vorstellen, wie er es überhaupt auf den Picknicktisch geschafft hatte; er ist ein äußerst kräftiger Hund, aber absolut unsportlich.

Die Katze ärgert also nicht nur Babys. Sie ärgert auch Hunde.

Drinnen angekommen, stellte ich verwundert fest, daß Cameron trotz der fortgeschrittenen Tageszeit noch nicht aus Leibeskräften schrie. Hal und Lori saßen vor dem Fernseher und spielten irgendein Nintendospiel. Umsichtigerweise hatten sie den Laufstall zwischen sich vor den Fernseher gezogen. Cameron schien völlig fasziniert von den Farben, dem Klicken und den Soundeffekten.

Harry hatte seine Funkgeräte nicht eingeschaltet; anscheinend war ihm nicht danach gewesen, in Konkurrenz zu einem Videospiel zu treten. Er saß auf der Couch und blätterte in seiner neuesten Survival-Reklamepost, einem Katalog mit »Outdoor- und Actionzubehör«. Er stand auf und sagte: »Es tut mir so leid, Schatz.«

Natürlich brach ich in Tränen aus.

Hal und Lori schalteten das Videospiel ab und verdrückten sich in Hals Zimmer. Natürlich fing Cameron prompt an zu weinen. Ich hob ihn hoch und setzte mich auf die Couch.

Lori ist übrigens nicht bei uns eingezogen. Aber ihre Mutter, eine Polizeibeamtin und Witwe eines Polizeibeamten, war zu einem dreiwöchigen Kursus an der Polizeiakademie in Austin geschickt worden. Hal und Lori hatten viele und ihrer Meinung nach unwiderlegbare Argumente vorgebracht, warum Lori diese drei Wochen bei uns verbringen und in Vickys und Beckys altem Zimmer schlafen könnte, die inzwischen beide geheiratet hatten und ausgezogen waren, aber Loris Mutter und ich lieferten noch mehr und noch stärkere Argumente dafür, daß dies eine sehr, sehr, sehr schlechte Idee sei. Wir trugen aufgrund elterlicher Autorität den Sieg davon, nicht aufgrund logischer Einsicht, der sich kein Teenager je ergibt. Jedenfalls wohnte Lori jetzt bei ihrer Tante, rund sechs Straßen weiter, und Lori ging immer erst zum allerspätesten Zeitpunkt dorthin.

Also sah ich Lori in dieser Woche weit häufiger als normal, und selbst normal ist schon ziemlich oft.

Halb sechs. In ungefähr dreißig Minuten würde Cameron sein Abendessen einfordern. Mit ihm auf dem Arm ging ich in die Küche und sah im Vorratsraum und im Kühlschrank nach, ob da vielleicht noch etwas war, das wenig oder gar kein Kochen für den Rest der Familie erforderlich machte, damit ich damit anfangen konnte, bevor ich mich mit dem Baby hinsetzte.

»Du mußt das nicht tun«, sagte Harry, als er sah, wohin ich ging. »Ich dachte, wir gehen irgendwo was essen.«

»Danke, aber ich will nicht irgendwo essen gehen.«

»Ich meine, ich wollte Hal und Lori bitten, auf Cameron aufzupassen, während du und ich essen gehen«, präzisierte er.

»Ich habe ein Pfadfindertreffen«, bellte Hal aus seinem Zimmer. Wenn das Gespräch ihn irgendwie betrifft, hat der Junge Ohren wie ein – wie ein – wie ein afrikanischer Elefant.

»Ich kann auf Cameron aufpassen«, sagte Lori und kam ins Wohnzimmer geeilt. Sie zeigt mitunter beunruhigend mütterliche Seiten.

»Was soll das heißen, du hast ein Pfadfindertreffen?« fragte ich. »Montags abends ist doch sonst nie Pfadfindertreffen.« Hals Pfadfindergruppe wird von der Mormonenkirche gefördert. Die Mormonenkirche hat den Montagabend zum Familienabend erklärt, und die Familien sollen die Montagabende mit irgendwelchen gemeinsamen Unternehmungen verbringen. Deshalb gibt es kirchlicherseits an den Montagabenden keine sonstigen Veranstaltungen. Was unsere Familie betrifft, so war das, gelinde gesagt, ein Witz. Zum Teil, aber nicht nur, weil Hal der einzige Mormone in unserer Familie war. Es gab noch andere Faktoren, wie beispielsweise, daß Harry die Bingoabende in der Elks Lodge (White Settlement Road, Montag und Donnerstag) leitete und ich wegen aller möglichen Arten von schlimmen Verbrechen (häufig Mord) zum Einsatz gerufen wurde. Und Menschen, die einander umbringen, tun das, ohne auch nur im geringsten darauf Rücksicht zu nehmen, was Polizisten vielleicht gerade zu diesem Zeitpunkt vorhaben.

»Heute haben wir ein Pfadfindertreffen am Montag abend«, sagte Hal. »Ich weiß auch nicht, wieso.«

»Aber ich geh' nicht zum Bingo«, sagte Harry schnell.

Das Telefon klingelte. Wahrscheinlich würde Harry bald feststellen, daß er doch zum Bingo ging.

Es war Loris Tante, die Loris Anwesenheit beim Abendessen erbat. Eine kurze Debatte blieb uneffektiv, und Hal fuhr mit dem Pick-up los, um Lori nach Hause zu bringen. Selbstverständlich hätte sie die sechs Blocks auch zu Fuß gehen können, und häufig tat sie das auch (ja, sie beide taten das häufig), aber das spielte keine Rolle. Auf irgendeine Art und Weise, die zu verstehen ich als Frau nicht das geistige Rüstzeug besaß, wäre es für Hal unmännlich gewesen, Lori zum Abendessen zu Fuß nach Hause gehen zu lassen.

Ich überlegte weiter, was ich für uns zum Abendessen machen könnte.

»Du mußt das nicht tun«, sagte Harry erneut. »Ich kann uns doch was holen. Chinesisch? Pizza?«

»Warum wollen mich bloß alle ständig *abfüttern*?« schrie ich, was ziemlich unfair war, und natürlich sah Harry mich gekränkt an.

»Tut mir leid«, sagte ich. »Ich habe nun mal keinen Hunger. Ich habe ziemlich spät zu Mittag gegessen. Ich überlege nur, was ich für dich und Hal machen kann.«

»Hal und ich«, sagte Harry, »können uns Erdnußbuttersandwiches machen. Ruh dich doch einfach mal ein bißchen aus.«

»Ich muß doch das Baby füttern«, sagte ich.

»Ich kann das Baby füttern.« Ich erwiderte nichts darauf, und nach einem Moment sagte Harry: »Oh. Jaja. Füttere du das Baby.«

Das Telefon klingelte schon wieder. Manchmal würde ich das Telefon am liebsten nehmen und in den Trinity River schmeißen.

Diesmal war es für Harry, und obwohl ich das Gespräch nur zur Hälfte mitbekam, war diese Hälfte recht informativ. »Nein. Nein, ich wollte eigentlich nicht – Aber – Dann sagt doch Frank Bescheid – Ach, Mist.«

Harry legte mit einem frustrierten Gesichtsausdruck auf.

»Du mußt doch zum Bingo«, sagte ich.

»Eigentlich sollte Jerry heute den Abend leiten, aber der muß Überstunden machen. Frank können sie nicht fragen, weil er eine Kehlkopfentzündung hat. Aber ich bleibe nur solange da, bis Jerry eintrudelt. Dann bringe ich dir was zum Abendessen mit. Koch nichts.«

Es fiel mir überhaupt nicht schwer, ihm zu versprechen, daß ich nichts kochen würde. Derart beruhigt, fuhr Harry von dannen.

Hal kehrte von seinem Lori-Transfer zurück und fing in großer Eile an, sich seine Pfadfinderuniform anzuziehen, die förmlich übersät ist mit Medaillen und Orden und so Zeug. In der überwiegenden Mehrzahl der Fälle war ich dabei, wenn er dergleichen verliehen bekam, doch die wenigsten Auszeichnungen hatten nennenswerte Auswirkungen auf sein Benehmen im Alltag. Aus seinem Zimmer drang ein Monolog, leicht gedämpft durch die geschlossene Tür, der sich an mich zu richten schien: »Ich hab' denen gesagt, daß ich den Wagen montags nicht haben kann, weil mein Dad ihn braucht, deshalb kommt Ronnie mich abholen –«

Wieder klingelte das Telefon.

Sie hatten Deandra Blacks beigefarbenen Honda Accord, Baujahr '87, gefunden. Er war auf dem Gelände abgestellt worden, wo einmal im Jahr der große Viehmarkt von Fort Worth stattfindet und die übrige Zeit mein zweitliebster Flohmarkt (mein Lieblingsflohmarkt ist natürlich der in Grand Prairie) sowie verschiedene andere Veranstaltungen der unterschiedlichsten Art.

Deandra Black hatten sie nicht gefunden.

Sie wollten, daß ich komme.

Ich sagte der Frau in der Zentrale, daß ich mich wieder melden würde, und rief dann Captain Millner an, in der Hoffnung, ihn noch zu erwischen, bevor er zur Tür hinausstürmte. Ich hatte Glück. »Mein Mann ist nicht da. Mein Sohn muß gleich zu einem Pfadfindertreffen. Wie soll ich da zu einem Tatort kommen und irgendwas Sinnvolles tun, wenn ich ein zehn Wochen altes Baby mit mir herumtrage?«

»Besorgen Sie sich einen Babysitter.«

»Ja, klar! Innerhalb von fünf Minuten?«

»Besorgen Sie sich einen Babysitter, der sofort kommen kann, wenn Sie zum Einsatz gerufen werden«, sagte Captain Millner. »Oder beantragen Sie die Versetzung zur Streifenpolizei, da gibt es weniger Noteinsätze.«

Das war keine echte Alternative, und er wußte das genauso gut wie ich. Ich bin gut bei meiner Arbeit, und ich tue sie gern, außer wenn ich gerade ein Baby habe.

Ich legte auf und wandte mich an Hal.

Seine Miene war überaus beunruhigt. »Mom, ich muß zu diesem Pfadfindertreffen!«

»Schön, du kannst deine gute Tat für heute tun, während du bei den Pfadfindern bist.«

War das nun unfair oder etwa unfair?

Aber Hal war in letzter Zeit viel ruhiger geworden.

Natürlich war es unfair. Cameron gegenüber und mir gegenüber und Hal gegenüber. Aber ich hatte den leisen Verdacht, daß ein Haufen halbwüchsiger Jungs, die angesichts eines Babys blankes Entsetzen heuchelten, solange ihre Mütter und Freundinnen in der Nähe waren, von ebendiesem Baby ganz entzückt sein könnten, wenn kein weibliches Wesen in der Nähe war.

Zumindest redete ich mir ein, daß ich diesen leisen Verdacht hatte. Aber trotzdem fühlte ich mich wie ein Wurm.

Ich tat Windeln in eine Tüte, vergewisserte mich, daß Hal seinen Haustürschlüssel in der Tasche hatte, und dann verabschiedete ich mich schnell, wobei ich so tat, als merkte ich gar nicht, daß ich schon wieder weinte.

Ich bin ein nasses Spültuch. Ich bin ein tropfnasser Schwamm. Ich bin ein Wasserfall, eine Regenwolke. Der Arzt sagt, das liegt an den Hormonspiegelschwankungen in meinem Körper nach der Geburt, und daß es irgendwann wieder besser werden wird. Das muß es auch. Es macht mich wahnsinnig, und es macht jedes männliche Wesen in meiner Umgebung wahnsinnig, besonders in Anbetracht der Tatsache, daß Männer das anscheinend eher für eine Waffe als für eine Reaktion halten.

Jedenfalls hörte ich auf zu weinen, als ich unterwegs war.

Kennen Sie die drei langgestreckten Hallen, in denen der Flohmarkt stattfindet? Das heißt, normalerweise findet der Flohmarkt in einer statt und manchmal in zweien, aber es sind insgesamt drei barackenähnliche Gebäude, die parallel zueinander mit der Kopfseite Richtung Straße stehen. Ihnen gegenüber auf der anderen Straßenseite sind einige Parkbuchten, in denen ich meistens noch ein Plätzchen finde, wenn ich zum Flohmarkt gehe. In einer dieser Buchten stand der Accord. Tagsüber war er niemandem aufgefallen, aber das hieß nicht, daß er nicht schon dagewesen war. Viele Leute parken tagsüber dort, und da es keine Parkuhren gibt, bestand einfach kein Grund, warum er jemandem hätte auffallen sollen. Erst am Abend, als keine anderen Wagen mehr einen Grund hatten, noch dort zu stehen, hatte ein einigermaßen aufmerksamer Streifenpolizist ihn entdeckt.

Routine. Routine. Routine.

Wir haben eine Neue beim Erkennungsdienst, Sarah Collins. Ich kannte sie schon, als sie noch bei der uniformierten Abteilung war, aber ich hatte sie noch nie an einem Tatort erlebt, und ich hatte daher keine Ahnung, wie gut sie war oder nicht war. Tatsächlich hatte ich mich schon gefragt, ob sie zum Erkennungsdienst versetzt worden war, weil sie studiert hatte und deshalb wohl dafür geeignet war oder weil sie ganz einfach zu hübsch für den Streifendienst war. Sie ist eine ganz außergewöhnliche ethnische Mischung – schwarz, weiß und asiatisch –, und von jeder Rasse hat sie das Beste mitbekommen. Rosig überhauchter sandfarbener Teint. Zarte hohe Wangenknochen. Grüne Augen. Rötliches Haar mit gerade soviel Krause darin, daß es immer so aussieht, als hätte sie eine sehr gute Dauerwelle. Ich habe schon erlebt, daß Männer ihr hinterherpfiffen, während sie in Uniform und mit einer Flinte in der Hand die Straße entlangging.

Sie ging genauso vor, wie Irene oder Bob vorgegangen wären. Fotos. Fingerabdrücke außen. Tür öffnen – diese hier war nicht abgeschlossen, zum Glück.

Sie war nicht abgeschlossen, aber auf dem Beifahrersitz war Blut. Von Deandra Black? Oder war das der Wagen, den sie gefahren hatten, als sie Weaver und Carlos töteten? Meinte der Himmel es so gut mit uns, daß dieses Blut von einem unserer Tatverdächtigen stammte?

Äußerst behutsam und präzise, ausgestattet mit Verbandsschere und Plastikhandschuhen (die, seit es Aids gibt, streng vorgeschrieben sind, wenn wir irgendwie in Kontakt mit Blut kommen könnten), schnitt Sarah den gesamten blutbesudelten Bereich aus dem Sitzbezug heraus und legte ihn glatt auf nicht saugfähiges Plastik, um ihn an der Luft trocknen zu lassen. Mit einer Pinzette zupfte sie die blutgetränkte Füllung heraus und breitete sie in einer Schachtel auf einer Lage Plastik aus. Sie verstaute nichts davon in verschließbaren Plastikbeuteln; wenn das Material versiegelt worden wäre, hätte es nämlich binnen weniger Stunden angefangen zu faulen. An der frischen Luft würde es lediglich austrocknen, und sein Wert als Beweismittel würde nur wenig beeinträchtigt. So steht es im Lehrbuch; und so geht man demzufolge in kleinen Polizeidepartments vor, wo es manchmal Tage dauert, bis das Material in einem Labor ankommt. In der Praxis jedoch würde Sarah alles unverzüglich ins gerichtsmedizinische Labor bringen, das nicht weit entfernt am Camp Bowie Boulevard lag. Das Material würde nie ins Präsidium gelangen, weil es in der Gerichtsmedizin eingelagert werden würde, bis es irgendwann vor Gericht als Beweismittel dienen konnte, und dann, wenn sämtliche gerichtlichen Verfahrensschritte schließlich und endgültig abgeschlossen waren, würde das gerichtsmedizinische Institut die Beweise auf ordnungsgemäße und hygienische Weise vernichten.

Sarah machte sich nun daran, alles aufzusammeln, was auf dem Fußboden und den Sitzflächen lag. Das meiste davon gehörte vermutlich Deandra und ihrer Familie, doch es bestand immer auch die Möglichkeit, daß etwas anderes dabei war. Sie saugte alles mit den kleinen Spezialfiltern ab. Sie nahm Fingerabdrücke vom Wageninneren ab.

Und halleluja, hinten – nicht vorn – am Innenspiegel fand sie die Abdrücke eines linken Zeigefingers, Mittelfingers und Ringfingers.

Große Abdrücke. Mit an Sicherheit grenzender Wahrscheinlichkeit die Abdrücke einer Männerhand.

Wären sie von Deandras Ehemann gewesen, hätte Deandra sie höchstwahrscheinlich verwischt, wenn sie den Spiegel wieder für sich selbst eingestellt hätte. Außerdem wußten wir bereits, daß Mr. Black einen eigenen Wagen besaß, und er hatte angegeben, daß er nie Deandras Auto fuhr.

Endlich hatten sie einen Fehler gemacht. Einer von diesen Dreckskerlen hatte einen Fehler gemacht. In der Aufregung, nachdem sie zwei Menschen getötet hatten und einer von ihnen angeschossen worden war, hatte einer von ihnen – vermutlich derjenige, der nicht angeschossen worden war – eine Stelle vergessen, die er berührt hatte.

Wir hatten etwas, womit wir arbeiten konnten. Und es war offensichtlich, daß Sarah eine gute Erkennungsdienstlerin werden würde, obwohl es ihr derzeit noch etwas an Erfahrung mangelte.

Mit einem breiten zufriedenen Grinsen fragte sie: »Soll ich noch irgendwas anderes überprüfen, bevor ich zurück ins Präsidium fahre und mich an die Arbeit mache?«

»Der Kofferraum«, sagte ich, und Sarah antwortete: »Gott, ja!«

Wir hatten – zu diesem Zeitpunkt – keinen Grund zu der Annahme, daß Deandra Black im Kofferraum war.

Wir hatten aber auch keinen Grund zu der Annahme, daß Deandra Black nicht im Kofferraum war.

Die Schlüssel waren nicht im Wagen gewesen. Sarah und ich wuchteten den Rücksitz heraus, um so an den Kofferraum zu gelangen.

Deandra war nicht im Kofferraum. Es gab keinerlei Hinweise darauf, daß die Täter den Kofferraum je geöffnet hatten.

Ich ordnete an, daß der Wagen zur Polizeigarage geschleppt werden sollte. Dann stieg ich in mein Auto und fuhr davon, wohlwissend, daß Sarah, vorausgesetzt sie wurde nicht noch zu anderen Tatorten gerufen, den Rest ihrer Schicht damit verbringen würde, systematisch das Fingerabdrucksverzeichnis durchzugehen und nach drei Fingerabdrücken zu suchen, die zu den gefundenen paßten, und daß Irene sie morgen ans FBI faxen würde, wo sie in den Computer eingelesen werden würden.

Sarah hatte noch einen Vorteil. Alle drei Abdrücke hatten Wirbelmuster. Das bedeutete, daß die Fingerabdruckklassifizierung nicht 1/1 war, was über die Hälfte aller Fingerabdrücke erfaßt, und auch nicht 5/17, was das Zweithäufigste wäre. Sie könnte 25/9 sein oder alles von 25/9 bis hinauf zu 32/32, der höchsten aller primären Klassifizierungen. Allein schon aufgrund dieses Wissens schieden fast zwei Drittel aller registrierten Fingerabdrücke aus.

Wenn ich Sarah wäre, würde ich mit 3/32 anfangen, und mich dann langsam nach vorne arbeiten. Aber ich bin nicht Sarah.

Ja, ich habe während meines Mutterschaftsurlaubs Fingerabdrücke studiert. Ich habe nämlich daran gedacht, vielleicht zurück zum Erkennungsdienst zu gehen, weil beim Erkennungsdienst rund um die Uhr wenigstens ein Mitarbeiter im Dienst ist, was bedeutet, daß die anderen Mitarbeiter nur im äußersten Notfall zu einem Einsatz gerufen werden. Heutzutage ist das so. Zu meiner Zeit beim Erkennungsdienst leider noch nicht.

Aber wahrscheinlich werde ich es ja doch nicht machen.

Das Department würde mich wahrscheinlich auch gar nicht gehen lassen, wenn ich darum bitten würde. Ich werde einfach gebraucht.

Ich war kurz vor der Mormonenkirche. Und an diesem Punkt stellte sich mir die Frage, welche Tür wohl unverschlossen war. Es war nicht die Haupteingangstür. Es war nicht –

Es war keine der Türen. Sie waren alle verschlossen. Also ging ich zu der Tür, die dem Versammlungsraum der Frauengruppe am nächsten lag – aus mir unerfindlichen Gründen halten nämlich auch die Pfadfinder ihre Treffen dort ab, wobei sie vorsichtig das hübsche gerahmte Stickbild mit den Gänseblümchen abnehmen und es durch eine gerahmte Kopie der Pfadfindersatzung ersetzen. Ich rüttelte ein paarmal an der Tür, und dann pochte ich dagegen, bis mich schließlich jemand drinnen hörte und mir aufmachte.

Ich nahm Cameron in Empfang, der sich ungemein über das Jungpfadfinderabzeichen zu freuen schien, das mit einer Sicherheitsnadel an seinem Hemdchen befestigt war, und fuhr nach Hause.

Harry kam zwanzig Minuten nach mir und brachte eine Portion Kentucky Fried Chicken mit, auf die ich gar keinen Appetit hatte. Ich entschied aber, daß es taktvoller war, sie doch zu essen. Zu diesem Zeitpunkt hatte ich mir bereits einen Plan zurechtgelegt. Es war, wie ich fand, ein richtig guter Plan. Ich würde weder Harry noch Cameron vernachlässigen, weil sie bei mir sein würden, ganz abgesehen davon, daß Cameron, wie so ziemlich jedes Baby, das ich je kennengelernt habe, überaus gerne im Auto fährt. Ich würde auch Hal nicht vernachlässigen, weil er ja ohnehin bei seinem Pfadfindertreffen war. Ich würde Deandra Black nicht vernachlässigen. Und weil ich niemanden vernachlässigen würde, der meiner Aufmerksamkeit bedurfte, würde ich auch mich selbst nicht vernachlässigen und wäre gut gelaunt und würde mich großartig fühlen. »Harry«, sagte ich möglichst harmlos, nachdem ich so wenig von dem Hähnchen gegessen hatte, wie er mir hoffentlich durchgehen ließ, »ich hätte Lust, eine kleine Spritztour mit dem Pick-up zu machen.«

Er sah mich an. »Du führst irgendwas im Schilde«, sagte er.

Dieser Mann kennt mich wirklich.

Ich beschloß, jede Verstellung aufzugeben. Schließlich ging es um eine gute Sache.

»Ich möchte nach Deandra Black suchen«, sagte ich. »Der Pick-up ist höher als mein kleines Auto, also kann ich besser gucken. Und überhaupt, wenn du fährst und ich Ausschau halte, kann ich –«

»Mhm«, sagte Harry. »Und wo genau bezweckst du, nach Deandra Black zu suchen? Ich meine, Tarrant County ist immerhin ziemlich groß –«

»Sie haben Dorene Coe im Trinity Park liegenlassen«, sagte ich. »Deshalb hab' ich gedacht, wir sehen zuerst da nach. Wenn sie nicht da ist, können wir die kleinen Straßen und Gäßchen in dem Gebiet um Will Rogers abfahren.«

»Und wenn sie da auch nicht ist?«

»Dann fahren wir wieder nach Hause.«

»Da muß doch ein Haken an der Sache sein«, sagte Harry. »Überhaupt, sind denn da nicht schon überall Streifenwagen unterwegs und suchen sie?«

»Natürlich«, sagte ich, »aber der Pick-up –«

»Ist höher, und deshalb kannst du mehr sehen. Stimmt«, sagte Harry. Dann zuckte er die Achseln. »Unter einer Bedingung.«

»Und die wäre?«

»Wenn wir sie nicht finden, kaufst du mir auf dem Rückweg ein Eis.«

Ich fand, das war ein fairer Vorschlag.

Cameron würde erst gegen zehn wieder gestillt werden wollen, und überhaupt, er hatte ja mich dabei, und nur für den Fall, daß ich anderweitig beschäftigt sein würde, steckte ich noch ein Babyfläschchen in die Windeltüte. Ich meine, ich steckte ein Fläschchen mit Wasser in die Windeltüte und einen Plastikbeutel mit ein paar Löffelchen von dem Pulver, das mit Wasser vermischt einen Babybrei ergibt. Ich achtete darauf, daß wir reichlich Windeln dabei hatten. Ich holte zwei Cola aus dem Kühlschrank, eine Cola mit Zucker und Koffein für Harry und eine koffeinfreie Cola Light für mich, und dann fuhren wir los.

Es war ein wirklich schöner Abend für eine Spritztour. Die Luft hatte sich abgekühlt, so daß es angenehm, aber noch nicht frisch war, und es war schön und klar, und ab und zu, wenn wir weit genug von den Straßenlaternen entfernt waren, konnten wir die Sterne sehen, obwohl der Himmel noch immer eher dunkelblau als tiefschwarz war. Ich hatte Cameron vorschriftsmäßig in seinem Kindersitz zwischen Harry und mir festgeschnallt und meinen eigenen Sicherheitsgurt angelegt und mich in eine solche Position manövriert, daß ich die Füße auf das Armaturenbrett stellen konnte, was Harry für eine abscheuliche Angewohnheit hält, wohingegen ich behaupte, daß er, wäre er so groß wie ich, es auch tun würde, wenn er nicht gerade fahren muß.

Trinity Park. Bäume und der Fluß und Leute, die die Enten fütterten, und Leute, die joggten, und Leute, die unter den Bäumen lagen und sich umarmten. Ich sah sie mir nicht allzu genau an – nur genau genug, um sicherzugehen, daß sie noch lebten. Nicht, daß ich unsere Bankräuber auch noch der Nekrophilie verdächtigte, aber nachdem sie die beiden Teenager derart an der Nase herumgeführt hatten ...

Im Trinity Park gibt es nicht sonderlich viele kleine Straßen. Es gibt ein paar. Aber eben nur ein paar. Wir fuhren die Zooparkplätze ab, von denen einige nachts ziemlich verlassen sind.

Falls Deandra Black irgendwo in der Gegend des Trinity Parks war, so fanden wir sie jedenfalls nicht.

»Jetzt zum Viehhof?« fragte Harry.

»Nein, nicht der Viehhof.« Der alte Viehhof liegt unten neben dem inzwischen stillgelegten Billy Bob's, einst die größte Bar von ganz Texas (ich meine, wie viele Bars kennen Sie denn, die so groß sind, daß man richtige Rodeos darin veranstalten kann?). Das Gebiet um den großen Viehmarkt ist nicht das Gebiet um den alten Viehhof.

Ich erläuterte, welches Gebiet ich im Sinn hatte, und Harry sagte: »Wie du willst.«

Es gibt ein relativ keilförmiges, von etlichen Straßen durchzogenes großes Areal, das auch das Gebiet des Viehmarktes umfaßt (man stelle sich eine Art Rummelplatz vor – der große Viehmarkt ist Fort Worths Antwort auf den Texas State Fair in Dallas –) sowie jede Menge Museen, die nach Ansicht der meisten Menschen nicht viel mit dem Viehmarkt zu tun haben. Es gibt zahlreiche Gebäude. Eine Menge Corrals und Ausstellungsscheunen und kleine Gäßchen und Straßen und Parkplätze und so weiter. Für ein Gebiet dieser Größe – auf dem Papier – mußten wir erstaunlich viel herumfahren.

Ich hatte eine gute Taschenlampe dabei, und ich benutzte sie. Es gab so viele dunkle Flächen. Unter Bäumen – vielen Bäumen. Hinter und neben und zwischen den Laderampen. In den Scheunen.

Einmal kam ein Streifenwagen angefahren und hielt uns an, und der Beamte fragte uns, was wir denn hier zu suchen hätten. Ich zeigte ihm meinen Dienstausweis und erklärte ihm, was wir hier zu suchen hatten, und er sagte: »Viel Glück. Ich hab' schon alles abgesucht.«

Aber er hatte noch nicht alles – ganz – abgesucht.

Weil ich sie nämlich fand.

Zuerst dachte ich, es wäre ein Hund oder so.

Dann dachte ich, es wäre ein Obdachloser, der die Grasböschung hinter einer der Laderampen hinaufgekrabbelt war, um sich dort schlafenzulegen. Es wäre ein schönes Schlafplätzchen gewesen, und sie war in eine Decke gewickelt.

Aber ich dachte mir, daß ich aus dem Wagen steigen und mal genauer nachsehen sollte, nur um ganz sicher zu sein.

»Deb, sei vorsichtig«, sagte Harry nervös.

»Ich bin vorsichtig.« Als ich die Böschung hinaufstieg, war mir bewußt, daß Harry seine eigene Pistole – er hat die offizielle Erlaubnis, sie zu tragen – in der Hand hielt. Er hatte mehr Angst als ich, weil er seltener in Situationen dieser Art gerät. Ich hatte keine Angst. Ich war nur auf der Hut. Nur auf der Hut.

Erst als ich ganz oben angekommen war und neben ihr stand, konnte ich mit Sicherheit sagen, wer sie war. Und selbst da war ich mir nicht wirklich hundertprozentig sicher. Ihr Gesicht schien völlig blutleer zu sein. Aber ihre Augen waren geschlossen. Ihre Augen waren geschlossen. Die Augen von Leichen sind nicht geschlossen, erst wenn sie ihnen jemand schließt.

Aber sie konnte nicht mehr am Leben sein. Nicht mit dem klaffenden Loch in der olivfarbenen Militärdecke, dem vielen Blut, dem klaffenden Loch in ihrem Leib, sie konnte nicht mehr am Leben sein. Aber ihre Brust hob und senkte sich einmal. Ihre Hand zuckte –

Ich verstehe etwas von Erster Hilfe. Aber nicht bei einer so schweren Verletzung. »Harry!« schrie ich. »Schalt dein Funkgerät ein!«

Wir können uns kein Autotelefon leisten – abgesehen davon, daß wir beide auch gar keins haben möchten. Aber Harry hat sowohl in meinen Wagen als auch in seinen Pick-up ein CB-Funkgerät eingebaut und in den Pick-up außerdem noch ein Kurzwellenfunkgerät.

»Ruf einen Rettungswagen!«

Er fragte nicht, warum. Er schaltete rasch auf Kanal 9, den Kanal für Notfälle, und nach einer Weile, die wahrscheinlich doch nicht so lange dauerte, wie es mir schien, während ich neben einer lebensgefährlich verletzten, bewußtlosen – aber noch lebenden – Frau kniete, wurde die Meldung entgegengenommen, und nur Augenblicke später – wenige Augenblicke später, denn die nächste Feuerwache war ganz in der Nähe – hörte ich Sirenen in der Luft.

Sirenen, nicht eine Sirene, denn in Fort Worth ist es seltsamerweise üblich, wenn ein Rettungswagen gerufen wird, auch einen Feuerwehrwagen loszuschicken. Den Grund dafür habe ich bis heute nicht verstanden und werde ihn auch nie verstehen.

Und dann ertönten noch mehr Sirenen, denn jetzt kamen auch Polizeieinheiten – allen voran natürlich der Streifenpolizist, der geglaubt hatte, das Gebiet gründlich abgesucht zu haben.

»Wie sind Sie darauf gekommen, nach ihr zu suchen?« fragte Millner.

»Ich hatte einfach so ein Gefühl«, sagte ich bescheiden.

»Erinnern Sie mich demnächst daran, mich nicht mehr so über Ihre Ahnungen aufzuregen«, sagte Millner.

Er würde es natürlich doch wieder tun. Und das völlig zu Recht. Weil ich nämlich mit einem Drittel meiner Ahnungen richtig lag und die anderen zwei Drittel reine Zeitverschwendung waren. Natürlich wußte Millner genauso gut wie ich, daß dieses eine Drittel, wenn ich richtig lag, die Zeitverschwendung, wenn ich nicht richtig lag, vollends wieder wettmachte, aber das änderte nichts an der Tatsache, daß die Zeit nun mal wirklich verloren war und ich dann ein schlechtes Gewissen hatte und Millner sich aufregte.

Dorene Coe hatte man mit einer Pistole in den Kopf geschossen. Deandra Black hatte man mit einer Schrotflinte in den Bauch geschossen. Konnten wir daraus ableiten, daß es verschiedene Täter gab?

Vielleicht war derjenige, der von Carlos angeschossen worden war, auch derjenige, der Dorene erschossen hatte? Und jetzt hatte der andere Deandra angeschossen?

Im Großraum Fort Worth war jede gemeldete Schußverletzung von dem jeweils zuständigen Polizeidepartment nachgeprüft worden. Bei jedem gemeldeten Opfer einer Schußverletzung hatte abgeklärt werden können, daß keine Mittäterschaft in unserem Fall vorlag.

Irgendwo in Fort Worth und Umgebung gab es jemanden – wahrscheinlich, aber nicht mit Sicherheit einen Mann, weil nur wenige Frauen so große Waffen benutzen – mit einer unzureichend behandelten Schußverletzung. Falls er nicht bald einen Arzt aufsuchte, würde sich das Gesetz nicht mehr mit ihm abgeben müssen. Die Natur würde sich schon um ihn kümmern, und das auf angemessene Weise.

Harry und ich ließen Sarah ihre Arbeit tun und fuhren nach Hause. Ich legte Cameron ins Bett und rief Susan an.

Ich meine Dr. Susan Braun. Psychiaterin. Besitzerin und Leiterin einer psychiatrischen Privatklinik, die zu den besten von Fort Worth zählt.

Bei den meisten Menschen hätte ich Hemmungen, sie nach neun Uhr abends noch anzurufen. Aber nicht bei Susan. Sie war schon immer eine richtige Nachteule, freute sich, von mir zu hören, und erklärte ohne Umschweife, sie habe gerade einen Kuchen gebacken und käme noch bei mir vorbei, um ihn mit mir zu vertilgen. Sie legte auf, bevor ich Zeit hatte, ihr zu sagen, daß ich keinen Kuchen wollte. Sie glauben doch nicht etwa, daß ich versuchte, magersüchtig zu werden, oder?

Bestimmt nicht.

»Ich geh' ins Bett und les' noch ein bißchen«, sagte Harry. »Grüß Susan von mir. Und denk dran, du mußt morgen früh raus.«

Wenn ich es mir recht überlege, muß es in der Zeit gewesen sein, als ich das Wohnzimmer ein bißchen aufräumte und das Geschirr in die Spülmaschine stellte, in der Zeit, als Susan von ihrer Klinik, wo sie nicht nur arbeitet, sondern auch wohnt, zu mir fuhr, daß Vic Gardners Haus in Flammen aufging.

Aber das erfuhr ich erst sehr viel später.

Das passierte nämlich nicht in Fort Worth, müssen Sie wissen, sondern in einer kleinen Gemeinde nördlich von Keller, wenn man in Richtung Denton fährt. Die Männer von der dortigen freiwilligen Feuerwehr wußten, daß sie vor einer schwierigen Aufgabe standen, denn im Haus von Vic Gardner befand sich auch sein Büro, und vor, hinter und neben dem Haus standen jede Menge ausgeschlachteter Autos. Sie wußten, daß das Feuer zu einem Großbrand auswachsen konnte, und sie forderten Hilfe von Keller an, und Keller forderte Hilfe aus Fort Worth an.

Sie gingen davon aus, daß Vic Gardner im Haus war, weil sein Abschleppwagen im Hof parkte, und da Vic ziemlich viel trank und ein starker Raucher war, vermuteten sie, daß das womöglich die Brandursache war. Aber als sie eintrafen, bestand nicht mehr die leiseste Chance, ihn noch lebend rauszuholen.

Erst am nächsten Tag, als sie Vics Leiche fanden, stellten sie fest, daß er erschossen worden war.

Und erst als ich dort eintraf, sehr viel später am nächsten Tag, deutete sich allmählich an, warum.

Kapitel 8

Du meinst also, der Täter haßt Frauen«, wiederholte ich und rührte in meiner mittlerweile ziemlich kühlen heißen Schokolade.

Susan zog die Haarnadeln aus ihrem linken Zopf und fing an, ihn zu entflechten. »Der Täter oder *die* Täter«, präzisierte sie. »Ich meine, wer hat was getan? Wer tut was? Wer gibt die Befehle? Das weißt du ebensowenig wie ich. Aber mindestens einer von ihnen haßt Frauen. Vielleicht nicht derjenige, der Dorene Coe erschossen hat. Vielleicht hat er nur – ich weiß gar nicht, wie ich das ausdrücken soll. Vielleicht hat er nur gedacht, das wäre effizient. Du tötest die Zeugin, die dich identifizieren könnte. Aber – derjenige, der Deandra Black niedergeschossen hat – Deb, der hat gewußt, daß sie nicht tot war. Nach dem, was du mir erzählt hast, muß er es gewußt haben. Und er geht einfach weg, um sie allein im Dunkeln sterben zu lassen. Das ist nicht Effizienz. Das ist Haß.«

Ich nahm das kleine Papptellerchen, auf das ich mein Stück Kuchen gelegt hatte – die Hälfte lag noch immer darauf –, und griff nach Susans. Auch auf ihrem lag noch ein Stück. »Ich bin satt«, sagte sie und stopfte wahllos Haarnadeln ungefähr in die Gegend ihres neu gestalteten Zopfes. »Aber ich wünschte, du würdest den Rest von deinem Stück essen.«

»Warum sind bloß alle so wild darauf, mich zu füttern?« fragte ich. Als ich Harry zuvor das gleiche gefragt hatte, war die

Frage eher rhetorisch gemeint gewesen. Aber vielleicht wußte Susan das ja wirklich. Susan scheint vieles zu wissen.

»Weil du halb verhungert aussiehst«, antwortete sie. »Deb, seit letztem September hast du bestimmt fast dreißig Pfund abgenommen.«

»Letzten September war ich schwanger.«

»Letzten September – zu Beginn des Monats – warst du in der achten Woche. Da hat man dir noch nichts angesehen. Du hattest höchstens sogar abgenommen, weil du so gut wie nichts gegessen hast, und wenn doch, hast du es wieder ausgekotzt. In den letzten drei Monaten der Schwangerschaft hast du dann zuviel zugelegt, aber du hast alles wieder verloren und noch mehr dazu.«

»Ich mußte auch ein bißchen abnehmen.«

»Ein bißchen. Aber nicht dreißig Pfund. Deb, wieviel wiegst du jetzt?«

»Ich weiß es nicht«, murmelte ich.

»Aber du müßtest es ungefähr wissen. Wieviel hast du bei deinem Sechs-Wochen-Check-up gewogen?«

»Fast fünfundvierzig Kilo«, sagte ich, bemüht leise.

»Du müßtest fünfundfünfzig wiegen.«

»Du bist Psychiaterin, keine Ernährungsexpertin.«

»Zuallererst bin ich Ärztin und dann erst Psychiaterin. Ich weiß, wann jemand Untergewicht hat. Du müßtest eigentlich fünfundfünfzig Kilo wiegen, und das weißt du auch. Kein Wunder, daß alle versuchen, dir was zu essen einzutrichtern. Du siehst aus, als könnte dich das leiseste Lüftchen umpusten.«

»Ich will jetzt nicht über mein Gewicht reden. Ich will über –«

»Über die Bankräuber reden. Ich weiß. Ich hab' dir alles gesagt, was mir dazu einfällt. Ich sollte jetzt gehen und dich schlafen lassen.«

»Das würde nichts nützen. In einer halben Stunde muß ich Cameron stillen. Eigentlich müßte er jetzt schon wach sein.«

»Dann geh und weck ihn auf.«

»Aber –«

»Deb, du mußt das Baby erziehen. Nicht er dich. Was macht er denn derzeit? Er verschläft sein Abendessen um zehn Uhr und wacht erst um zwei Uhr nachts auf?«

»Genau das macht er. Woher weißt du das?«

»Ich hab' gesehen, wie übermüdet du bist. Weck ihn auf und still ihn. Und wenn er versucht, wieder einzuschlafen, mach ihn immer wieder wach. Wenn er dann um zwei Uhr nachts wach wird, ignoriere ihn.«

Ich verzog das Gesicht. »Da könnte ich genausogut versuchen, Sirenengeheul zu ignorieren.«

»Ignorier ihn trotzdem.« Dann zuckte sie die Achseln. »Na ja, wenn du es nicht kannst, dann kannst du es eben nicht. Aber fang an, ihn um neun zu wecken, und halte ihn ganz bewußt eine Zeitlang wach. Dann still ihn und leg ihn wieder hin. Vielleicht hilft das ja.«

Also weckte ich Cameron und stillte ihn, und um zwei Uhr morgens wurde er wach, und ich versuchte, nicht sehr erfolgreich und nicht sehr lange – vielleicht rund fünf Minuten oder so –, ihn zu ignorieren, und dann stand ich auf und stillte ihn, und natürlich fühlte ich mich halbtot, als ich um sechs wieder aufstehen mußte, um ihn erneut zu stillen, und es war völlig sinnlos, noch einmal einschlafen zu wollen, denn Hal war mit dem Pick-up zu seinem Seminar gefahren – das ist ein frühmorgendlicher Religionsunterricht, an dem er an fünf Tagen in der Woche teilnimmt, so wie fast alle Teenager bei den Mormonen –, und um die Zeit, wenn ich mich wieder hätte hinlegen können, würde Hal wieder hereingepoltert kommen und mir tausend Dinge erzählen, die ich gar nicht wissen wollte, alles mögliche über Kirchengeschichte, das ist nämlich das Thema in diesem Jahr, und um die Zeit, wenn er sich wieder beruhigt hätte, wäre es für mich ohnehin an der Zeit, zur Arbeit zu fahren. Also war es für heute offensichtlich nichts mehr mit Schlafen.

Ich wechselte Camerons Windeln und stillte ihn und badete ihn – ich weiß, daß Harry das hätte machen können, aber ich tue das gerne –, und ich machte Harry und Hal Omeletts mit Schinken und Käse zum Frühstück. Ich selbst aß eine kleine Schüssel Kellogg's, was mir Susan wohl kaum zum Frühstück empfehlen würde, es sei denn, ich würde dazu auch noch eine große Portion Sahneeis verputzen, und dann fuhr ich zur Arbeit, in der Hoffnung, etwas früher als sonst da zu sein, um ein paar überfällige Berichte schreiben zu können. Ich war, wenn ich es mir richtig ausrechnete, rund zwei Tage im Hintertreffen, und Captain Millner würde mich wahrscheinlich recht bald deswegen zur Sau machen, wenn ich nicht rasch etwas unternahm.

Als ich ins Büro kam, machte ich mich nicht sofort an die Berichte. Zuerst rief ich das Krankenhaus an, in das Deandra Black eingeliefert worden war. Sie lebte noch. Ihr Zustand war kritisch. Nein, sie war nicht bei Bewußtsein, und selbst wenn sie bei Bewußtsein wäre, könnte sie ganz sicher nicht mit der Polizei sprechen, und ich müßte doch eigentlich so vernünftig sein, nicht so alberne Fragen zu stellen.

Also diktierte ich meine Berichte auf Band und war noch immer damit beschäftigt, als Captain Millner um neun Uhr ins Büro kam. »Was machen Sie da?« fragte er mich.

»Berichte. Was meinen Sie denn, was ich hier mache?«

»Wollen Sie nach Keller fahren? Oder besser gesagt, in einen Ort nördlich von Keller?«

»Warum sollte ich denn zu einem Ort nördlich von Keller fahren wollen?« fragte ich argwöhnisch.

Ich wohne im Nordosten von Tarrant County, außerhalb der Stadtgrenzen von irgendwas, obwohl ich mir sicher bin, daß die Stadt Fort Worth uns früher oder später eingemeinden wird. Südöstlich von meinem Wohnort, der Summerfields Addition genannt wird, liegt eine ganz kleine Stadt namens Keller. Hal geht in Keller auf die High-School, die in einem sehr schönen neuen Gebäude untergebracht ist, was die Erhöhung der Schulgebühren rechtfertigt. Nördlich – oder zumindest ungefähr nördlich – von Keller verläuft der Denton Highway, also der Highway, über den man nach Denton gelangt, wo die Texas Woman's University und die North Texas University wohnen. Zwischen Keller und Denton liegen etliche kleinere Ortschaften, von denen eine richtig hübsch ist. An dem Highway steht ein Schild, das die Geschwindigkeit auf fünfundfünfzig Meilen begrenzt. Ungefähr drei Meter dahinter steht ein Ortsschild für ein Städtchen, dessen Name hier ungenannt bleiben soll, weil ich nicht noch Reklame dafür machen will. Ungefähr anderthalb Meter hinter diesem Ortsschild ist wieder ein Schild, das diesmal aber die Höchstgeschwindigkeit auf fünfzehn Meilen die Stunde begrenzt. Oder zumindest tat es das, als ich das letzte Mal da vorbeikam. Es erübrigt sich wohl zu erwähnen, daß ich es möglichst vermeide, durch diesen Ort zu fahren.

»Kennen Sie Gardner's Schrottplatz?«

»Ich bin schon mal dran vorbeigefahren.« In Wahrheit beschränkte sich mein Kontakt nicht nur darauf. Gardner's Schrottplatz war nämlich die Firma gewesen, die vor rund zwei Monaten meinen Lynx abgeschleppt hatte, als deutlich geworden war, daß er aus eigener Kraft nirgendwo mehr hinfahren würde.

»Der ist letzte Nacht abgebrannt.«

»Ach? Der ganze Schrottplatz?«

»Gardner's Haus mitsamt dem Büro. Was soll denn auf einem Schrottplatz noch großartig brennen?«

»Warum erzählen Sie mir das?« erkundigte ich mich.

»Wie schon gesagt, ich möchte, daß Sie da rausfahren.«

»Warum? Das ist schließlich nicht unser Zuständigkeitsbereich und –«

Muß ich noch erwähnen, daß ich an diesem Morgen etwas schwer von Begriff war?

»Weil«, sagte Millner und klang dabei leicht gereizt, »die Feuerwehr heute morgen ins Haus gelangt ist. Sie haben Vic Gardner gefunden oder besser gesagt, das, was von ihm übrig war – zumindest nehmen sie an, daß es Gardner ist, weil sie sich nicht ganz sicher sein können –, auf dem, was von seiner Couch übrig war, was noch weniger war als das, was von ihm übrig war. Und sie haben jede Menge Schrotkugeln in Gardners Brust und Bauch gefunden und in der Couch und um sie herum.«

»Ach du Scheiße«, sagte ich.

»Der Schrottplatz liegt am Denton Highway«, fügte Millner hinzu. »Bob vom Erkennungsdienst ist schon unterwegs.«

Ich fuhr bei mir Zuhause vorbei, was nur ein kleiner Umweg war, um die Stiefel zu holen, die ich bei Fällen von Brandstiftung normalerweise anziehe. Dabei handelt es sich nicht um herkömmliche Damenstiefel, die dazu gedacht sind, hübsch auszusehen; diese Stiefel sind eher für halbwüchsige Jungen gedacht. Ich fand, wenn sie halbwüchsige Jungs verkraften konnten, würden sie auch Untersuchungen von Brandstiftungen verkraften. Bis jetzt habe ich mich nicht getäuscht, und ich trage sie nun schon seit drei Jahren, ein paarmal sogar in siedendheißem Wasser. Wenn der Brand letzte Nacht war, würde ich heute nicht durch siedendheißes Wasser waten müssen. Aber ich würde durch Wasser waten, und vermutlich durch Chemikalien und Asche und sehr viel Dreck. Diese Aufgabe verlangte ganz eindeutig nach meinen Feuerstiefeln.

Vor etlichen Jahren hatte Lady Bird Johnson, die damals noch in Washington, D.C. residierte, die wunderbare Eingebung, daß Schrottplätze häßlich sind. Das war vor ihr noch niemandem aufgefallen. Lady Bird hatte noch eine weitere Eingebung – daß Schrottplätze nämlich hinter hübschen Bretter- oder Plastikzäunen versteckt werden sollten und daß es doch allerliebst wäre, wenn man Purpurwinden oder Kletterrosen oder sonstwas Hübsches an diesen Zäunen ranken ließe.

Erstaunlicherweise wurden in vielen Staaten Gesetze verabschiedet, die just dieses anordneten.

Vic Gardner hatte keinen Zaun aufgestellt. Das heißt, er hatte keinen Sichtschutzzaun aufgestellt; selbstverständlich hatte er einen drei Meter hohen Schutzzaun mit Stacheldraht obendrauf, damit ihm keiner Autoersatzteile klauen konnte, ohne sich zumindest ein Loch in den Hosenboden zu reißen.

Vic Gardner hatte an seinem Zaun keine Kletterrosen oder Prachtwicken gepflanzt.

Vic Gardner hatte einen der häßlichsten Schrottplätze, die ich je gesehen hatte, und es gibt keinen Schrottplatz, den man schön nennen würde. Anscheinend hielt er nichts davon, Autos an solche Unternehmen zu verkaufen, die sie zusammenstampfen und dann an Stahlwalzwerke weiterverkaufen; nein, anscheinend ging er davon aus, daß es früher oder später für jedes Teil an jedem Auto, das er abschleppte, irgendeine Verwendung geben würde. Und so gab es hinten auf seinem Platz noch Autos – oder rostende Autowracks –, die schon zwanzig und dreißig Jahre alt waren. Seine Veranda war geschmackvoll mit zirka sechs Millionen Radkappen aller Größen und Formen geschmückt, und ein handgemaltes Schild, das von einigen Radkappen fast verdeckt wurde, tat meiner Ansicht nach unnötigerweise kund, daß es hier Autoteile zu kaufen gab.

Vor dem Haus stand die recht gelungene Imitation einer Ritterrüstung, die komplett aus Autoteilen gefertigt worden war. Vielleicht sollte das gar keine Ritterrüstung sein, sondern Don Quichote oder Sancho Pansa. Oder vielleicht sollte das auch ein Besucher aus anderen Galaxien sein. Oder Atlantis. Ich konnte es nicht so genau sagen.

Auf seinem Schrottplatz waren vierzehn, sage und schreibe

vierzehn blaue Mercury Lynx unterschiedlichen Alters und in unterschiedlichem Zustand.

Das zeugte nicht gerade von übergroßer Intelligenz auf seiten der Mörder. Ich meine, was machte es für einen Sinn, Vic Gardner zu töten und sein Haus um ihn herum abzubrennen, wenn wir nun bloß die FINs – die Fahrzeugidentifizierungsnummern – überprüfen und dann die jeweiligen Zulassungen aus dem Computer abrufen mußten?

Dachte ich.

Bis ich näher herankam und sah, daß Stechwinden und Kudzu um jeden einzelnen der Wagen herumgewachsen waren. Keiner davon war der Wagen, der am letzten Samstag von der Kindertagesstätte hierher abgeschleppt worden war.

Tatsächlich war einer davon, wie ich mir hätte denken können, mein eigener unbetrauerter beweglicher Untersatz.

Warum dann der Mord? Warum das Feuer? Millner hatte mich hergeschickt, weil er einen Zusammenhang zwischen diesem Mord und dem Brand und unseren Banküberfällen vermutete, und ich war hergekommen, weil ich dasselbe annahm, aber wenn es keinen Zusammenhang gab –

Wenn es keinen Zusammenhang gab, dann machte das Ganze überhaupt keinen Sinn. Es mußte einen Zusammenhang geben.

Während Bob seine Fotos machte, suchte ich weiter den Schrottplatz ab. Es mußte einen Zusammenhang geben. Es mußte einen Grund geben.

Viele Reifenspuren, von vielen Feuerwehrautos und Polizeiwagen. Und da, in einer Ecke des eigentlichen Schrottplatzes, also nicht in unmittelbarer Nähe des Hauses – wo nur die erleseneren und wahrscheinlich noch reparaturfähigen Fahrzeuge standen –, Reifenspuren eines Fahrzeugs, die sich deutlich von den anderen abhoben.

Eigentlich waren es die Reifenspuren von zwei Fahrzeugen, größtenteils, aber nicht ganz übereinander. Die Reifen des ersten

Fahrzeugs hatten sich tief eingegraben, besonders die Hinterreifen. Das anderen Spuren stammten von einem leichteren Fahrzeug oder von einem weniger schwer beladenen oder beides.

Schleifspuren dort, wo die Mittelachse hätte sein müssen, als wäre eine Kette oder ein Seil über den Boden gezogen worden. Ein paar Fußabdrücke.

Der zweite Wagen, der leichtere, war abgeschleppt worden.

Ich ging zu Bob.

Fotos, aufgenommen mit einer Spezialkamera an einem Spezialgestell, mit dem die Kamera senkrecht nach unten gerichtet werden kann, so daß das Bild, wenn es auf Standardformat 18 x 24 vergrößert wird, genau der natürlichen Größes des Motives entspricht.

Dann Gipsabdrücke. Man rührt den Gips mit Wasser an. Man sprüht so etwas Ähnliches wie Haarspray in die Fußspur oder Reifenspur, damit der Abdruck nicht beschädigt wird. Dann gießt man den Gips hinein, sehr behutsam und unter Zuhilfenahme eines Rührspachtels, um die Fließgeschwindigkeit zu verringern, und auch dies tut man, damit nicht das zerstört wird, was man ja gerade bewahren will. Man legt ein paar Stöckchen und Zweige hinein, um den Guß zu stabilisieren, und dann schüttet man noch mehr Gips hinein, und dann wartet man, bis alles komplett ausgehärtet ist, und dann hebt man ihn unbeschädigt an, ohne den Versuch zu unternehmen, irgendwelche Erdreste zu entfernen, weil die im Labor das lieber selbst machen, und dann setzt man den Abdruck, wenn er klein genug ist, in einen Karton oder, wenn er zu groß ist, auf ein Brett oder etwas in der Art, und dann nimmt man ihn mit.

Mit etwas Glück findet man einen Reifen oder einen Schuh, der dem Abdruck entspricht, bevor der Reifen oder der Schuh so sehr weiter abgenutzt wurde, daß sich die Entsprechung nicht mehr eindeutig nachweisen läßt.

Wenn man den Reifen oder den Schuh früh genug findet, ist so ein Gipsabdruck fast so gut wie ein Fingerabdruck.

Dieser Abdruck würde uns nicht zu den Mördern führen. Es gibt zu viele verschiedene Arten von Reifen, zu viele verschiedene Arten von Schuhen. Aber sobald wir die Täter auf andere Art und Weise geschnappt hatten, würde er – falls wir sie früh genug schnappten – als weiteres Beweisstück dazu beitragen, sie zu überführen.

Es war nicht notwendig, daß ich mir die Füße in den Bauch stand und wartete, bis der Gips ausgehärtet war, ein Vorgang, der ein bis zwei Stunden dauern kann, wenn der Gips schlecht gelaunt ist, und es soll mir keiner erzählen, daß Gips leblos ist und demzufolge nicht schlecht gelaunt sein kann. Das weiß ich. Aber wenn man damit arbeitet, glaubt man das nicht eine Sekunde lang. Manchmal ist er wunderbar kooperativ, und dann wieder benimmt er sich abscheulich. Manchmal verhärtet er sich zu etwas, das ich nur als Gipskatastrophe bezeichnen kann, verdickt sich schon im Eimer, noch bevor man Zeit hat, ihn auszugießen, aber es kann genausogut passieren, daß man drei Stunden abwartet und der Gips noch immer nichts weiter ist als eine lustlose Pfütze. Vermutlich gibt es eine einleuchtende wissenschaftliche Erklärung, die mit den atmosphärischen Bedingungen zusammenhängt, dafür, warum er sich so verhält, aber sie entzieht sich meiner Kenntnis.

Und da ich nicht mehr beim Erkennungsdienst arbeite, muß ich sie auch nicht kennen.

Ich ging zurück zum Haus und fragte den Feuerwehrhauptmann, einen Mann namens Rich Owings, ob irgendwelche Geschäftsunterlagen des Schrottplatzes geborgen worden waren.

Rich, der gerade mit Neal Ryan von den Texas Rangers sprach, hielt lange genug inne, um mir eine Grimasse zu schneiden. »Soll das ein Witz sein?« fragte er. »Wie es aussieht, ist genau da der Brandbeschleuniger verschüttet worden.«

Das machte natürlich Sinn.

Aber mal angenommen – nur mal angenommen –

Als mein Auto den Geist aufgab und Vic Gardner mir hundert Dollar in bar für das zweifelhafte Vergnügen zahlte, den Wagen abschleppen zu dürfen, gab er mir die hundert Dollar in Scheinen, und ich gab ihm den Fahrzeugbrief. Er sagte, er würde den Wagen erst später abmelden, was vermutlich nicht legal ist, aber mir war das eigentlich ziemlich egal, da der Wagen ja schließlich verschrottet werden sollte.

Gardner zog die Scheine aus seiner Tasche und steckte den Fahrzeugbrief in seine Tasche.

Aber er machte auch ein paar Notizen auf einem Klemmbrett, das auf dem Beifahrersitz seines Abschleppwagens lag.

Der Abschleppwagen war nicht verbrannt worden; er stand vor dem Haus unter einer großen Eiche, die Türen unverschlossen. Falls meine blonde Harrison-Ford-Bewunderin dieses Klemmbrett vergessen hatte –

Sie hatte es vergessen. Denn da lag es.

Mit einem gewissen Triumphgefühl streckte ich die Hand danach aus.

Und dann stockte ich. Brauchte ich einen Durchsuchungsbefehl dafür? Heutzutage ist gesetzlich vorgeschrieben, daß man einen Durchsuchungsbefehl braucht, um einen Tatort abzusuchen. Na ja, eigentlich steht das nicht im Gesetzbuch, sondern es wurde von den Gerichten so festgelegt.

Mit Sicherheit hatte jemand einen Durchsuchungsbefehl für den Tatort der Brandstiftung beschafft. Aber die Vorschriften im Hinblick auf Durchsuchungsbefehle sind sehr, sehr eigenartig. Ich will mal versuchen, es Ihnen zu erklären.

Sie dürfen überall da nachsehen, wo das, wonach Sie suchen, vernünftigerweise vermutet werden kann, und wenn Sie an diesen Stellen etwas anderes Illegales finden, können Sie es beschlagnahmen. So verhielten sich beispielsweise die Polizeibeamten und Männer des Secret Service völlig legal, als sie auf der Suche nach einer Druckerpresse, mit der Falschgeld hergestellt worden war, unversehens im Keller des Hauses auf ein Drogenlabor, ein illegales Methamphetamin-Labor, stießen. Die Druckerpresse *hätte* nämlich im Keller sein können. Aber wenn sie aufgrund eines Durchsuchungsbefehls, bei dem es um ein gestohlenes Auto ging, dieses Labor im Keller entdeckt hätten, wäre es – damals wie heute – unmöglich gewesen, rechtlich gegen die Betreiber vorzugehen. Weil das gestohlene Auto nicht im Keller hätte sein können. Also hatten sie im Keller nichts zu suchen.

In meinem Fall bedeutete das, wenn Rich Owings einen Durchsuchungsbefehl beantragt hatte, um nach der Ursache eines Feuers zu suchen, bei dem man Brandstiftung vermutete, und im Zuge dieser Suche in und um Vic Gardner herum Schrotkugeln entdeckte, dann war das legal, weil der Brandbeschleuniger möglicherweise auf die Couch geschüttet worden war, auf der Vic Gardner lag.

Aber wenn der Durchsuchungsbefehl, nach dem wir derzeit noch immer arbeiteten, so formuliert war, dann war mein Vorgehen illegal.

Das Feuer hatte nicht im Abschleppwagen begonnen. Das Feuer hatte den Abschleppwagen ja überhaupt nicht erfaßt.

Nein, was Bob tat, war nicht illegal, weil die Fuß- und Reifenspuren mit hoher Wahrscheinlichkeit im Zusammenhang mit der Brandstiftung standen.

Ich beschloß, daß es klüger war, erst einmal herauszufinden, wie der Durchsuchungsbefehl, auf den wir uns beriefen, genau formuliert war. Ich ging mich erkundigen.

Neal grinste mich an. »Ich wünschte, alle wären so umsichtig wie du«, sagte er. »Es ist mein Durchsuchungsbefehl. Ich habe ihn mir besorgt, nachdem Rich mich heute morgen angerufen hatte. Wir suchen nach allem, das uns ein Motiv für den

Mord liefern könnte. Und ich habe ausdrücklich auch Nebengebäude und Fahrzeuge mit reinnehmen lassen.«

Ich ging zurück, nahm mir das schmutzige Metallklemmbrett und fing an, die Papiere durchzublättern, die wahllos darauf festgeklemmt waren.

Ich mußte nicht lange suchen.

Nein, natürlich war der Fahrzeugbrief nicht dabei. Wenn Gardner ihn nicht bereits abgeheftet hatte, und das glaubte ich eigentlich nicht – er hatte für die Abmeldung eine Frist von zehn Tagen, und so, wie ich ihn einschätzte, war er wohl eher jemand, der alles auf die letzte Minute machte –, dann war der Fahrzeugbrief verschwunden, verbrannt, so wie alles andere in Gardners Taschen und auf seinem Schreibtisch.

Aber auf dem Klemmbrett befand sich ein Zettel, auf den er gekritzelt hatte: »Blauer Lynx mit offener Haube.« Und den Namen der Kindertagesstätte mit einer Adresse in Keller.

Halleluja.

Nur, daß wir damit ein neues Problem hatten.

Im Augenblick war die Kindertagesstätte vermutlich nicht gefährdet, weil sie – die Täter, um mich mal ganz leidenschaftslos auszudrücken –, in dem Glauben waren, daß sämtliche Unterlagen, anhand derer wir den Lynx zurückverfolgen könnten, verbrannt waren. Falls sie herausfanden, daß dem nicht so war, dann waren die Kindertagesstätte und ihre Leiterin und alle Mitarbeiter und vermutlich auch die Kinder in Gefahr. Oh ja, natürlich konnten wir verhindern, daß es in den Zeitungen, im Radio oder im Fernsehen gemeldet wurde.

Aber Kinder reden nun mal.

Kinder reden.

Wir wußten nicht, wie alt das Kind war, das Kind, von dem die Harrison-Ford-Bewunderin gesagt hatte, daß sie es abholen wollte, als ihr Wagen streikte. Falls das Kind ein Baby war, dann konnte es nicht reden. Aber davon konnten wir nicht ausgehen. Falls das Kind drei Jahre alt war, vier Jahre alt war und Mama es abholen kam und das Kind irgendwas davon erzählte, daß die Polizei in der Tagesstätte gewesen war – tja, dann würde sie wissen, warum.

Oder zumindest könnte sie sich dann denken, warum.

Das Risiko konnten wir nicht eingehen, aber andererseits brauchten wir gewisse Informationen.

Es mußte ein Möglichkeit geben –

Es gab eine Möglichkeit. Natürlich gab es eine Möglichkeit.

Ich erklärte Neal, was ich vorhatte, und er grinste nicht nur, er lachte laut los. Dann fuhr ich nach Hause und rief Millner an. Er fand die Idee auch ganz gut, aber er erinnerte mich daran, daß ich mich in einem anderen Zuständigkeitsbereich befand und gewisse berufliche Höflichkeitsregeln einhalten mußte. Ich sagte, das sei mir schon klar, und rief den Polizeichef von Keller an.

Dann zog ich Cameron seinen niedlichsten Strampelanzug über, packte das Fläschchen ein, mit dem er sich zögerlich anzufreunden begann, ließ den Polizeiwagen in der Einfahrt stehen und nahm statt dessen Harrys Pick-up, schnallte Cameron in seinen Kindersitz und fuhr nach Keller.

Frausein hat gewisse Vorteile. Ich will nicht behaupten, daß ein Mann nicht das gleiche hätte machen können, aber ich bezweifele stark, ob ein Mann überhaupt auf die Idee gekommen wäre.

Die Kindertagesstätte befand sich in einem umgebauten Haus im Fünfziger-Jahre-Stil, mit stumpfgrüner Asbestverkleidung, aber das Schild vorne am Eingang war fröhlich mit Lämmchen und großen, verblüffend bunten Blumen bemalt. Als ich zur Tür hineinging, erspähte die erste Mitarbeiterin, auf die mein Blick fiel – ein stabiles und fröhlich aussehendes Mädchen von ungefähr neunzehn Jahren – Cameron und sagte: »Oje, so kleine

Kinder nehmen wir normalerweise nicht an. Er ist doch bestimmt noch keine drei Monate, oder?«

»Könnte ich wohl mit der Leiterin sprechen?« fragte ich und versuchte, ein leises Beben in meine Stimme zu legen, von dem ich allerdings befürchtete, daß es sich mehr wie ein Wimmern anhörte.

»Ich glaube wirklich nicht, daß sie irgendwelche Ausnahmen machen kann –«

»Ja, aber wenn ich sie einfach nur mal sprechen könnte –«

»Im Augenblick ist sie beschäftigt.«

»Ich möchte doch bloß mit ihr reden.«

Die Unterhaltung ging noch ein Weilchen so weiter, bis die junge Frau offenbar einsah, daß ich mich keinesfalls würde abweisen lassen, und ging. Einen Moment später kehrte sie im Gefolge einer großen, weißhaarigen Frau zurück, und ich hörte sie gerade noch sagen: »Sie will sich von mir einfach nichts sagen lassen –«

»Ich kümmere mich darum«, sagte die Frau mit einer fröhlich dröhnenden Stimme. »Also, ich bin Phyllis Farmer. Wo ist denn das Problem?«

»Könnte ich Sie vielleicht unter vier Augen sprechen –«

»Oje. Hat Natalie Ihnen denn nicht gesagt, daß wir normalerweise keine Babys unter drei Monaten annehmen –«

»Doch, aber wenn ich vielleicht trotzdem unter vier Augen mit Ihnen sprechen könnte –« Diesmal gelang es mir, so zu klingen, als würde ich gleich in Tränen ausbrechen.

»Oje«, sagte sie wieder. »Dann kommen Sie doch mit vors Haus.« Als sich die Tür hinter ihr schloß, sagte sie: »Meine Liebe, ich weiß, daß manche Frauen aus finanziellen Gründen fast gleich nach der Geburt wieder arbeiten gehen müssen, aber es wäre wirklich besser für Sie und für Ihr Baby –«

»Da haben Sie absolut recht«, sagte ich, »aber ich muß mein Baby nicht hierlassen.« Mittlerweile hatte ich meine Dienstmarke hervorgekramt und aufgeklappt. »Ich bin Debra Ralston vom Polizeidepartment Fort Worth, und ich muß mit Ihnen reden –«

Ihre Stimme klang merklich kühler, als sie fragte: »Und wo haben Sie sich das Baby ausgeliehen?«

»Das habe ich nicht. Es ist mein Sohn. Aber ich muß ihn nicht hier bei Ihnen lassen. Mein Mann ist – ist derzeit so eine Art Halbinvalide. Er kann nicht arbeiten. Also muß ich. Aber er kann sich um das Baby kümmern.«

»Dann verstehe ich nicht –«

»Mrs. Farmer«, sagte ich, »wir haben Grund zu der Annahme, daß Sie und Ihre Mitarbeiterinnen und die Kinder möglicherweise in Gefahr sind.«

»*Was?*«

»Vermutlich haben Sie von den zwei Banküberfällen gehört, bei denen die Kassiererinnen entführt wurden. Die eine ist getötet worden, und die andere befindet sich in einem kritischen Zustand. Allem Anschein nach haben die Bankräuber außerdem bis jetzt einen Polizeibeamten getötet, den Besitzer einer Gebrauchtwagenhandlung und den Besitzer eines Schrottplatzes, um zu verhindern, daß ihre Identität aufgedeckt wird.«

»Was hat das denn mit uns –«

»Am letzten Samstag«, sagte ich, »hat eine Frau hier ein Kind abgegeben. Wir wissen nicht, wie alt dieses Kind ist. Die Frau ist blond, Mitte Dreißig. Als sie das Kind wieder abholen wollte, streikte ihr Auto – ein blauer Mercury Lynx – und mußte abgeschleppt werden. Es besteht eine hohe Wahrscheinlichkeit, daß diese Frau irgendwas mit den Morden zu tun hat. Daher müssen wir herausfinden, wer sie ist.«

»Oje«, sagte Mrs. Farmer. »Also das wird schwierig werden.«

»Wieso?«

Sie deutete auf das Schild. »Natürlich haben wir Kinder, die regelmäßig jeden Tag zu uns kommen, aber wir nehmen auch Kinder nur für einen Tag an. Ja, ich erinnere mich an den Vorfall, vor allem, weil die Mutter extrem nervös schien, während sie auf den Abschleppwagen wartete und darauf, von irgendwem abgeholt zu werden. Aber das Kind – ein Junge, etwa vier Jahre alt – war nur dieses eine Mal bei uns. Deshalb kann ich Ihnen nicht viel helfen –«

»Lassen Sie sich denn in solchen Fällen keine Personalien geben?«

»Oh doch, aber –«

»Können Sie mir die Informationen geben, die Sie haben?«

»Kommen Sie mit in mein Büro.«

»Mrs. Farmer«, sagte ich, »ich möchte nicht das geringste Risiko eingehen, daß eines der Kinder mitbekommt oder auch nur vermutet, daß heute eine Polizeibeamtin hier war. Das ist nur zu Ihrem Schutz. Deshalb werde ich nicht mit in Ihr Büro kommen. Ich schlage vor, Sie sagen Ihren Mitarbeiterinnen, daß ich mich nicht abweisen lassen wollte, und sie ins Büro gegangen sind, um nachzusehen, ob es eventuell doch noch einen freien Platz gibt, und dann wieder herausgekommen sind, um mir noch einmal zu erklären, daß Sie mir nicht helfen könnten.«

»Mrs. – wie war noch mal Ihr Name?«

»Ralston. Deb Ralston.«

»Mrs. Ralston, meinen Sie wirklich, meine Kinder sind in Gefahr?«

»Nicht, solange die Täter nicht mitbekommen, daß wir auf der richtigen Spur sind.«

»Na schön. Wenn Sie wirklich meinen –«

Sie ging nachsehen.

Es brachte nicht viel.

Der Vorname des Kindes war Scott.

Die Mutter war Kelly McGillis.

Der einzige Zeuge. Die Schauspielerin, die die Amish-Frau gespielt hat, deren Sohn Zeuge eines Mordes in einer Herrentoilette in Philadelphia wird.

Anscheinend würde ich mir wohl doch eine Liste sämtlicher Frauen besorgen müssen, die je gemeinsam mit Harrison Ford vor der Kamera gestanden hatten.

Das ging mir wirklich auf die Nerven.

Ich fragte, ohne große Hoffnung, ob Mrs. Farmer das Fahrzeug oder die Person gesehen hatte, von der »Kelly McGillis« und ihr Sohn Scott abgeholt worden waren, nachdem der Abschleppwagen ihren Lynx mitgenommen hatte. Ich hätte mir die Frage sparen können. Sie war mit einer Zweijährigen beschäftigt gewesen, die plötzlich angefangen hatte, sich zu übergeben. Und, nein, keine ihrer Mitarbeiterinnen konnte etwas gesehen haben, weil samstags normalerweise recht wenig zu tun ist und sie keine anderen Kräfte benötigt. Sie war also allein. Was auch ganz gut so war, weil es einschließlich Scott nur vier Kinder zu betreuen gab, aber gerade in dem Augenblick, als der Zweijährigen schlecht wurde –

Ich hatte selber schon mit Zweijährigen zu tun. Ich dankte ihr und ging.

Als ich Cameron in seinen Laufstall legte, kam sofort die Katze an, setzte sich in den Laufstall und ließ ihren Schwanz gerade außerhalb von Camerons Reichweite spielerisch hin und her zucken. Ja doch, ich weiß, daß Katzen so mit ihren Jungen spielen. Aber Cameron ist kein Katzenjunges. Er ist mein Junges, und als er anfing zu brüllen, verbannte ich die Katze. Mit einem überaus beleidigten Blick kletterte sie auf den Mesquitebaum, setzte sich auf einen niedrigen Ast und ließ ihren Schwanz vor Pats Nase herunterbaumeln.

Cameron, Pat, ich weiß genau, wie euch zumute ist. Ich sollte die Katze Melanie Griffith Carrie Fisher Kelly McGillis nennen. Aber sie ist schon zehn Jahre lang eine namenlose Katze. Warum sie verwirren, indem ich ihr jetzt einen Namen gebe?

Als ich wieder ins Haus kam, hatte Cameron die Katze offensichtlich aus seinem Gedächtnis gestrichen und versuchte gerade die Babywippe aufzuessen, obgleich seine häufigen Seitenblicke auf den dunklen Fernsehschirm vermuten ließen, daß er hoffte, Harry und ich würden anfangen, Nintendo zu spielen.

Von wegen. Bis zum heutigen Tage habe ich noch nie ein Videospiel gespielt. Warum sollte ich wohl jetzt damit anfangen?

Ich fragte Harry, ob er ein Käsesandwich wollte. Er war anscheinend eifrig damit beschäftigt, irgendwelche Formulare auszufüllen, und erwiderte, er wolle kein Käsesandwich.

Meinetwegen. Ich machte mir selbst ein Käsesandwich. Nachdem ich es gegessen hatte, rief ich Captain Millner an und teilte ihm die Ergebnisse meines Ermittlungsversuches mit, und dann fuhr ich in dem Polizeiwagen davon, um mich mit ein paar Leuten zu unterhalten.

Ich war – noch – nicht bereit, Nick Casavetes völlig von meiner Liste zu streichen. Nicht, bevor ich mit Lonzo Hambly und Rita Cleveland gesprochen hatte.

Kapitel 9

Rita Cleveland war hübsch, vorausgesetzt, man mag diesen Typ. Das ist so ziemlich das Objektivste, was ich über sie sagen kann, weil ich sie nämlich, offen gestanden, vom ersten Augenblick an nicht leiden konnte. Ihr Haar war vermutlich einmal blond gewesen, aber im Laufe der Jahre war es mit Strähnchen versehen, gebleicht, dauergewellt, mit der Brennschere malträtiert und auf jede andere erdenkliche Art manipuliert worden, so daß es nicht mehr zu erkennen war. Ganz ehrlich. Es hatte fast größere Ähnlichkeit mit Gefieder – nassem Gefieder, das verklebt getrocknet war – als mit menschlichem Haar. Auf der Stirn ragte der Pony – eine bessere Bezeichnung fällt mir dafür nicht ein – ungefähr zehn Zentimeter über ihr Gesicht; sie hatte offensichtlich so viel Gel benutzt wie Tammy Faye Bakker Make-up, um die Haare in dieser Position zu halten. Die oberen vier Knöpfe ihrer hellblauen glänzenden Baumwollbluse standen offen, und ihr Jeansrock war gut und gern zehn Zentimeter lang. Ihre hochhackigen Sandalen waren zirka fünfzehn Zentimeter hoch, und ihr Baby war zirka sieben Monate alt.

Von dem Baby hatte Nick Casavetes nichts gesagt. Ich fragte mich, ob es von ihm war.

Sie hatte so viel Make-up im Gesicht, daß ich sicherlich befürchtet hätte, es würde beim Sprechen Risse kriegen, wenn sie nicht mit offenem Mund Kaugummi gekaut hätte – ungefähr vier Kaugummis. Sie hörte gerade lang genug auf zu kauen, um mir mit einer Art Marilyn-Monroe-Stimme mitzuteilen, daß sie Rita Cleveland war, und zu fragen, warum ich das denn wissen wollte.

Ich zeigte meinen Dienstausweis, und sofort blickte sie verängstigt drein, was interessant war, denn obwohl manche Menschen ständig Angst vor der Polizei haben, was vermutlich kulturell bedingt ist, und trotz ihres Aussehens wohnte Rita Cleveland in einem netten Haus in einer netten Wohngegend von Bedford, was ohnehin eine nette Schlafstadt ist. Das Haus war hübsch – sehr, sehr hübsch – eingerichtet und sah gar nicht nach einem Haus aus, in dem ein Mensch wohnte, der immer Angst vor der Polizei haben mußte.

Aber das ist ein Klischee. Ich erinnere mich noch an einen Abend, als ich zu einem Selbstmord gerufen wurde – damals war ich noch beim Erkennungsdienst – und ich in ein Fünfhunderttausend-Dollar-Haus kam, das in einer richtig feinen Gegend lag. Der Ehemann des Opfers, der meine Kamera sah und mich für eine Reporterin hielt, mußte von drei uniformierten Beamten mit Gewalt daran gehindert werden, auf mich loszugehen. Das Opfer war noch schlimmer aufgedonnert als Rita Cleveland. Daß es Selbstmord war, stand außer Frage; wir mußten die abgeschlossene und von innen verriegelte Tür zu ihrem Schlafzimmer aufbrechen, um zu ihr zu gelangen, und als wir das taten, stellten wir fest, daß ihre Hand den Revolver in jenem Leichenkrampf umklammert hielt, der nur bei einem absolut plötzlichen Tod eintritt. Erst zu dritt gelang es uns, ihn ihr zu entwinden. Ihr Sohn, ungefähr siebzehn Jahre alt, weinte haltlos im Wohnzimmer. In der Küche stand ein Blech mit Schokoladenplätzchen auf dem Herd. Die Hälfte der Plätzchen war mit einem Spatel abgehoben und auf Zeitungspapier auf dem Küchentisch verteilt worden. Die andere Hälfte war mittlerweile fast zementartig am Blech festgebacken.

Ich fragte mich, warum sie sich erschossen hatte. Liebevoller Gatte, liebevoller Sohn, Hinweise auf Familienidylle –

In der Notaufnahme, wo sie untersucht wurde, bevor man sie in die Leichenhalle brachte, wusch eine mitfühlende Krankenschwester, beseelt von Gott weiß was für einem Impuls, das Gesicht der Frau – und ihr Haar fiel ab. Diese blondierte, toupierte, seit fünf Jahren aus der Mode gekommene Haarpracht war ein Perücke. Darunter verbarg sich schönes, gepflegtes hellbraunes Haar. Und unter dem nahezu grotesken Make-up lag ein guter Teint, ein wenig blaß, mit winzigen Sommersprossen übersät. Sie war hübsch, ohne das Make-up, ohne die Perücke.

Ich hatte noch immer nicht ihren Namen erfahren. Und als ich ihn erfuhr, kapierte ich noch immer nicht ganz, bis einer der Männer aus der Undercoverabteilung es mir erklärte. Ihr Ehemann war ein kleiner Mafioso, der aus der Mafia rausgeflogen war.

Er führte einen Ring von Prostituierten.

Wenn die mehr Arbeit hatten, als sie schaffen konnten, schickte er seine Frau auf die Straße.

Diesmal hatte sie sich geweigert zu gehen. Sich auf die einzig wirklich dauerhafte Art und Weise geweigert.

Doch die Tochter eines Mafioso würde sich nicht mit so einer Niete wie Nick Casavetes einlassen. Nein, höchstwahrscheinlich war dieses Mädchen der große Kummer seiner anständigen und ehrbaren Eltern, die dieses anständige und ehrbare Haus gekauft und eingerichtet hatten, die ihr die Zahnspangen und sonstigen zahnärztlichen Arbeiten bezahlt hatten, durch die Rita jetzt so wunderbare ebenmäßige weiße Zähne hatte, und die den vernünftigen, ehrbaren Mittelklassewagen gekauft hatten, den ich vor dem Haus gesehen hatte.

Das Tragikomische an der Geschichte war, daß Rita in Wahrheit vermutlich selbst ein absolut anständiges Mädchen war, und das würde sie auch irgendwann in den kommenden fünf bis zehn Jahren merken. Man konnte nur hoffen, daß sie selbst sich bis dahin nicht schon irreparablen Schaden zugefügt hatte.

»Was wollen Sie?« erkundigte sie sich und jonglierte dabei mit dem Baby auf eine Art und Weise, die in mir den Wunsch weckte, es in Sicherheit zu bringen.

Eine ältere Frau kam ins Zimmer, warf einen besorgten Blick auf das Baby und sah dann mich an.

»Ich bin Deb Ralston«, sagte ich erneut. »Fort Worth Polizeidepartment.«

Und in ihren Augen glomm Furcht. Aber ihre war verständlich, besonders, als sie sich dem Mädchen zuwandte und sagte: »Rita, gibt es irgendwas, das du mir nicht erzählt hast?«

»Nee«, sagte Rita, energisch kauend. »Ich weiß auch nicht, was die will.«

»Rita hat nichts angestellt«, sagte ich rasch. »Ich möchte ihr nur ein paar Fragen zu Nick Casavetes stellen.«

»Meine Tochter hat nichts mehr mit ihm zu tun«, erwiderte die Frau – Mrs. Cleveland? – hastig.

Möglicherweise glaubte sie das ja, aber ich bezweifelte es. Ich jedenfalls glaubte es nicht. Ich hatte das Aufblitzen in Ritas Augen gesehen. Vielleicht war sie mit Nick Casavetes am Samstag morgen zusammengewesen, vielleicht auch nicht, aber sie hatte ganz sicher noch mit ihm zu tun.

»Das ist gut, dann wird es ihr ja nichts ausmachen, mir ein paar Fragen über ihn zu beantworten«, sagte ich munter. »Rita, würden Sie bitte mit mir hinaus zum Wagen kommen? Ich möchte Ihnen gern was zeigen.«

Das stimmte eigentlich nicht, aber ich wollte sie außer Hörweite ihrer Mutter bringen. Man hätte meinen sollen, daß sie darüber froh wäre, aber statt dessen sagte sie: »Sie können mich Miss Cleveland nennen.«

»Ach, Rita!« sagte die ältere Frau in einem Tonfall, der vor allem resigniert klang.

»Sie haben völlig recht«, stimmte ich ihr zu. »Ich sollte Sie Miss Cleveland nennen. Das war gedankenlos von mir. Würden Sie jetzt bitte mit mir zum Wagen kommen?«

Sie zuckte die Achseln, ließ eine Kaugummiblase ganz bewußt so laut zerplatzen, daß sich jeder Erwachsene in ihrer Nähe provoziert fühlen mußte, und warf ihrer Mutter das Baby regelrecht in die Arme. »Von mir aus.«

Draußen im Vorgarten sagte ich: »Ich habe Ihnen eigentlich nichts zu zeigen. Ich wollte bloß ungestört mit Ihnen reden.«

»Hab' ich mir schon gedacht. Mom ist eine neugierige alte Tucke.«

»Das wollte ich damit nicht gesagt haben, aber ich wollte doch Ihre Privatsphäre achten.« In Wirklichkeit hätte ich sie am liebsten übers Knie gelegt, aber das war natürlich völlig ausgeschlossen.

»Haben Sie Nick am Samstag morgen gesehen?«

»O ja.«

»Um welche Uhrzeit?«

»Ach, weiß nicht mehr, ich hab' überhaupt nicht auf die Zeit geachtet. Vielleicht war es zehn gewesen, vielleicht elf. Keine Ahnung.« Die bewußt schlampige Grammatik konnte – jedenfalls nicht ganz – die Diktion der gehobenen Mittelklasse verbergen.

»Was hat er gemacht, als er hier ankam?«

»Er ist nicht reingekommen. Meinen Sie etwa, *die* würde Nick reinlassen? Klar. Ich habe an meinem Fenster gestanden und nach ihm Ausschau gehalten. Dann hab' ich Mom erzählt, ich würde mit ein paar Freundinnen zum See fahren, und weg war ich. Er hatte das Boot, und wir sind rüber zum Lake Dallas.«

»Wie lange seid ihr dort geblieben?«

»Den ganzen Tag.«

»Bis es dunkel wurde?«

»Ich meine den ganzen Tag. Er hat mich so gegen Mitternacht nach Hause gebracht.«

»Gegen Mitternacht.«
»Ja. Mom und Dad haben schon geschlafen.«
»Schlief Ihr Baby auch?«
»Weiß nicht.
»Das wissen Sie nicht?«
»Nee. Er schläft im Zimmer von meiner Mom.«

Ich hatte keine weiteren Fragen mehr. Wenn Rita nicht log – und so gern ich das auch geglaubt hätte, es bestand kein Grund dafür –, dann hatte Nick Casavetes einen Teil des Samstagmorgens mit ihr verbracht.

Das Problem war nur, daß sie nicht wußte, welchen Teil des Samstagmorgens. Das hieß – oder deutete zumindest darauf hin –, daß er kein Alibi brauchte. Wenn er nämlich ein Alibi gebraucht hätte, hätte er dafür gesorgt, daß sie genau wußte, um wieviel Uhr er gekommen war, selbst wenn er lügen und sie davon überzeugen mußte, diese Lüge zu glauben.

Oder er hätte sie dazu gebracht, für ihn zu lügen.

Ich glaubte nicht, daß Rita Cleveland log.

Ich dankte ihr und schaute ihr nach, wie sie zurück ins Haus schlurfte und ihre Hüften bei jedem Schritt hin und her schwang.

Nächster Halt: Presto Boats in Euless.

Was ich nicht finden konnte.

Ich wußte, daß die Firma irgendwo in einem Block von Lagerhäusern liegen mußte, und ich hatte die Adresse dieses Blocks von Lagerhäusern. Ich fuhr geradewegs hin, ohne irgendwelche Probleme. Presto hatte angeblich die Nummer E-4, und ich fuhr hin und her und auf und ab und im Kreis drumherum und konnte E-4 einfach nicht finden. Schließlich hielt ich an und fragte jemanden, doch derjenige, den ich fragte, hatte keine Ahnung, wo Gebäude E sein sollte, und von Presto Boats hatte er überhaupt noch nie etwas gehört, also fragte ich jemand anderen, dem es ganz genauso erging, und dann, o Glückes Geschick, entdeckte ich einen Briefträger.

Anscheinend befand ich mich vor den Gebäuden B, D, F und H. Die Gebäude A, C, E und G waren dagegen auf der anderen Seite der Schnellstraße. Im Telefonbuch standen sie alle unter ein und derselben Adresse, weil das Hauptbüro in Gebäude B untergebracht war.

Auf der anderen Seite der Schnellstraße. Das bedeutete, ich mußte zurück zu der Ausfahrt, die ich zuvor genommen hatte, und dann nicht etwa zurück auf die Schnellstraße fahren, sondern drunter her. Leider mußte ich jedoch feststellen, daß ich so nicht fahren durfte, weil ich dann verkehrt herum in eine Einbahnstraße gefahren wäre, also fuhr ich doch zurück auf die Schnellstraße (wozu ich auf einem sehr belebten Großparkplatz wenden mußte) bis zur *nächsten* Ausfahrt, nahm dann die Einbahnstraße in die richtige Richtung und war in Null Komma nichts bei Presto Boats. Insgesamt hatte mich die Aktion nur eine halbe Stunde gekostet.

Nachdem ich die Firma einmal gefunden hatte, war sie kaum zu übersehen. Boote – überwiegend größere Boote, als man im texanischen Inland erwarten würde, es sei denn, man hat schon ein paar von diesen Bootsungeheuern gesehen, die auf dem Lake Dallas ihr Unwesen treiben – standen im Hof und auf dem Parkplatz in unterschiedlichen Phasen ihrer Entstehung. Das waren keine gewöhnlichen Motorboote oder Fischerkähne mit flachem Kiel. Das waren große Boote, einige wenige mit Außenbordmotor, doch die meisten mit Innenbordmotor, schön gearbeitet mit Messing und Zedernholz und Mahagoni. Der etwas alltäglich klingende Name »Presto Boats« war irreführend. Lonzo Hambly war unter den Bootbauern sozusagen das, was Paul Boucuse unter den Köchen ist.

Nick Casavetes stand an einer Motorsäge. Er trug eine Schutzbrille und schnitt Furnierholz zurecht, aber das hielt ihn nicht davon ab, zu mir herüberzusehen und zu grinsen.

Dieser Nick Casavetes gefiel mir nicht.

Und ganz besonders gefiel mir der Umstand nicht, daß er, wenn er vor kurzem angeschossen worden wäre, sich ganz sicher nicht so ungehindert hätte bewegen können, wie er es tat. Aber vielleicht war ja der andere angeschossen worden.

Der Lärm der Maschinen war ohrenbetäubend. Ich überlegte, ob ich jemanden fragen sollte, wo ich Lonzo Hambly finden konnte, oder ob ich einfach herumwandern und hilflos dreinblicken sollte, bis sich jemand meiner annahm. Die Entscheidung wurde mir abgenommen, als eine junge Frau – ganz sicher nicht unsere Harrison-Ford-Bewunderin, weil sie ungefähr dreiundzwanzig Jahre alt war und schwarzes Haar hatte – mich laut und ziemlich heiser fragte, ob sie mir helfen könne. Ich rief zurück: »Ich muß mit Lonzo Hambly sprechen.«

»Hier entlang«, brüllte sie und führte mich in ein kleines Büro. Sie klopfte an – wie sie erwarten konnte, daß irgend jemand das bei diesem Lärm hören würde, ist mir unbegreiflich–, öffnete dann die Tür und sagte: »Lonzo, die Dame hier möchte Sie sprechen.«

Ich trat in einen ungeheuer hellen Raum, schloß die Tür, und als ich mich umblickte, bekam ich gerade noch mit, wie jemand sich ein Blatt Papier ungefähr fünf Zentimeter dicht vor die Augen hielt. Er legte das Blatt zurück auf den Schreibtisch, und obendrauf legte er ein gewaltiges Vergrößerungsglas, das er zwischen Augen und Blatt gehalten hatte. Als sich die Tür schloß, sank der Lärmpegel jäh um etwa fünfundneunzig Prozent. Der alte Mann wandte mir den Kopf zu. Den Kopf, nicht den Blick, denn seine Augen waren fast völlig von leichenweißen Katarakten überzogen.

Lonzo Hambly hatte mir am Telefon gesagt, daß Nick Casavetes seine Stechkarte um fünf Minuten vor zehn abgestempelt hatte. Aber Lonzo Hambly konnte praktisch kaum die Hand vor den Augen sehen.

»Nun? Worauf warten Sie?« fragte er gereizt. »Sie wollten Lonzo Hambly sprechen. Er sitzt vor Ihnen.«

»Ich bin Deb Ralston«, sagte ich. »Wir haben gestern schon miteinander telefoniert.«

»Über diesen nutzlosen Taugenichts Nick Casavetes. Ich erinnere mich. So ganz anders wie sein Bruder –«

»Ach, er hat einen Bruder?«

»Sagte ich das nicht gerade?«

War es möglich, daß alles sich so schnell zusammenfügte? Hatte Casavetes' Bruder vielleicht für ihn die Stechkarte abgestempelt? Oder überfiel der Bruder die Banken, nachdem sie von Nick ausgekundschaftet worden waren?

Leider nein. Denn Hambly fuhr fort: »Immer pünktlich, dieser Phil. Macht nie mal eine Stunde blau, und erst recht nicht einen ganzen Tag. Wenn er nicht wäre, hätte ich Nick schon längst gefeuert, egal, wie gut er arbeitet, wenn er mal arbeitet. Aber das Problem ist, wenn ich ihn rausschmeiße, dann wirbt er mir auch Phil ab, und das wäre schlecht. Weil Phil nämlich der beste Arbeiter ist, den ich habe.«

»Sie meinen also Phil Casavetes. Nicks Bruder. War er am Montag hier?«

»Natürlich war er am Montag hier. Habe ich Ihnen nicht gerade gesagt, daß er nie blaumacht?«

»Und er war auch hier, als Nick zur Arbeit kam.«

»Ja, Ma'am, das war er.«

»Es könnte nicht vielleicht sein, daß er Nick einen Gefallen tun wollte und seine Stechkarte für ihn abgestempelt hat?«

»Miz Ralston, Phil Casavetes arbeitet seit zehn Jahren für mich, und bis heute hat er noch nie für irgendwen anders die Stechkarte abgestempelt. Also, warum hätte er das ausgerechnet am Montag tun sollen? Außerdem stand ich doch direkt daneben! Meinen Sie etwa, ich könnte Nick nicht von Phil unterscheiden?«

»Mr. Hambly, wenn Sie nicht gut sehen können –«
»Ich kann aber *hören*, oder etwa nicht? Es war eindeutig Nick, der sich eingestempelt hat.«
»Und bei der Uhrzeit sind Sie sicher?«
»Als ich die Stempeluhr gehört habe und dann gehört habe, wie Nick wieder sein großes Maul aufriß, habe ich Sandra gefragt, wie spät es ist, und Sandra hat gesagt, daß es fünf vor zehn war.«
»Sandra ist die junge Frau, die mich hereingelassen hat?«
»Das war Sandra. Also, wollen Sie sonst noch was von mir wissen? Wenn nicht, habe ich nämlich noch einiges zu arbeiten.«

Auf seinem Schreibtisch häuften sich Papierstapel. Innerlich bei dem Gedanken erschauernd, das alles mit Hilfe eines Vergrößerungsglases bewältigen zu müssen, dankte ich ihm und verabschiedete mich.

Es war jetzt zwei Uhr. Wenn ich so schnell wie möglich zurück ins Präsidium fuhr, hätte ich vielleicht – vielleicht – Zeit, etwa ein Viertel der Berichte zu schaffen, die ich heute schaffen mußte.

Aber vorher bat ich Sandra, mir Phil Casavetes zu zeigen. Sie tat es gern.

Phil Casavetes war kleiner als sein Bruder. Mit Schutzbrille und nacktem Oberkörper hobelte er gerade an einem Stück Holz herum, das offensichtlich Teil eines Bootsgerippes werden sollte. Es gab eindeutig keinerlei Anzeichen dafür, daß er angeschossen worden war.

»Na, wie haben Sie denn den Nachmittag verbracht?« fragte Millner mich in einem ziemlich unangenehmen Tonfall.

Ich verkniff mir die Bemerkung, daß der Nachmittag noch lange nicht vorbei war, und erwiderte: »Ich habe ein paar Erkundigungen über Nick Casavetes eingezogen.«

Millner knallte das Klemmbrett, das er in der Hand hielt, auf seine Schreibtischplatte, und ich fuhr zusammen. »Deb«, sagte er mit mühevoll beherrschter Stimme, »würden Sie bitte Ihre Zeit damit verbringen, sich auf sinnvollere Dinge zu konzentrieren? Würden Sie sich bitte nur dieses eine Mal nicht in irgendwelche Hirngespinste verrennen? Wir haben doch bereits festgestellt, daß Casavetes sauber ist. Sie wissen selbst, daß er, wenn er der Täter wäre, unmöglich in der ihm zur Verfügung stehenden Zeit von der Bank zu dieser Bootsbaufirma hätte kommen können. Außerdem habe ich ihn überprüfen lassen, und er ist ein unbeschriebenes Blatt. Er war bei der Armee. Offensichtlich ein *guter* Soldat. Er war bei den Spezialeinheiten.«

»Spezialeinheiten?«

»Green Berets. Sagt Ihnen das was?«

Das tat es allerdings. Ich hatte mal einen Green Beret kennengelernt. Er hatte mir von der Sonderausbildung erzählt, die er absolviert hatte. Die war ziemlich umfassend. Er konnte fast überall hingelangen und fast alles tun, ohne erwischt zu werden. So konnte er unter anderem auf dem Bauch durch den Dschungel kriechen und einem Wachposten die Kehle durchschneiden, bevor der Mann irgend etwas mitbekam oder Zeit hatte, Alarm zu schlagen.

Er erzählte mir, daß er das zweiundsiebzigmal gemacht hatte. Sich angeschlichen und einem Wachposten die Kehle durchgeschnitten. Jedesmal Vietkong-Wachposten, erläuterte er mit einem Ausdruck im Gesicht, der mich nachdenklich stimmte.

Als ich mit ihm sprach, hatte er gerade drei Jahre in einem Gefängnis der niedrigsten Sicherheitsstufe abgesessen, was nicht unbedingt der beste Ort war, den ich mir vorstellen konnte, um einen Mann in Gewahrsam zu halten, der dabei geschnappt worden war, als er dreißig Pfund Kokain in einer militärischen Transportmaschine ins Land schmuggelte, und drei Jahre Knast erscheinen mir auch ein bißchen wenig.

Ich fragte ihn, warum er das getan hatte.

Er erklärte, daß es ihm ziemlich egal war. Natürlich wußte er, daß Kokain tödlich sein konnte. Aber, so sagte er, er hatte ohnehin nicht mehr viel Achtung vor dem menschlichen Leben. Es verblutet so schnell, und so leise.

Natürlich wußte ich, daß er ein Sonderfall war. Natürlich wußte ich, daß die meisten Green Berets gesetzestreue Bürger waren, genau wie die meisten Menschen in irgendeiner Armee der Welt, die nach Hause kommen und den Krieg hinter sich lassen, wenn er vorbei ist. Ich habe Harry niemals gefragt, wie viele Menschen er während desselben Krieges getötet hatte, und er hat es mir nie gesagt. Er hätte es mir gar nicht sagen können, selbst wenn ich gefragt hätte, weil er meistens aus der Luft getötet hat.

Meistens, aber nicht nur.

Die Militärwaffe, die 45er, die er in den Jahren getragen hatte, war nicht nur zur Zierde gewesen.

Aber wenn dieser Green Beret, den ich damals kennengelernt hatte, eine Ausnahme war, bedeutete das noch nicht, daß er die einzige Ausnahme war.

Eines wußte Nick Casavetes ganz sicher, nämlich daß das menschliche Leben schnell verblutet.

Millner funkelte mich noch immer an. Ich setzte mich hinter meinen Schreibtisch und nahm den kleinen Kassettenrecorder heraus, in den wir die Berichte diktieren, die später von den Sekretärinnen getippt werden, und ich hatte ihn gerade eingeschaltet, als Millie hereinkam und sagte: »Banküberall auf die Southwest Federal! Die Filiale an der Belknap Street.«

Millner sprang auf und eilte zur Tür. Ich nicht. Noch nicht. Die Southwest Federal Bank an der Belknap Street konnte noch einen Moment auf mich warten. Ich rief die Zentrale an und bat sie, sich mit dem Polizeidepartment in Euless in Verbindung zu setzen und einen Officer rauszuschicken, der nachsehen sollte, ob Nick Casavetes an seinem Arbeitsplatz war.

Dann überlegte ich mir noch etwas. Eigentlich konnte ich keinen vernünftigen Grund erkennen, warum ich überhaupt zu der überfallenen Bank fahren sollte. Sie würden alle Zeugen zum Verhör mitbringen. Sie würden das Videoband von dem Überfall mitbringen. Was ich bei dieser Ermittlung tun wollte, konnte ich sehr gut – ja sogar um einiges besser – genau hier von meinem Schreibtisch aus tun.

Ich nahm das Telefonbuch aus der Schublade und fing an, Autohändler anzurufen.

Ich war noch immer damit beschäftigt, Autohändler anzurufen und fühlte mich ziemlich entmutigt, als Millner anderthalb Stunden später zurückkam. »Was machen Sie da, Deb?« wollte er wissen.

Ich erklärte es ihm.

»Ist Ihnen vielleicht schon mal der Gedanke gekommen, daß es sich diesmal um andere Täter handeln könnte?«

Früher haben wir in diesem Polizeidepartment nie von »Tätern« gesprochen. Aber mittlerweile laufen im Fernsehen so viele Krimiserien, daß die Polizisten überall im Lande sich der Ausdrucksweise der Polizei von New York oder Los Angeles bedienen und meinen, so müßten alle Polizisten reden. Manchmal kann ich es nicht mehr hören.

»Nein«, sagte ich, »der Gedanke ist mir nicht gekommen.« Obwohl das selbstverständlich denkbar war. Fort Worth ist zwar nicht die internationale Metropole für Banküberfälle, aber wir haben doch genug davon, um uns auf Trab zu halten. »Sind es andere Täter gewesen?«

»Ich wünschte, ich wüßte es«, sagte Millner. Er setzte sich an Dutchs Schreibtisch, lehnte sich zurück, legte die Füße auf die Schreibtischplatte und zog sich den Hut über die Augen. »Verdammt, ich gäb' was drum, wenn ich das wüßte. Denken Sie mal mit. Die anderen beiden Beschreibungen waren ziemlich eindeutig. Zwei weiße Männer. Der eine groß, der andere klein. Diesmal sind beide mittelgroß, keiner nennenswert größer als der andere, und keiner auch nur annähernd so groß wie ich.«

Millner war gut 1,90.

»Dann waren es doch andere —«

»*Aber*«, fuhr er fort, meinen Einwurf mißachtend, »beide mit abgesägten Schrotflinten bewaffnet. Die Kassiererin – eine Frau namens Lola Chavez – als Geisel genommen.«

»Was noch?«

»Wie meinen Sie das, was noch? Das Auto war ein '87er Yugo.«

»Vielleicht bleibt der irgendwo liegen —«

»Die Fahndung läuft schon. Natürlich.«

»Natürlich. Zeugen? Videobänder?«

»Videobänder. Zeugen. Ach ja, diesmal haben wir richtig Schwein gehabt. Er hätte noch zehn Minuten warten sollen —«

Das Telefon auf meinem Schreibtisch klingelte, und ich ging ran. »Ihre Anfrage wegen Euless, die ist bestätigt.«

»Bestätigt. Er war da?«

»Das sagen sie jedenfalls.«

Ich überlegte kurz. »Sie sollen noch mal hinfahren und nachsehen, ob Phil Casavetes da ist.«

»Phil Casavetes? Ich dachte, Sie hätten Nick Casavetes gesagt.«

»Habe ich auch. Aber jetzt will ich wissen, ob Phil Casavetes auch da ist.«

»Das hätten Sie wirklich gleich sagen sollen. Dann hätten sie sie beide gleichzeitig überprüfen können.«

»Ich weiß«, stimmte ich ihm zu, »aber ich habe nicht dran gedacht.«

Als ich auflegte, sah Millner mich aus funkelnden Augen an. »Sie geben auch niemals auf, was, Deb?«

»Ich habe eben als Kind viel Spinat gegessen.«

»Wissen Sie, welchem weiblichen Vogel dieses Gemüse den Namen gegeben hat?« Als ich ihn anstarrte, weil es mir die Sprache verschlagen hatte, sagte er: »Schon gut. Schon gut. Das habe ich nie gesagt.«

Ich zuckte die Achseln. »Was wollten Sie gerade zu den Zeugen sagen?«

Bevor er antworten konnte, hörte ich vom Flur das Geplapper vieler Kinderstimmen, alle ganz aufgeregt, und plötzlich flitzte ein Pfadfinder-Wölfling – ich wußte, daß er ein Wölfling war, weil er diese niedliche kleine blaugoldene Uniform trug – einmal quer durch das Büro des Sonderdezernats und wieder hinaus. Was für ein Augenblick für eine Führung durch das Polizeidepartment, dachte ich, sagte es aber nicht.

Millner setzte sich auf und nahm seinen Hut ab. »Die Zeugen«, sagte er.

»Wie bitte?«

»Die Zeugen«, wiederholte er. »Ein Trupp von Pfadfinder-Wölflingen machte gerade eine Führung durch die Bank. Oder ein Rudel. Oder was auch immer. Ich hab's vergessen. Wissen Sie, daß es immer große Gruppen gibt, die dann in kleinere Gruppen unterteilt werden? Diesmal war es die ganze große Gruppe – ungefähr sechzig Kinder und fünfzehn erwachsene Leiter.«

»Wölflinge – an einem Mittwoch?«

»Die hatten frei wegen Lehrerkonferenz.«

»Soll das heißen, daß wir die Aussagen von sechzig kleinen Wölflingen aufnehmen müssen?« fragte ich schwach.

»Sie haben's erfaßt, Schwester.«

Es hätte schlimmer kommen können. Sie hätten statt der Kassiererin eines der Kinder als Geisel nehmen können.

Das sagten wir uns immer und immer wieder.

Theoretisch sorgt man dafür, daß die Zeugen sich nicht über das Verbrechen unterhalten, bevor man von allen die Aussagen aufgenommen hat. Selbst bei Erwachsenen ist diese Theorie nicht wirklich umsetzbar. Bei sechzig Jungs im Alter von acht bis fast elf, nun, da ist sie absolut und vollkommen unrealistisch.

Ich war ungefähr bei Wölfling Nummer einunddreißig angekommen, als die Zentrale anrief und mir mitteilte, daß eine Einheit aus Euless gerade die Zeit gefunden hatte, noch einmal zu Presto Boats rauszufahren, und ja, Phil Casavetes war an seinem Arbeitsplatz.

Was zu diesem Zeitpunkt gar nichts mehr besagte. Der Überfall war zwei Stunden her. Und nach dem, was ich von der Firma gesehen hatte, war die Wahrscheinlichkeit, daß dort irgendwer *wirklich* wußte, wo jemand anderes vor zwei Stunden gewesen war, so ziemlich gleich Null.

Vermutlich hatte Millner recht. Ich hatte zugelassen, daß meine Abneigung gegen Casavetes meine Wahrnehmungsfähigkeit trübte. Aber verdammt, ich *wußte*, daß er irgendwas auf dem Kerbholz hatte, und die Tatsache, daß ich nicht wußte, was es war, machte mich fast wahnsinnig. Falls er nicht der Täter war – ach, zum Donnerwetter, jetzt fing ich auch schon damit an –, falls er nicht die Person war, die hinter den Raubüberfällen steckte, womit meinte er dann, davonkommen zu können, so daß er über unsere Unwissenheit derart dreist grinste?

Wölflinge sind sehr gute Beobachter. Wölflinge sind auch sehr begeisterungsfähig. Der Versuch, einen Neunjährigen dazu zu bringen, sich ruhig hinzusetzen und alles zu erzählen, was er gesehen hat, ist hoffnungslos. Und inzwischen hatte so ziemlich jeder der Jungen seine Eltern angerufen, und wir hatten ungefähr siebzig bis achtzig Eltern da, die überall herumliefen und wissen wollten, ob ihr Kind vor Gericht als Zeuge würde aussagen müssen und ob sie ihr Kind jetzt endlich mit nach Hause nehmen könnten.

Nein. Ja. *Bitte*.

Nein, wahrscheinlich werden wir nicht sechzig Wölflinge in den Zeugenstand berufen. Wahrscheinlich werden wir überhaupt keinen Wölfling in den Zeugenstand berufen. Die erwachsenen Leiter, ja. Die drei Adler-Pfadfinder, die die Wölflinge im Zuge ihrer Ausbildung zum Gruppenleiter oder zu irgendwas in der Art begleitet hatten (ich kenne mich da nicht so gut aus, aber ich bin sicher, Hal könnte mich aufklären), ja. Aber nein, nein, nein, nicht alle sechzig Wölflinge.

Die Wölflinge, die bereits ihre Aussage gemacht hatten, wurden mit ihren Eltern nach Hause geschickt, bis auf diejenigen, deren Eltern nicht gekommen waren, um sie abzuholen, sondern gemeint hatten, die Leiter würden sie bestimmt nach Hause bringen, so wie nach jedem Ausflug. Diese Wölflinge und diejenigen, die noch immer darauf warteten, ihre Aussage zu machen, veranstalteten jetzt auf dem Gang ein Rennen mit Papierflugzeugen. Das hatte sich einer der Adler einfallen lassen. Er hatte Millner um Papier gebeten, ihm erklärt, was er vorhatte, und darauf hingewiesen, daß dieses Spiel weit weniger störend sein würde, als wenn die Wölflinge sich gegenseitig den Gang hinunterjagten, wie sie es zuvor getan hatten.

Tatsächlich schafften es die Leiter immer wieder, die Jungs unter Kontrolle zu halten. Sie hoben zwei Finger in die Luft, und jeder Junge, der das sah, hob selbst zwei Finger hoch und wurde still, und nach einer Weile standen alle Jungs ganz leise da und hielten zwei Finger hoch.

Das Problem war nur, daß jedesmal, wenn die Leiter die Hand wieder sinken ließen, alle sechzig Jungs, oder zumindest alle, die noch da waren, wieder anfingen durcheinanderzuschreien. Millie verteilte Großpackungen Aspirin an die Erwachsenen. Die Wölflinge schienen keines zu brauchen.

Millie holte einen Streifenpolizisten und schickte ihn mit ein paar Dollars zum Einkaufen. Er kam mit einem Riesenberg Spielzeug-Polizeimarken zurück, und Millner verteilte sie an die

Kinder, vereidigte sie alle als Ehren-Detectives und erklärte den Detectives, daß sie bei der Arbeit ganz, ganz, ganz leise sein müßten.

Sie blieben ungefähr sieben Minuten leise. Länger kann man von Kindern in diesem Alter auch nicht erwarten, leise zu sein.

Ich bin ja so froh, daß ich nicht Grundschullehrerin geworden bin.

Als wir endlich alle Wölflinge, Adler und erwachsenen Leiter nach Hause schicken konnten, war es acht Uhr, und ich rief Harry an – natürlich hatte ich ihn schon früher angerufen, um ihm zu sagen, was los war, aber jetzt wollte ich ihm mitteilen, daß ich mich in ein paar Minuten auf den Nachhauseweg machen würde und wie es mit dem Abendessen aussah.

Vorwurfsvoll, wie ich mir hätte denken können, erklärte er, Hal und er hätten schon Abendessen gemacht und es wartete nur auf mich.

Gut. Ich hoffte, es hielt sich noch ein Weilchen, weil ich nämlich auf dem Rückweg Dorene Coes Video zurückbringen wollte. Eigentlich wunderte ich mich, daß Coe nicht schon angerufen und sich danach erkundigt hatte, weil sich der Videoladen inzwischen bestimmt bei ihm gemeldet hatte. Aber vielleicht tat ich dem Laden ja auch unrecht – es war durchaus möglich, daß der Manager die Nachrichten gesehen und begriffen hatte, was passiert war, und daraufhin zu dem Entschluß gelangt war, dieses Video abzuschreiben.

Was sie ohnehin würden tun müssen. Videobänder sind nicht dafür geeignet, der prallen Sonne ausgesetzt zu werden.

Vorn auf der braunen Plastikbox war ein breiter Klebebandstreifen mit der Aufschrift: »Sounds Easy«. Ich kannte Sounds Easy – es ist eine Videoverleihkette, bei der ich selbst häufiger mal ausleihe.

Also nahm ich das Telefonbuch und suchte nach Filialen von Sounds Easy, besonders nach einer auf der Strecke zwischen dem Stadtzentrum, wo Dorene gearbeitet hatte, und dem nordöstlichen Gebiet von Tarrant County, wo sie gewohnt hatte (kaum fünf Meilen von mir entfernt).

Falls sie, wie die meisten Menschen, zu dem Laden gegangen war, der ihrem Haus am nächsten lag, dann war das derselbe gewesen, zu dem ich gehe. Falls sie zu dem gegangen war, der ihrer Arbeitsstelle am nächsten lag – tja, dann würde ich es morgen dort versuchen, weil ich nämlich jetzt nach Hause fuhr, ob das nun jedermann paßte oder nicht (und eingedenk der Berichte, die ich noch immer nicht diktiert hatte, war ich mir ziemlich sicher, daß es Captain Millner nicht paßte).

Ich schaute auf die Uhr. Nach acht. Sie schließen um halb neun. Na ja, wenn ich es heute nicht mehr schaffte, würde ich es morgen probieren. Und wenn ich es heute abend doch noch schaffte, würde ich mir selbst auch einen Videofilm ausleihen. Einen mit viel Action und einer simplen, geradlinigen Handlung, bei der man überhaupt kein bißchen nachdenken mußte. Eher James Bond als *Agnes – Engel im Feuer* oder irgendwas anderes, wo man wirklich bei denken muß. Mir war einfach nicht nach Denken zumute.

Außerdem hatte ich Sehnsucht nach meinem Baby.

Wehmütig dachte ich an die alten Filme mit Rock Hudson und Doris Day. In einen davon bin ich mal mit Vicky gegangen, als sie noch ganz klein war. Damals konnte man Kinder noch guten Gewissens mit in romantische Komödien nehmen, ohne sich Sorgen machen zu müssen, was sie da wohl zu sehen bekamen. Ich weiß nicht mehr, welcher Film es war, aber ich weiß, daß er schon damals etliche Jahre alt war, und ich erinnere mich, daß darin eine Traumsequenz mit viel Wolken und bunten Lichtern vorkam und daß Vicky ganz begeistert war. Sie weinte untröstlich, als die Traumsequenz zu Ende war und die Filmrealität wieder einsetzte. Ich mußte mit ihr in die Vorhalle des Kinos gehen, und so fand ich nie heraus, wie Rock Hudson diesmal

Doris Day bekam. Oder wie Doris Day Rock Hudson bekam, denn das war häufiger der Fall.

Zurück in deine Wirklichkeit, Deb. Rock Hudson ist an Aids gestorben, und Doris Day ist heute eine aktive Tierschützerin. Ich war gerade müde genug, um irgendeinen vagen Zusammenhang darin zu entdecken, aber ich war doch zu müde, um ihn exakt benennen zu können, und so verharrte er an den Rändern meines Unterbewußtseins, während ich schon auf den Parkplatz von Sounds Easy fuhr.

Die junge Frau, die dort arbeitete – Carla Montoya –, kam schon mit dem Schlüssel in der Hand auf die Tür zu, aber als sie sah, daß ich es war, nickte sie und ließ mich noch rein. Die Bestürzung in ihrem Gesicht, als ihr Blick auf das Band fiel, hätte komisch sein können, wenn die Situation nicht so ernst gewesen wäre. »Da sagen wir den Leuten immer und immer wieder –« begann sie.

Hastig fiel ich ihr ins Wort. »Das ist nicht meins. Es ist von Dorene Coe.«

»Dorene Coe?«

»Haben Sie sie gekannt?«

»Äh, ja, ich habe sie tatsächlich gekannt. Wir waren zusammen auf der High-School. Bearbeiten Sie den Fall? Ich war so traurig, als ich davon erfahren habe – aber wie kommen Sie darauf? Meines Wissens hat Dorene nie bei uns irgendwelche Bänder ausgeliehen.«

»Na ja, hier steht Sounds Easy drauf, und sie wohnt –«

»Lassen Sie mal sehen«, sagte Carla. Dann nickte sie. »Ich war mir fast sicher, daß wir kein überfälliges Band haben. Das hier ist nicht von uns.«

»Nicht? Aber es steht doch Sounds Easy drauf.«

»Ja schon, aber Sounds Easy ist doch eine ganze Kette«, sagte sie überflüssigerweise. »Schauen Sie mal.« Oben in einer Ecke der Kassettenhülle war ein blauer Klebebandstreifen. Ich hatte den großen Streifen gesehen, auf dem »Sounds Easy« stand, aber den da hatte ich völlig übersehen. Darauf waren eine Geschäftsnummer und eine Adresse in Arlington angegeben.

Arlington?

Ich nahm die Kassette zurück und sah zum erstenmal nach, um welchen Film es sich handelte: *Indiana Jones und der Tempel des Todes*.

Carla hatte recht. Dieses Band war nicht von Dorene Coe.

Ich hatte das starke Gefühl, daß ich wußte, wessen Band das war. Und morgen würde ich ihren Namen erfahren, und morgen würde ich diesen Fall abschließen, und ich hoffte inständig – obwohl ich wußte, wie unwahrscheinlich es war –, daß Lola Chavez noch lebte und gerettet werden konnte.

»Vielen Dank«, sagte ich.

»Möchten Sie, daß ich die Kassette weiterleite?«

»Nein, das erledige ich schon selbst«, sagte ich. »Und zwar mit dem größten Vergnügen.«

Kapitel 10

Als ich nach Hause fuhr, war ich schon wesentlich weniger zuversichtlich. Wie konnte ich denn annehmen, daß die blonde Frau das Video unter ihrem richtigen Namen ausgeliehen hatte, wo sie doch für alles andere immer wieder falsche Namen angegeben hatte? Und ich war ganz aufgeregt gewesen, weil der Videoverleih in Arlington lag, wo Casavetes wohnte. Aber Casavetes und wie viele andere Menschen? Wenn ich mich recht erinnerte, näherte sich die Einwohnerzahl von Arlington der Grenze von zweihunderttausend.

Ich grübelte weiter.

Und als ich in meine Straße einbog, stand ich schon kurz vor einem Nervenzusammenbruch, wenn ich nur irgendwie die Zeit dafür gefunden hätte.

Weil – hatten dieselben Leute die Southwest Federal Bank überfallen? Nein. Das konnte nicht sein. Aber es konnte einer von ihnen mit jemand Neuem gewesen sein.

Das war nicht unlogisch, falls einer von ihnen angeschossen worden war. Normalerweise zieht man nämlich nicht los und überfällt eine Bank, wenn man eine Kugel im Körper stecken hat.

Derjenige, der nicht dabei war, könnte Nick Casavetes gewesen sein, weil diesmal nämlich kein Großer dabeigewesen war, und falls Casavetes an den Überfällen beteiligt gewesen war, dann mußte er der Große sein, aber wenn der Große angeschossen worden war, dann war der Große nicht Nick Casavetes und ich auf dem Holzweg. Wenn dagegen der Kleine angeschossen worden war und nicht der Große, wieso war dann der Große heute nicht dabeigewesen?

Im Vergleich zu Nick würde Phil Casavetes klein wirken, und damit hätten wir unseren Großen und unseren Kleinen. Phil Casavetes allein betrachtet oder neben jemandem seiner Größe würde mittelgroß wirken, und damit hätten wir das Paar von heute, aber wenn Phil Casavetes heute einer von den beiden gewesen war, dann hatte ich noch immer keine Erklärung dafür, daß einer angeschossen worden war und es sich dabei weder um Phil noch um Nick handeln konnte.

Überhaupt hatte ich keinerlei Verdachtsmomente gegen Phil Casavetes, außer daß er Nicks Bruder war, und das war, wie Millner schon festgestellt hatte, nun wirklich keine besonders spitzfindige Schlußfolgerung. Der einzige wahre Grund, warum ich Nick Casavetes verdächtigte, war der Ausdruck in seinem Gesicht, und auch das war nicht sonderlich überzeugend.

Die Frage war also, ob einer der beiden von heute zu dem Pärchen gehörte, das Samstag und Montag die Banken überfallen hatte?

Sie hatten abgesägte Schrotflinten benutzt. Sie hatten eine Geisel genommen, die noch immer vermißt wurde. Das klang sehr ähnlich.

Aber sie hatten am späten Nachmittag zugeschlagen, nicht frühmorgens. Und soweit ich das hatte feststellen können, benutzten sie diesmal kein geliehenes Auto. Das klang nicht ähnlich.

Nachahmungstäter?

Aber sie wußten, daß wir auf die Masche mit den geliehenen Wagen gekommen waren – wenn sie den letzten zurückgebracht hätten (und wo war der überhaupt?), hätten wir sie gehabt.

Der Lynx, der blaue Lynx, wegen dem allem Anschein nach – bislang – drei Menschen gestorben waren.

Wir hatten allen Grund zu der Annahme, daß der Lynx nicht mehr fahrtüchtig war. Aber sein Kennzeichen war uns nicht bekannt.

Dafür kannten wir aber das Kennzeichen des weißen Chevrolet, den unsere Harrison-Ford-Bewunderin von der Autohandlung Clean Harry's abgeholt hatte. Nach diesem Wagen wurde gesucht. Aber wir hatten keinerlei Veranlassung, nach einem weißen Chevrolet mit einem anderen Kennzeichen zu suchen.

Vielleicht mit dem Kennzeichen des Lynx?

Auf Dauer würde das nicht funktionieren. Aber eine Weile würde es ganz sicher funktionieren.

Sollten alle Streifenpolizisten angewiesen werden, die Kennzeichen von jedem weißen Chevrolet, Baujahr 1979, zu überprüfen, den sie sahen? Bestimmt wäre der Computer damit voll ausgelastet, aber vielleicht würde es notwendig werden.

Ich ging durch die Haustür. Keiner da. Die Tür zum Garten war offen, und der Laufstall stand auf der Veranda; der nicht gerade liebliche Duft von Mückenschutzgel vermischte sich mit dem Duft von gegrilltem Hähnchen. Pat hatte diesmal nicht die Gunst der Stunde genutzt und war durch die offene Tür ins Haus gesaust; er schielte auch nicht sehnsüchtig sabbernd nach dem Hähnchen. Nein, er lag neben dem Laufstall und himmelte Cameron an, der eigentlich schon seit Stunden hätte schlafen sollen, aber anscheinend mit dem Versuch beschäftigt war, den Mond in den Mund zu nehmen.

Der Picknicktisch war zurück in den Garten gebracht worden, und darauf stand eine Schüssel Salat, abgedeckt mit einem Geschirrtuch. »Folienkartoffeln sind im Ofen«, erklärte Lori und fügte sofort hinzu: »Ich habe Tante Doris gesagt, daß ich heute länger hierbleiben muß, weil Sie Überstunden machen müssen und danach bestimmt müde sind.«

Das Mädchen wird allmählich wirklich beängstigend mütterlich. Ich habe zwar nichts gegen sie als Schwiegertochter, aber ich hoffe, ihr ist klar, wie lange es noch dauern wird, bis Hal in der Lage ist, die Verantwortung für eine Familie zu übernehmen.

Ich hoffe, auch Hal ist das klar.

Aber ich sollte dankbar sein. Wahrscheinlich war es Lori, die daran gedacht hatte, Cameron mit Mückenschutzgel einzureiben. Wenn er ohne abends draußen gewesen wäre, hätte keiner von uns – am wenigsten Cameron – heute nacht ein Auge zugetan.

Also aß ich zu Abend und spielte mit dem Baby – zumindest schienen wir, wenn auch unbeabsichtigt, Susans Empfehlung zu befolgen, ihn abends wach zu halten – und wartete auf den unvermeidlichen Telefonanruf, der mir mitteilen würde, daß Lola Chavez' Wagen im Trinity Park oder irgendwo in der Gegend gefunden worden war.

Der Anruf kam um halb zehn. Der Wagen stand auf dem Parkplatz des Amon Carter Museum of Art (wieder ungefähr dieselbe Gegend), und der Streifenpolizist war sich absolut sicher, daß das Fahrzeug fünfunddreißig Minuten zuvor noch nicht dagewesen war, weil er um diese Zeit dort angehalten hatte, um sich mit einem Mann zu unterhalten, der Schwierigkeiten mit seinem Auto hatte.

Was vermutlich etwas zu bedeuten hatte, aber weiß der Teufel, was.

Das Problem bei der Sache war, daß die Indizien alle so verworren waren. Die Verbrechen waren ausnahmslos entweder im Stadtzentrum oder im Nordwesten von Tarrant County begangen worden. Ich hatte guten Grund, nämlich das ausgeliehene Videoband, zu der Annahme, daß zumindest die blonde Frau in Arlington wohnte; das ist westlich von Fort Worth, genau westlich der Schnellstraße. Aber die Wagen und die Opfer wurden allesamt im Südwesten von Fort Worth gefunden, und das ergab absolut keinen Sinn, wenn man den Fall insgesamt betrachtete.

Der südwestliche Stadtbezirk von Fort Worth ist relativ schnell vom westlichen Zubringer aus zu erreichen.

Okay, Sie kommen also über die Schnellstraße von Arlington und fahren dann auf der 820 Richtung Arlington, um eine Bank zu überfallen. Dann fahren Sie zurück auf die 820 in westlicher Richtung, um den Wagen und die Leiche loszuwerden –

Das ergab auch keinen Sinn. Jedenfalls mehrten sich die Hinweise darauf, daß der Wagen und die Leiche erst nach Einbruch der Dunkelheit irgendwo zurückgelassen wurden, was wiederum bedeutete, daß sie bis dahin irgendwo versteckt werden mußten, und es wäre kompletter Wahnsinn, die 820 mit einer Leiche im Wagen der Leiche auf und ab zu fahren, wohlwissend, daß wir nach just diesem Wagen und nach dem Opfer fahndeten –

Es ergab überhaupt keinen Sinn.

Ich weiß. Ich wiederhole mich.

Wenn Sie Nick Casavetes wären und von einer Bank auf der Belknap Street zu Ihrèr Arbeitsstelle nach Euless fahren wollten, müßten Sie den Flughafenzubringer nehmen, und der ist zur Zeit eine einzige Baustelle –

Mittlerweile war ich vollends konfus. Zum Zeitpunkt des Überfalls auf die Bank an der Belknap Street war Nick definitiv an seinem Arbeitsplatz gewesen. Am Montag war er fünfundzwanzig Minuten nach dem Überfall dort eingetroffen, und dieser Überfall war nicht auf der Belknap Street gewesen, sondern auf der Bleach Street. Von der Bleach Street zum Glenview Drive – das geht sehr, sehr, sehr schnell, wenn man sich auskennt, und nicht die Hauptstraßen nimmt, sondern über Seitenstraßen fährt.

Vielleicht war das die Lösung. Wenn man nämlich den Glenview Drive nimmt und dann die Pipeline Road und den Hurst

Boulevard, ist man schon mitten in Euless, und das bedeutet, daß man tatsächlich in fünfundzwanzig Minuten in einer Bootsbaufirma in Euless sein könnte, vorausgesetzt, es ist einem egal, wen man überfährt, und vorausgesetzt, das Auge des Gesetzes hält einen nicht an, aber auf diesen Seitenstraßen hat man eine ziemlich gute Chance, dem Auge des Gesetzes zu entgehen.

»Einen Penny für deine Gedanken«, sagte Harry, und ich schüttelte den Kopf. Ich saß noch immer am Küchentisch, den Telefonhörer in der rechten Hand und das Baby auf dem Schoß.

Was fuhr denn der Mann mit der Autopanne, den der Streifenbeamte angesprochen hatte, für einen Wagen? Vielleicht einen weißen Chevrolet?

Was, wenn weder der Große noch der Kleine angeschossen worden waren? Was, wenn es die Blonde war?

Ich hatte Carlos Amado gut genug gekannt, um zu wissen, daß er niemals freiwillig auf eine Frau geschossen hätte. Aber wenn eine Frau auf ihn geschossen hatte, dann hatte er vermutlich das Feuer erwidert. Das würden die meisten Menschen tun.

Das inzwischen sehr schläfrige Baby weiter auf dem Schoß, nahm ich das Telefonbuch und fing an, über meine praktische Metro-Line Anrufe zu tätigen.

Zuerst rief ich das Polizeidepartment in Arlington an. Ich bat darum, jemanden zu der Filiale von Sounds Easy zu schicken und die Kontaktperson für Notfälle herauszufinden. Die steht normalerweise auf einer unauffälligen kleinen Karte irgendwo an der Tür. Man ruft bei dieser Kontaktperson an, wenn das Geschäft ausgeraubt wurde oder wenn die Alarmanlage losgeht und nicht mehr abzustellen ist und die ganze Nachbarschaft aufweckt.

»Ich kann Ihnen die Telefonnummer für Notfälle geben«, sagte die Frau in der Zentrale, »aber dafür brauche ich nicht extra einen Wagen rauszuschicken. Wir haben sie hier im Büro parat.«

»Oh«, sagte ich kleinlaut. Na ja, wie soll ich das wissen? Ich habe noch nie in der Zentrale gearbeitet.

Sie nannte mir zwei Telefonnummern, die des Geschäftsführers und die des stellvertretenden Geschäftsführers, und ich rief beide an, und bei beiden war besetzt.

Ich hatte die Hoffnung, daß wir, falls es mir gelang, den Geschäftsführer aufzutreiben, nicht bis zum Morgen warten mußten, um herauszufinden, wer das Video ausgeliehen hatte, und daß wir Lola Chavez vielleicht noch würden retten können.

Machte ich mir da was vor? Natürlich tat ich das. Aber andererseits war Deandra Black noch immer am Leben. So gerade eben noch, aber immerhin, sie lebte.

Was, wenn es nicht ein großer Mann und ein kleiner Mann gewesen waren? Was, wenn es diesmal ein kleiner Mann und eine Frau gewesen waren – die blonde Frau. Oh, wir wußten, daß es bei den ersten beiden Überfällen nicht so gewesen sein konnte, weil die Blonde beide Male gesehen worden war, wie sie die zwei anderen aus dem Wagen steigen ließ. Aber diesmal gab es keine Zeugen, die etwas Derartiges gesehen hatten, und diesmal hatte auch nur einer der Bankräuber gesprochen. In diesem Punkt waren sich alle sechzig Wölflinge einig.

Na ja, achtundfünfzig von ihnen. Einer der beiden anderen ließ sich nicht davon abbringen, daß die Bankräuber Marsmenschen waren, und der andere hatte zuviel Angst vor der Polizei, um überhaupt etwas zu sagen.

Ich versuchte erneut die Kontaktnummern anzurufen.

Noch immer waren beide Leitungen besetzt, und ich hatte mittlerweile so viel Zeit verplempert, wie ich mir gerade noch erlauben konnte.

Ich rief Millner an und erkundigte mich danach, warum ich überhaupt zum Kunstmuseum fahren sollte. Ich wies ihn darauf hin, daß Sarah den Wagen auch ohne meine Hilfe würde untersuchen können, daß es da draußen für mich nichts zu sehen oder zu tun gab, daß ich sehr viel Sinnvolleres tun könnte, wenn ich ein bißchen herumtelefonieren und ein paar Ideen nachgehen könnte, die mir in den Sinn gekommen waren.

Millner sah das nicht so. Und sagte mir das auch. Sehr ausführlich.

Ich übergab Harry ein warmes, nasses Bündel, zog mein Schulterhalfter wieder an und machte mich auf den Weg zum Amon Carter Museum of Art. Dabei hatte ich das nagende Gefühl, daß es etwas gab, das ich hätte tun sollen, jemanden, den ich hätte anrufen sollen, aber es wollte mir nicht einfallen, was oder wen.

Als ich eintraf, war Sarah Collins schon fleißig bei der Arbeit. Bei ihr war ein Streifenbeamter – vermutlich derjenige, der den Wagen gefunden hatte –, der so tat, als ob er ihr helfen würde, sie aber in Wirklichkeit beobachtete und, vermutlich, vor allem Bösen beschützte.

Auf meine Frage hin bestätigte der Streifenbeamte – auf dessen Namensschildchen »Dennis« stand, was sein Nachname sein mußte, nicht der Vorname –, daß er es war, der Lola Chavez' braunen '87er Yugo gefunden hatte. Ich sprach ihm meine Anerkennung aus und fragte ihn nach dem Wagen, den er früher am Abend hier gesehen hatte.

»Früher, wann?« fragte er.

»Als sie schon einmal hier waren. Bevor Sie noch mal hergekommen sind und den Yugo entdeckt haben.«

»Oh. Ach so, das war – tja, was war das denn für einer?« Er schob sein Mütze mit einer Geste zurück, die wie aus einem Bild von Norman Rockwell entlehnt schien, und sagte: »Ich glaube, es war ein Chevy.«

»Welche Farbe? Welches Baujahr?«

»Weiß. Ich schätze, es war ein, tja, achtundsiebziger, neunundsiebziger Baujahr, so um den Dreh.«

»Haben Sie den Vorfall notiert?«

Er schüttelte den Kopf. »Dazu gab es keinen Grund. Die hatten nur ein kleines Problem mit ihrem Wagen. Ich glaube, der Motor war abgesoffen. Ich habe sie angeschoben, und sie haben sich bedankt und sind gefahren.«

»Was meinen Sie mit ›die‹?«

»Warum fragen Sie das alles?« erkundigte er sich ein wenig verspätet. »Hören Sie, wenn Sie an den weißen Chevy denken, wegen dem Amado erschossen wurde, der war es nicht. Ich habe das Kennzeichen überprüft. Natürlich habe ich das gemacht.«

»Haben Sie es durchgegeben?«

»Nein, ich hab's mir nur angeguckt und gesehen, daß es nicht das war, nach dem wir suchen.«

»Erinnern Sie sich vielleicht noch an das Kennzeichen?«

Er schüttelte den Kopf und starrte mich an: »Wollen Sie damit sagen, daß die die Nummernschilder ausgewechselt haben?«

»Würden Sie das nicht auch machen?« fragte ich.

»Oh, verdammt«, sagte er, und dieses Wörtchen drückte echte, tiefe Bestürzung aus. »Oh, verdammt. Sie meinen, ich hab'—«

»Das ist sehr gut möglich.«

»Und ich hab' sie entwischen lassen —«

»Wie haben sie ausgesehen, Dennis? Erinnern Sie sich daran?«

Er schüttelte den Kopf. »Nur ein bißchen. Mann und Frau, beide Weiße. Er hatte – bei dem Licht ist das schwer zu sagen. Dunkles Haar, vielleicht schwarz, wenn es braun war, dann aber dunkelbraun. Normaler Herrenhaarschnitt. Nicht ausgeflippt oder punkig oder so. Augen – sind mir nicht aufgefallen. Kein Schnurr- oder Backenbart oder so. Mittelgroß, gut 1,70, durchschnittliche Größe. Jeans und T-Shirt. Alter, ich würde schätzen, ungefähr fünfunddreißig. Die Frau – tut mir leid. Die habe ich mir nicht mal angesehen.«

»Können Sie noch nicht mal sagen, ob sie blond war?«

Er schüttelte erneut den Kopf. »Nein. Sie war einfach – da. Auf der anderen Seite des Wagens. Ich habe die ganze Zeit mit ihm geredet.«

Die Beschreibung hätte auf den kleineren Bankräuber gepaßt. Die Beschreibung hätte auf Phil Casavetes gepaßt. Die Beschreibung hätte aber auch auf rund eine Million andere Männer im Großraum Dallas-Fort Worth gepaßt.

Hypnose, dachte ich. Vielleicht kriegen wir das Kennzeichen unter Hypnose aus ihm raus. Er hat es gesehen; er muß es gesehen haben, um festzustellen, daß es nicht das richtige war. Also steckt es noch irgendwo in seinem Kopf, wir müssen nur eine Möglichkeit finden, es rauszuholen.

Aber heute abend geht das nicht mehr, und da steht Lola Chavez' Yugo, und wo ist Lola Chavez?

Sarah kam aus dem Yugo gekrochen und hielt eine von diesen kleinen weißen Karten in der Hand, auf die man abgenommene Fingerabdrücke aufklebt, und sie sah sehr zufrieden mit sich aus.

»Der gleiche«, sagte sie.

»Der gleiche was?« fragte ich, was meiner Ansicht nach auch ganz vernünftig war.

»Der gleiche Abdruck wie der, den ich in Deandra Blacks Wagen gefunden habe«, sagte sie.

»Den können Sie sich doch unmöglich gemerkt haben –« Das stimmte natürlich nicht. Ich bin ein paar Menschen begegnet, die sich tatsächlich einige – nicht alle – Fingerabdrücke merken konnten, wenn sie sehr intensiv nach diesen Abdrücken suchten. Aber das ist selten.

»Nein«, sagte Sarah, »aber ich kann ein Foto von den Abdrücken mitbringen, und das habe ich getan. Der hier war auf dem Schnappschloß des Sicherheitsgurtes.«

»Okay«, sagte ich und hielt dann irritiert inne. »Moment mal.

Ich dachte, die Abdrücke aus Deandra Blacks Wagen wären von der *linken* Hand gewesen.

»Waren sie auch. Linker Zeigefinger, Mittelfinger und Ringfinger.«

»Dann haben Sie den hier auf dem Sicherheitsgurt des Beifahrersitzes gefunden?«

»Fahrerseite.«

»Sie haben Abdrücke von der *linken* Hand auf dem Schloß des Fahrersicherheitsgurtes gefunden«, wiederholte ich und ging dabei im Geist den Bewegungsablauf durch, wie man sich an- und wieder abschnallt. »Das finde ich aber eigenartig.«

»Ich auch«, sagte sie.

»Und Sie meinen nicht dieses kleine Teil, das man in das andere kleine Teil reinsteckt?«

»Nee«, sagte sie mit Bestimmtheit. »Ich meine den Teil des Schlosses, den man eigentlich mit der rechten Hand festhält. Darauf hat er Abdrücke von der linken Hand zurückgelassen. Und es stimmt, das ist eigenartig. Sogar sehr eigenartig. So was kann eigentlich nur dann passieren –«

»Wenn der rechte Arm nicht ganz funktionstüchtig ist«, sagte ich langsam. »Also hat Carlos doch nicht den Großen erwischt –«

»Möglich wäre es schon«, sagte Sarah.

»Oh. Ja, klar.« Natürlich war das möglich. Denn falls Carlos den Großen erwischt hatte, dann wäre der Große höchstwahrscheinlich nicht mit in die Bank gegangen, was wiederum bedeutete, daß der Große den Wagen gefahren hatte, bei dem es sich mit Sicherheit um den Wagen handelte, mit dem sie zur Bank gelangt waren, wenn nicht auch um den Fluchtwagen oder zumindest um einen der Fluchtwagen –

Was wiederum hieß, daß es nicht Casavetes war.

Vermutlich würde ich sehr viel mehr Arbeit erledigt bekommen, wenn ich mir endlich Casavetes aus dem Kopf schlagen könnte. Doch statt dessen merkte ich, daß ich über die Körperhaltung von Casavetes – genauer gesagt Nick Casavetes – nachdachte, die er gehabt hatte, als ich ihn zuletzt sah. Er hatte mit einer Motorsäge gearbeitet. Und vielleicht hatte er ja seinen rechten Arm irgendwie unbeholfen bewegt, und mir war es aufgrund seiner Haltung nur nicht aufgefallen ...

Dieser Casavetes wurde langsam zu einer fixen Idee. Es ist hinlänglich bekannt, daß jede Serie von Raubüberfällen Dutzende, vielleicht sogar Hunderte von Verwechslungsfällen nach sich zieht und vollkommen unschuldige Menschen fälschlich verdächtigt werden. Ich hätte auch diesen Fall leichten Herzens abgehakt, wäre da nicht der Ausdruck auf Casavetes' Gesicht gewesen, der mir jedesmal auffiel, wenn er mich ansah. Dieser Du -kriegst-mich-nicht-weil-du-mir-nichts-beweisen-kannst-Ausdruck. Jedesmal, wenn ich bei einem Menschen diesen Gesichtsausdruck bemerkt habe – und zwar *jedesmal* ohne Ausnahme –, führte derjenige irgendwas im Schilde. Vielleicht hatte er nur irgendeine Betrügerei vor – vielleicht einen kleinen Scheckbetrug, wie das Hin- und Herüberweisen von nicht vorhandenem Geld von Bank zu Bank, um es gleichzeitig zweimal abzuheben, denn ein Mann, der bei den Green Berets war, wird, falls er auf die schiefe Bahn gerät, ganz sicher kein kleiner Schwindler. Das waren einfach verschiedene Persönlichkeitsbilder.

Ich ließ Sarah weiter an dem Wagen arbeiten und den Streifenbeamten weiter auf sie aufpassen – er schien alles andere als unzufrieden mit dieser Aufgabe – und machte mich auf die Suche nach Lola Chavez. Natürlich war ich nicht die einzige, die nach Lola Chavez suchte.

Ich fand Lola Chavez nicht. Auch sonst fand sie niemand.

Nachdem nicht mehr zu bestreiten war, daß ich an allen Stellen nachgesehen hatte, die mir einfielen, fuhr ich zurück zum Polizeipräsidium, holte unsere Kopien der Videobänder von den drei Raubüberfällen heraus und fing an, sie ablaufen zu lassen, immer und immer und immer wieder, wobei ich mir jedes erdenkliche Detail zu den drei Tätern notierte.

Ich konnte nicht sagen, daß einer von den dreien Nick Casavetes war. Ich konnte nicht sagen, daß einer von den dreien Phil Casavetes war. Aber ich konnte auch nicht sagen, daß einer von den dreien definitiv weder Nick Casavetes noch Phil Casavetes war.

Ich konnte nicht sagen, daß einer der beiden kleineren Täter auf dem dritten Band weiblich war. Ich konnte auch nicht sagen, daß keiner von beiden weiblich war. Einer – und zwar derjenige, der das Reden übernahm – war männlich. Soviel war klar, und ich war mir auch ziemlich sicher, daß er der kleinere bei meinem eigenen Raubüberfall gewesen war, aber so ganz hundertprozentig sicher war ich mir auch da nicht.

In diesem Punkt mußte ich mir aber auch nicht sicher sein. Wenn wir ihn erst auf irgendeine andere Art geschnappt hatten, würden wir ihm diese beiden Überfälle per Stimmenvergleich nachweisen können.

Ich konnte unmöglich feststellen, ob der Kleinere von beiden Phil Casavetes war. Ich hatte Phil Casavetes noch nie sprechen hören. Ich hatte Nick Casavetes sprechen hören, und dennoch konnte ich nicht mit Sicherheit sagen, ob er der Große war. Aber andererseits konnte ich auch nicht sagen, daß der Große nicht Nick Casavetes war.

Okay, schauen wir uns die Bänder noch einmal an. Mal sehen, wie groß der Große im Vergleich zu mir ist. Das ist leicht. Wieso bin da nicht schon früher drauf gekommen? Ich bin 1,58. Also –

Ich bin 1,58. Er ist nicht ganz soviel größer, wie Millner größer ist als ich. Millner ist gut 1,90. Aber der Bankräuber ist größer als Harry. Sagen wir 1,87. Das ist nah dran. Wahrscheinlich sogar genau richtig.

Casavetes ist 1,87.

Der Kleinere könnte so ungefähr 1,70 sein, was eigentlich nicht klein ist. Tatsächlich ist das so ziemlich genau die Durchschnittsgröße bei weißen Männern in den Vereinigten Staaten. Wie ich mir schon gedacht hatte, sah er nur im Vergleich zu dem Großen so klein aus.

Phil Casavetes ist ungefähr 1,70.

Phil Casavetes war an seinem Arbeitsplatz, als der Banküberfall am Montag passierte.

Ich notierte mir kurz meine Gedanken sowie meine Pläne für den morgigen Tag. Zuallererst wollte ich zu Sounds Easy in Arlington fahren, um herauszufinden, wer das *Indiana Jones*-Band ausgeliehen hatte. Dann grübelte ich weiter nach.

Susan sagt, wenigstens einer der Bankräuber haßt Frauen.

Es gibt Frauen, die Frauen hassen.

Hatte vielleicht die Blonde geschossen?

Als Captain Millner um fünf Uhr morgens ins Büro kam, hatte ich den Kopf auf den Schreibtisch gelegt und schlief. Er weckte mich und sagte: »Deb, fahren Sie nach Hause.«

»Mir geht's gut«, sagte ich.

»Von wegen, Ihnen geht's gut. Sie fahren jetzt nach Hause und schlafen ein bißchen.«

»Das brauche ich nicht. Ich habe nur meine Augen kurz mal ausgeruht.«

»Sie sind das eigensinnigste Frauenzimmer, das mir je untergekommen ist«, sagte Millner. »Und Sie fahren jetzt nach Hause und schlafen sich aus.«

»Hören Sie, ich habe eine richtig gute Idee, und ich glaube, damit kriegen wir sie –«

»Ich habe gesagt –«

»Aber Lola Chavez' Leben steht auf dem Spiel.«

»Lola Chavez ist tot«, sagte Millner.

Ich starrte ihn an. »Wann haben sie sie gefunden?«

»Sie haben sie nicht gefunden.«

»Woher wissen Sie dann, daß sie tot ist? Deandra Black –«

»War ein glücklicher Zufall. Wir werden Chavez heute finden. Und von Ihrer tollen Idee können Sie mir auch später erzählen.«

»Nachdem die noch eine Bank überfallen haben? Noch eine Geisel genommen haben? Noch jemanden umgebracht haben?«

»Deb, wenn Ihre Idee wirklich so gut ist, warum sind Sie ihr nicht schon gestern abend nachgegangen?«

»Weil ich sie erst hatte, als es zu spät war, ihr nachzugehen.«

»Können Sie ihr jetzt nachgehen?«

»Die machen erst um zehn Uhr auf«, sagte ich.

»Dann gehen Sie ihr um zehn Uhr nach. Das sind noch fünf Stunden. Jetzt fahren Sie nach Hause und schlafen ein bißchen.«

Ich gebe freimütig zu, daß ich, wenn mein Verstand auf allen Zylindern gelaufen wäre, sofort den Hörer genommen und erneut die Notfallnummern von Sounds Easy angerufen hätte. Zweifellos hätte ich um diese Uhrzeit irgendwen aus dem Tiefschlaf gerissen, aber andererseits hätte ich umgehend jemanden zu dem Laden bestellen können, um den Namen herauszusuchen, auf den das überfällige Harrison Ford-Band ausgeliehen war. Aber mein Verstand lief nicht auf allen Zylindern; ich war stehend k. o.

Also stand ich einfach auf und fuhr nach Hause.

Harry saß auf der Couch und fütterte das Baby. Er sah zu mir auf und fragte: »Um wieviel Uhr soll ich dich wecken?«

»Neun«, sagte ich und legte mich ins Bett, ohne meine Sachen auszuziehen.

Oder meine Schuhe.

Oder meine Pistole.

Kapitel 11

Um halb acht, nach nur anderthalb Stunden Schlaf, erwachte ich mit einem Ruck, weil mir eingefallen war, daß ich bei meinen Erwägungen einen sehr wichtigen Aspekt außer acht gelassen hatte. Und zwar: wie sorgfältig sie alles andere geplant hatten, sie hatten *nicht* eingeplant, daß der Lynx streiken würde.

Der Mann im Parkhaus hatte nicht gewußt, wann genau der New Yorker abgeholt worden war, aber es war mindestens eine Stunde nach dem Überfall gewesen. Hatten sie den New Yorker genommen, *weil* der Lynx gestreikt hatte? Mrs. Farmer wußte nicht, wann genau der Lynx vor ihrer Kindertagesstätte den Geist aufgegeben hatte, aber sie war sicher, daß es vormittags gewesen sein mußte, weil das Kind – Scott – in ihrer Obhut geblieben war, während die Mutter dafür sorgte, daß der Wagen abgeschleppt wurde, und irgend jemand kam, um sie abzuholen, und aus Mrs. Farmers Unterlagen ging hervor, daß der Junge gegen Viertel vor zwölf abgeholt worden war. Wenn man die Zeit berücksichtigte, die der Abschleppwagen gebraucht hatte, um den Lynx abzuholen, und die jemand anders gebraucht hatte, um die Mutter abzuholen, dann hatte die Blonde direkt nach dem Banküberfall nicht viel Zeit gehabt, um zu der Gebrauchtwagenhandlung (westlich der Bank) zu fahren und den Lynx abzuholen und dann zurück zur Kindertagesstätte zu fahren (ein gutes Stück östlich der Bank), um den Jungen abzuholen.

Aber die Mutter war allein dort angekommen. Dessen war Mrs. Farmer sicher. Wenn – wovon beinahe auszugehen war – die Blonde nach dem Raubüberfall die beiden Täter und die Geisel irgendwo aufgenommen hatte, dann mußte sie sie fast unmittelbar danach irgendwo anders bei einem anderen Fahrzeug wieder abgesetzt haben. Wenn sie also noch ein weiteres Fahrzeug zur Verfügung hatten, wieso war es dann so wichtig gewesen, einen Ersatz für den Lynx zu bekommen?

Vielleicht mußten sie alle in verschiedene Richtungen fliehen?

Gegen dieses gesamte Szenario sprach natürlich die Tatsache, daß sie Dorene gezwungen hatten, ihre Wagenschlüssel mitzunehmen. Aber wer kann schon wissen, was in den Köpfen panischer Bankräuber vor sich geht? Vielleicht wollten sie die Schlüssel nur für den Fall der Fälle.

Es war ziemlich offensichtlich, wenn auch nicht absolut sicher, daß die Entführung von Dorene Coe spontan gewesen war. Die beiden anderen Entführungen – und ich hoffte, es waren noch immer nicht mehr als zwei – waren dagegen zweifellos eingeplant. Vielleicht, damit wir nach dem Wagen der jeweiligen Geisel suchen sollten, und nicht nach dem der Bankräuber?

Ich wusch mir das Gesicht und ging ins Wohnzimmer. »Ich habe doch gesagt, daß ich dich um neun wecke«, bemerkte Harry in einem ziemlich verärgerten Tonfall. Er saß am Eßtisch und hatte irgendwelche Unterlagen vor sich, von denen ich anscheinend nichts wissen sollte. Zumindest noch nicht. Ich vermutete, daß er mir davon erzählen wollte, wenn ihm danach war.

»Ich konnte nicht mehr schlafen.« Ziemlich schlaff setzte ich mich auf die Couch. »Ich fahre nach Arlington.«

»In den Klamotten?«

»Was stimmt denn nicht mit meinen Klamotten?«

»Die sehen aus, als hättest du drin geschlafen, das stimmt nicht mit deinen Klamotten.«

»Das liegt daran, daß ich drin geschlafen habe.«

»Das ist mir klar. Geh doch noch mal für eine Stunde oder so ins Bett. Du willst zu Sounds Easy, und dabei weißt du, daß die erst um zehn aufmachen. Also, wozu dann schon um halb acht aus dem Haus hasten?«

»Vielleicht kann ich sie dazu bringen, früher aufzumachen.« Ich rief die Notfallnummern an, woran ich früher am morgen nicht gedacht hatte, aber es meldete sich niemand.

»Leg dich wieder schlafen«, sagte Harry noch einmal. »Ich wecke dich dann. Cameron geht's gut, das siehst du ja.«

Cameron ging es offensichtlich gut. Harry hatte ein Prisma in das Fenster vor der Veranda gehängt, und Cameron versuchte gerade, den dadurch tanzenden Regenbogen aufzuessen.

»Ich kann nicht schlafen«, wiederholte ich.

»Dann leg dich einfach auf die Couch und ruh dich ein bißchen aus.«

Also legte ich mich auf die Couch und schlief noch mal eine Stunde wie eine Tote, dann stand ich auf, duschte, aß das Frühstück, das Harry mir aufzwang, indem er meine Wagenschlüssel beschlagnahmte und sich weigerte, sie herauszurücken, ehe ich gegessen hatte, und dann fuhr ich nach Arlington in dem Polizeiwagen, mit dem ich um Viertel vor sechs gekommen war, damit ich gleich von zu Hause aus nach Arlington würde fahren können, ohne zuvor noch einmal ins Präsidium zu müssen.

Ich brauchte eine Stunde und fünfzehn Minuten, um zu Sounds Easy zu gelangen. Fünfunddreißig Minuten davon verbrachte ich mit Warten vor dem schrecklichen Engpaß, wenn man von der Schnellstraße abfährt und, aus Fort Worth kommend, rechts abbiegt, beziehungsweise, aus Dallas kommend, links abbiegt, vorausgesetzt natürlich, man fährt Richtung Arlington, was bei mir der Fall war. Meine Bestzeit an dieser Kreuzung waren zwanzig Minuten, und das war an einem Sonntagmorgen.

Warum so lange an einem Sonntagmorgen?

Nun, es gibt zwei Kirchen – große Kirchen – ganz in der Nähe, und außerdem muß man diese Ausfahrt auch nehmen, wenn man zum Flohmarkt in Grand Prairie möchte. Und dann sind da auch noch all die Reservestützpunkte für die Wochenendsoldaten – na ja, ich denke, Sie können es sich vorstellen.

Leider gibt es keine andere vernünftige Strecke, um nach Arlington oder Grand Pairie zu gelangen. Beim Bau der Schnellstraße haben sie es nahezu unmöglich gemacht, sie zu überqueren, sie zu unterqueren oder sie zu umfahren, und auch als sie später gebührenfrei wurde, gab es in dieser Hinsicht keine Verbesserung.

Ob ich mein Büro angerufen und ihnen gesagt hatte, wo ich hinfuhr? Nein. Hatte ich nicht. Ich hatte Captain Millner um fünf Uhr morgens erzählt, was ich vorhatte – zumindest glaubte ich, daß ich das getan hatte; in diesem Punkt gingen die Meinungen auseinander, wie ich später erfuhr –, und ich fand es überflüssig, ein und dasselbe zweimal zu sagen. Jedenfalls würde Harry Millner anrufen und ihn daran erinnern, daß ich auf dem Weg nach Arlington war. Außerdem hatte ich ja mein Funkgerät dabei.

Abgeschaltet.

Nein, mein Verstand lief wirklich nicht auf allen Zylindern. Ich wiederhole mich.

Aber ich fand den Sounds Easy-Laden relativ schnell. Er befand sich in einem kleinen Einkaufszentrum; wahllos darin verteilt gab es eine winzige Postfiliale, ein Lebensmittelgeschäft, ein Billigwarenhaus, eine Drogerie und eine Eisdiele, und es parkten nicht viele Autos davor. Anscheinend ist zehn Uhr morgens für die meisten noch zu früh, um groß einzukaufen.

Ich ging durch die Metalldetektortür – nun ja, ich glaube nicht, daß es wirklich eine Metalldetektortür ist, obwohl sie wirklich so aussieht; ich glaube, das ist so ein System, bei dem

Magnetstreifen einen Signalton auslösen, so daß man mit den Videobändern nicht den Laden verlassen kann, ohne daß die Mitarbeiter es wissen – und holte meine Dienstmarke hervor.

Nein, ich gab ihnen das Band nicht. Jetzt nicht mehr. Nach meiner Entdeckung, daß es nicht von Dorene Coe ausgeliehen worden war, handelte es sich nämlich nun um ein Beweisstück.

Und Mannomann, was für ein Beweisstück! Der Mitarbeiter – ein Rotschopf namens Larry Hampton – erklärte mir, daß es von einer gewissen Marla Casavetes ausgeliehen worden war. Auf ganz sanftes Drängen von mir gingen sie dann ihre Unterlagen durch und suchten Marla Casavetes' Adresse für mich heraus.

Und genau an dem Punkt hätte ich Unterstützung anfordern sollen. Das ist das Gefährliche daran, wenn man mit nur zwei Stunden Schlaf auskommen muß – man weiß nicht mehr, wann man Unterstützung anfordern sollte und wann nicht.

Ich fuhr einfach hin.

Nun ja, etwas vorsichtiger, als es sich anhören mag, war ich nun doch. Ich stürmte nicht einfach zur Tür und klopfte, zumindest zunächst nicht. Ich stellte erst einmal fest, ob sie zu Hause waren. Um genau zu sein, ich parkte den Wagen am Straßenrand, blieb drin sitzen – ich achte sehr genau darauf, nicht ohne Durchsuchungsbefehl irgendwo reinzugehen – und beobachtete das Haus.

Ich konnte nichts Auffälliges feststellen. Das Haus sah wie ein ganz normales, nicht sehr teures, aber auch keineswegs ärmliches Vorstadthaus aus. Wahrscheinlich drei Schlafzimmer.

Dann zählte ich ab, wie viele Häuser es von der Straßenecke entfernt stand, fuhr in die schmale Straße, die hinter den Häusern entlangführte, und hielt an – wieder sehr darauf bedacht, nicht versehentlich auf das Grundstück zu geraten – und hielt weiter Ausschau.

Was ich entdeckte, war ein blauer Lynx, ein Vetter meines unbeweint dahingegangenen fahrbaren Untersatzes. Die Motorhaube war abgenommen worden, und der Motorblock hing an einem improvisierten Flaschenzug. Anscheinend hatten sie sich zu dem Versuch durchgerungen, das Getriebe selbst zu reparieren. Hoffentlich verstanden sie etwas von Autos. Als meins den Geist aufgab, hatte Harry jedenfalls gesagt, jeden Versuch, das Getriebe selbst zu reparieren, könne man vergessen.

Dann überlegte ich, wieso sie sich trotz der Beute aus den Banküberfällen soviel Mühe machten. Die Macht der Gewohnheit? Das Abreagieren nervöser Energie?

Anscheinend verlangten die Bauvorschriften in diesem Stadtteil, daß die Garagen nicht vorne, sondern hinter den Häusern mit einer rückwärtigen Zufahrt und verschließbaren Toren gebaut wurden. Aber verschließbar ist nicht gleich verschlossen. Das Tor stand weit offen, und es waren sonst keine anderen Fahrzeuge zu sehen.

Es juckte mir in den Fingern, mal in den Mülltonnen nachzusehen, ob vielleicht blutbefleckte Gaze darin war oder irgend etwas anderes, das darauf hindeutete, daß eine Schußverletzung behandelt worden war, aber wahrscheinlich wäre das zu diesem Zeitpunkt illegal gewesen. Ich hatte keinen Durchsuchungsbefehl. Abgesehen davon, daß es möglicherweise auch völlig sinnlos wäre. Schließlich wußte ich nicht, wann auf dieser Straße immer die Müllabfuhr kam.

Ich fuhr wieder auf die Straße vor dem Haus, parkte den Wagen erneut, erzählte meinem Funkgerät, wo ich war, fragte mich geistesabwesend, wieso das Funkgerät nicht antwortete, und ging dann schnurstracks über den schmalen Weg zur Haustür, was, wenn es nicht das Dümmste ist, was ich je in meinem Leben getan habe, ganz sicher nicht weit davon entfernt ist.

Aber ich hatte Glück. Es war niemand zu Hause.

Ich hatte Glück. Mir kam der Gedanke, daß jemand anders vielleicht nicht soviel Glück haben könnte. Bis jetzt hatten sie am Samstag, am Montag und am Dienstag eine Bank überfallen. Heute war Mittwoch, und wenn ich irgendwo in Fort Worth als Bankkassiererin gearbeitet hätte, wäre ich jetzt sehr, sehr nervös.

Also, was nun?

Ich konnte das Polizeidepartment in Euless anrufen und ihnen sagen, sie sollten Casavetes abholen, aber ich hatte keinen Haftbefehl, und zu diesem Zeitpunkt wäre es nicht ganz legal, jemanden ohne Haftbefehl festzunehmen. Was auch immer ich jetzt tat oder von anderen erbat, mußte streng legal sein. Ich wollte jede denkbare Möglichkeit ausschließen, daß diese Killer wegen irgendwelcher Verfahrensfehler ungeschoren davonkamen.

Ich konnte die Polizei in Euless anrufen und ihnen sagen, sie sollten Leute zu Presto Boats schicken, um Casavetes zu beobachten, aber falls er da war und daran gehindert wurde, irgendwohin zu fahren, würde es vermutlich ein Blutbad geben, das sich durch eine bessere Auswahl von Ort und Zeit verhindern ließe. Falls er nicht da war und bei seiner Rückkehr einen oder mehrere Polizeiwagen erspähte, würde er einfach weiterfahren. Also war auch das keine so gute Idee, zumindest vorläufig nicht.

Abgesehen davon, daß ich immer noch nicht wußte, ob es nun Nick war oder Phil oder beide. Und außerdem wollte ich nicht das Risiko eingehen, die anderen ein oder zwei, oder wie viele es auch immer waren, Mitglieder der Gang zu verjagen.

Tatsache war, daß mir für alles, was ich hätte tun können, sofort überzeugende Gründe einfielen, warum ich es zu diesem speziellen Zeitpunkt nicht unbedingt tun sollte.

Wenn ich die Blonde zuerst erwischen könnte – dafür sorgen könnte, daß sie keine Gelegenheit hatte, die anderen zu warnen –, würde sie mir vielleicht am ehesten verraten, wer die anderen waren –

Ich fuhr wieder zurück zu Sounds Easy und erkundigte mich, ob sie wüßten, wo Marla Casavetes arbeitete. Die Frage war vielleicht naiv, aber, wer weiß, konnte doch sein, daß sie diese

Information in ihre Kundenkarten eintrugen, bevor Leute sich Filme bei ihnen ausleihen durften. Ich wußte das nicht, weil Harry unseren Ausweis für Sounds Easy besorgt hat, wie auch alle unsere anderen Videoverleihausweise, von denen wir übrigens so einige hatten. Die ständigen Werbeunterbrechungen im Fernsehen sind mittlerweile derart penetrant, daß selbst Hal nicht mehr so viel guckt wie früher.

Zu meiner Verblüffung, aber so verblüfft war ich nun auch wieder nicht, nickte Hampton, ohne auch nur einen Blick in seine Unterlagen zu werfen. »Klar«, sagte er, »die arbeitet gleich da drüben in der Eisdiele. Das hätte ich Ihnen schon vorhin gesagt, wenn ich gewußt hätte, daß es Sie interessiert. Normalerweise arbeitet sie nur nachmittags, aber am Montag haben sie Eileen, das ist die Lady, die vormittags da arbeitet, mit Blinddarmentzündung ins Krankenhaus gebracht, deshalb hat Marla auch gestern morgen gearbeitet, und ich meine, ich habe sie gesehen, wie sie den Laden heute morgen aufgemacht hat.«

Und das war die Erklärung. So einfach. Deshalb hatten sie am Dienstag ihren Zeitplan geändert – weil Marla nämlich am Vormittag in der Eisdiele arbeiten mußte.

Bis jetzt hatten sie bei den drei Banküberfällen insgesamt 300 000 Dollar geraubt, aber Marla mußte in der Eisdiele arbeiten.

Und was machte ich?

Tja, ich will nicht behaupten, daß es der genialste Einfall aller Zeiten war. Aber damals fand ich ihn ganz sinnvoll.

Ich ging hinüber in die Eisdiele und bestellte ein Schokoladeneis bei der glatthaarigen blonden Frau, die hinter der Theke stand. Sie war vielleicht zehn Jahre jünger als ich, und man sah ihr an, daß ihre Nerven zum Zerreißen gespannt waren. Ständig schrie sie das Kind an, das herumtobte und die Art von Radau veranstaltete, die gesunde Kinder nun mal machen. »Scottie!« fauchte sie einmal. »Du hörst jetzt sofort damit auf!«

Also hörte er auf. Ungefähr zwei Minuten lang, und dann begann er erneut, im Kreis herumzulaufen. Sie gab ihm eine Ohrfeige.

Was sollte er denn ihrer Meinung nach machen, während sie arbeitete? Sie hatte ihm keinerlei Spielsachen mitgebracht, keine Malbücher. Sollte er einfach leise wie ein Mäuschen stundenlang dasitzen, eben so lange, wie sie arbeiten mußte?

Okay. Jetzt war ich meiner Sache sicher. Ich hatte die Blonde gefunden. Das war Melanie Griffith Carrie Fischer – Marla Casavetes –, und das bedeutete, daß zumindest einer und mit hoher Wahrscheinlichkeit beide Brüder Casavetes mit drinsteckten. Also mußte ich mir überlegen, was ich als nächstes machen sollte. Am besten suchte ich das nächstgelegene Telefon, rief Millner an und besorgte mir Haftbefehle. Sobald ich mein Eis aufgegessen hatte – so hungrig war ich schon lange nicht mehr gewesen, vielleicht wirkte sich die Lösung des Falles positiv auf meinen Appetit aus –

Und die Tür ging auf.

Die Eingangstür ging auf, und herein kam Nick Casavetes, und bevor ich den Eislöffel hinlegen und meine Pistole ziehen konnte, richtete Nick Casavetes eine abgesägte Schrotflinte auf mich.

Das nördliche Ende von Schrotflinten, die nach Norden zeigen, ist mir unsympathisch. Ganz besonders dann, wenn das südliche Ende von jemandem gehalten wird, der schon getötet hat.

»Was zum Teufel soll das?« wollte Marla wissen, die jetzt um die Theke herumkam, sich neben ihn stellte und mich anstarrte.

»Sie ist ein Cop«, sagte Nick. »Sie ist diese neunmalkluge Polizistin, von der Phil und ich dir erzählt haben.« Er trat näher auf mich zu, so daß die Mündung der Flinte genau unter meiner Nase war. »Wie hast du's rausgefunden? Hä? Wie hast du's rausgefunden?«

»Das war ganz einfach«, antwortete ich. »Sie haben die Bank am Montag ausbaldowert, stimmt's?«

Er zuckte die Achseln. »Und woher wissen Sie das?«

»Ich verrate es Ihnen, wenn Sie mir dafür verraten, wie Sie die Stechuhr manipuliert haben.«

»Sie sind wirklich in einer idealen Position für Tauschgeschäfte.«

Es gelang mir, die Achseln zu zucken. »Ich habe Dorene gesehen. Und Harry Weaver und Carlos Amado und Deandra Black. Wie soll meine Position denn noch schlechter werden, als sie ohnehin schon ist? Ich verrate Ihnen, wie ich auf Marla gekommen bin, wenn Sie mir sagen, wie Sie die Stechuhr manipuliert haben?«

Er grinste. »Die Stechuhr manipuliert? Lady, Stechuhren lassen sich nicht manipulieren. Ich war da. 'Türlich bin ich gefahren wie eine Wildsau, um es zu schaffen, aber ich war da. Phil hat es viel eleganter gemacht. Er hat um fünf vor acht abgestempelt, so wie immer, hat eine halbe Stunde gearbeitet und ist dann nach hinten gegangen und außen rum wieder nach vorne, und ist zu mir in den Wagen gestiegen. Der blöde alte Knacker kann doch seine eigene Nasenspitze nicht mehr erkennen; wie hätte er da merken sollen, ob Phil da war oder nicht? Als wir zurückgekommen sind, ist Phil auf dieselbe Art wieder reingegangen, wie er rausgekommen war, und er hat sich direkt neben die Stechuhr gestellt, um mich anzuschnauzen, weil ich zu spät dran war. So. Jetzt sind Sie dran.« Er schwenkte den Lauf der Schrotflinte in meine Richtung.

Wieder zuckte ich die Achseln. »Ich bin auf dieselbe Art hergekommen, wie mein Captain bald, sehr bald, herkommen wird, weil ich die entsprechenden Informationen für ihn auf meinem Schreibtisch hinterlegt habe. Es war das Band.«

»Das Band? Verdammt, wovon reden Sie eigentlich?«

»*Indiana Jones und der Tempel des Todes*. Auf dem Armaturenbrett von Dorene Coes New Yorker. Nur, daß nicht Dorene es ausgeliehen hatte, sondern Marla.«

»*Du dämliche Kuh!*« brüllte Nick Casavetes und schlug Marla mit dem Handrücken ins Gesicht, woraufhin sie ihn zurück ohrfeigte, Schrotflinte hin oder her. Ich dachte schon, ich könnte es bis zur Tür schaffen, während sie sich stritten, doch als ich aufsprang, wirbelte Nick wieder zu mir herum und richtete die Mündung der Waffe auf mich. »An Ihrer Stelle würde ich es nicht riskieren, Lady«, sagte er.

Ich glaube nicht, daß mein Kopf in meinem ganzen Leben je so leer war wie in diesem Moment. Ich meine, das letzte Mal, als jemand mit einer Schrotflinte auf mich zielte, habe ich ihm auf den Arm gekotzt und ihn durch Ekel überrumpelt. Aber damals war ich schwanger. Ich war mir nicht sicher, ob ich jetzt kotzen *konnte*, und selbst wenn, so war ich mir doch relativ sicher, daß es auf Nick Casavetes keinerlei Eindruck machen würde. Vielleicht auf Marla. Aber nicht auf Nick.

Nein. Es würde auch auf Marla keinen Eindruck machen – vielleicht sogar noch weniger als auf Nick. Marla drückte nämlich ihre Gefühle gerade klar und deutlich aus.

»Na los, knall sie ab!« kreischte Marla.

»Nicht hier«, sagte Nick nachsichtig.

»Dann gib mir das Gewehr, und ich –«

»Ich habe gesagt, *nicht hier*«, wiederholte Nick, noch immer in einem sehr nachsichtigen und vernünftigen Ton.

Das Telefon klingelte, und er wandte den Kopf. »Geh nicht ran, Marla«, sagte er.

»Das könnte aber die Chefin sein.«

»Dann erzähl ihr, du wärst auf dem Klo gewesen. Du mußt dir sowieso bald keine Gedanken mehr um sie machen. Wir hauen ab.«

»Und wenn es Phil ist?«

»Phil holen wir doch gleich ab.«

»Wer von euch ist angeschossen worden?« fragte ich.

Sie wandten sich beide um und glotzten mich an, als wäre ich komplett wahnsinnig geworden, in so einem Moment auch noch Fragen zu stellen. Aber erstens wollte ich es wirklich wissen, und zweitens konnte ich so vielleicht ihre Aufmerksamkeit von der wahrlich faszinierenden Erörterung ablenken, wo sie mich wohl abknallen würden –

Die Idee ist nicht so dumm, wie sie sich anhört. Zumindest wäre sie es nicht, wenn Nick getrunken hätte. Ich habe einmal einen Betrunkenen dabei überrascht, wie er gerade seine Frau würgte. Da ich damals unbewaffnet war und zudem ungefähr halb so groß wie er, konnte ich körperlich überhaupt nichts machen. Also stellte ich ihm Fragen. Er ließ seine Frau los, um mir zu antworten, und als er mit der Antwort fertig war, war ihm nicht nur seine Frau entwischt, sondern er hatte auch vergessen, was er vorgehabt hatte.

Aber Nick hatte nicht getrunken und schien sich offensichtlich nicht leicht ablenken zu lassen.

»Wollen Sie es mir nicht sagen?« fragte ich.

»Ich«, sagte er. »Danach haben Sie doch gesucht, gestern in der Werkstatt, oder? Hab' ich mir gedacht. War bloß ein Streifschuß. Er hat mir nur ein bißchen die Rippen poliert. Dafür hat er bezahlt.« Nick Casavetes grinste genüßlich. »Dafür hat er bezahlt. Er hat ein Weilchen gebraucht, um zu sterben.«

Es würde mir gefallen, wenn auch Nick Casavetes ein Weilchen brauchen würde, um zu sterben. *Ich würde Nick Casavetes gern selbst umbringen*, dachte ich. Aber im Augenblick schien das ziemlich ausgeschlossen.

»Deshalb ist Marla bei dem letzten Überfall mit in die Bank gegangen, und Sie sind im Wagen geblieben.«

Wieder grinste er genüßlich. »Ich bin bei der Arbeit geblieben. Meinen Sie, ich hätte nicht gewußt, daß Sie mich überprüfen würden?«

»Und das war auch nicht der Grund, warum ich mit in die

Bank gegangen bin«, sagte Marla. »Ich bin mitgegangen, weil ich wollte. Nur weil ich wollte. Aus demselben Grund hab' ich Deandra Black abgeknallt. Aus demselben Grund hab' ich die anderen abgeknallt. Weil ich wollte. Ich hab' Nick und Phil gesagt, sie sollten mir noch mehr Tussis bringen, damit ich sie abknallen konnte. Diese miesen, arroganten Frauen mit ihren schönen Klamotten, die auf mich runtergucken, als wäre ich Abschaum, bloß weil ich als Kellnerin –«

»Marla, ich habe selbst schon mal gekellnert«, sagte ich. »Niemand sieht auf Sie herab, weil –«

»Ach, halt's Maul!« schrie sie. »Denkst du, du könntest mich auf deine Seite ziehen?«

Keiner von uns hatte auch nur einen Gedanken für das Kind übrig gehabt, den vierjährigen Scott Casavetes. Bis jetzt. Nick sah sich um. »Scott«, sagte er, »mach die Handtasche von der Lady auf und nimm ihre Pistole raus.«

Scott kam herangetrottet, wobei er aus der Schußlinie blieb, was mir verriet, daß er nicht zum erstenmal in die Aktivitäten seiner Eltern verwickelt wurde, und öffnete meine Handtasche. »Da ist keine drin.«

Nick schlug ihm mit dem Handrücken ins Gesicht, hielt dabei aber weiter die Mündung der Schrotflinte auf mich gerichtet. »Ich hab' gesagt, nimm sie raus, du kleines Miststück!«

»Er hat doch schon gesagt, daß da keine drin ist!« schrie ich. »Sie Idiot, meinen Sie, er hat keine Augen im Kopf? Ich habe keine Waffe in meiner Handtasche!«

»Wo ist sie dann?« Er sah mich an. »Schulterhalfter. Genau. Schulterhalfter. Hätte ich mir auch denken können. So 'ne drekkige Polizeifotze muß einfach ein Schulterhalfter haben. Scott, hol die –«

»Was ist ein Schulterhalfter?« fragte der Junge, der sich nicht traute zu schluchzen, obwohl ihm die Tränen über das schmutzige Gesicht liefen.

»Ich nehme sie raus«, sagte ich. Es blieb mir ohnehin keine andere Wahl. Wenn ich es nicht tat, hätte Nick es selbst getan, nachdem er das Kind noch ein paarmal geohrfeigt hätte, und ein Schulterhalfter ist nicht dafür gemacht, von einem Vierjährigen geöffnet zu werden.

»Versuchen Sie keine krummen Touren«, sagte er und beobachtete mich, während ich die Pistole herausnahm und vor mich auf den Tisch legte.

»Da«, sagte ich. »Nun zufrieden?«

»Scott, hol die Pistole und gib sie deiner Mom.«

Marla grinste, das gleiche selbstzufriedene Grinsen, das bei mir immer den Wunsch weckt, jemanden zu schlagen.

»Du erschießt sie erst, wenn ich es sage«, fügte Nick hastig hinzu. »Zum Donnerwetter, Marla, denk doch mal nach! Du kannst doch nicht gleich hier und jetzt jemanden erschießen.«

»Warum nicht?« fragte Marla enttäuscht. »Sie hat doch gesagt, daß sie schon hinter uns her sind.«

Inzwischen hatte Marla meine Waffe. Vielleicht konnte ich sie dazu bringen, die Pistole gegen ihn zu richten statt gegen mich. Im Tonfall brennender Neugier fragte ich: »Nick, weiß Marla eigentlich von Rita?«

Nick lachte. »Sie meinen, Sie könnten sie wütend machen. Vergessen Sie's. Marla ist Phils Frau, nicht meine. Klar weiß Marla von Rita. Nicht wahr, Marla?«

»Ist doch jetzt egal, Nick«, sagte Marla. »Wir müssen hier weg. Hast du denn nicht gehört, daß sie schon hinter uns her sind?«

»Wenn sie hinter uns her sind, wie kommt es dann, daß sie allein hier ist?« fragte Nick zurück. »Bist du denn zu blöd zu merken, wann jemand blufft?«

»Das ist kein Bluff«, sagte ich. »Ich habe keine Unterstützung mitgenommen, weil ich nicht vorhatte, jetzt schon eine Verhaftung vorzunehmen, ich wollte bloß ein bißchen ermitteln. Aber wenn Sie denken, ich würde einfach so losschieben, ohne Captain Millner zu sagen, wohin ich fahre, dann sind Sie sogar noch bescheuerter, als ich dachte ... und klingt das wie ein Bluff?«

Natürlich bluffte ich. Auf meinem Schreibtisch hatte ich Notizen zu dem Videoband liegengelassen. Es bestand die ungefähr zwanzigprozentige Chance, daß Millner sich an meinen Schreibtisch setzen und die Notizen lesen würde. Aber die Geräusche von der Straße kamen genau im richtigen Augenblick.

»Das klingt wie Feuerwehrsirenen«, sagte Nick.

Er war nicht sicher. Aber ich auch nicht. Nicht, bis drei Wagen der Polizei von Arlington aus drei unterschiedlichen Richtungen auf den Parkplatz gebraust kamen und vor der Eisdiele anhielten.

Millner hatte meine Notizen also offensichtlich doch gelesen. Und bei Sounds Easy angerufen. Und in der Eisdiele angerufen. Und als sich dort niemand meldete, hatte er mir Unterstützung geschickt. Schnell.

Aber auch schnell genug?

Weil diese Leute Geiseln nahmen.

Und in diesem Moment war ich die einzige mögliche Geisel.

Ganz gleich, was passierte, ich durfte nicht zulassen, daß sie mich aus dieser Tür da führten.

Marla hetzte zur Tür. Sie hob Scottie hoch, hielt ihn vor sich und schrie. »Keinen Schritt weiter!«

»Keinen Schritt weiter!« echote Scottie gehorsam, ohne sich darüber klar zu sein, daß seine eigene Mutter ihn als Schutzschild benutzte.

»Lady, nehmen Sie Ihre Wagenschlüssel«, wies Nick mich an.

Er – oder Phil, ich wußte im Augenblick nicht mehr, wer von beiden – hatte dieselben Worte zu Dorene Coe gesagt. Ich hatte sie gehört. Und wahrscheinlich auch zu Deandra Black und Lola Chavez, obwohl ich nicht dabeigewesen war, um sie zu hören.

Jetzt war Dorene tot. Deandras Zustand war kritisch. Und Lola? Ich wußte nicht, was mit Lola war.

»Was ist mit Lola Chavez passiert?« fragte ich.

»Was zum Teufel glauben Sie denn, was mit Lola Chavez passiert ist?« fragte er. »Sie liegt hinter dem Damm im Trinity Park, wenn sie bis jetzt noch keiner gefunden hat.«

»Und da verlangen Sie von mir, daß ich mit Ihnen da raus gehe? Für wie blöd halten Sie mich eigentlich?«

»Welche Wahl haben Sie denn Ihrer Meinung nach?«

»Wenn Sie mich hier niederschießen, habe ich zumindest eine Chance. Da draußen sind Polizeiwagen, und wahrscheinlich ein Krankenwagen in Bereitschaft.«

»Was Ihnen einen feuchten Kehricht nutzen wird, wenn ich die nicht reinlasse, um sich um Sie zu kümmern.«

»Aber mich zu erschießen nutzt Ihnen einen feuchten Kehricht«, gab ich zu bedenken. »Wenn Sie mich erschießen, sind Sie ein toter Mann. In Texas kommen Polizistenmörder auf den elektrischen Stuhl.«

»Lady, ich bin schon längst ein Polizistenmörder«, antwortete Nick. »Also sieht es wirklich nicht so aus, als ob ich noch eine Wahl hätte. Ebensowenig wie Sie. Sie sterben hier und jetzt, oder Sie leben noch ein paar Stündchen länger, das sind Ihre Möglichkeiten. Und Sie sind wie alle anderen. Sie werden sich für die Gnadenfrist entscheiden.«

Wenn er recht hatte, blieb mir wirklich keine andere Wahl. Aber er mußte nicht unbedingt recht haben.

Es mußte noch eine andere Möglichkeit geben. Ich weigerte mich einzusehen, daß ich keine Wahl hatte. Wenn er mich umbringen wollte, dann würde er es nach meinem Zeitplan tun müssen, was mir zumindest noch den Hauch einer Chance ließ und seine Chancen ganz sicher endgültig zerstörte.

Ich konnte nicht erfolgreich kotzen, obwohl ich ziemlich sicher war, daß ich, wenn sich mir eine minimale Chance böte, äußerst erfolgreich Durchfall bekommen könnte. Aber ich konnte niesen.

Ich konnte einen Nieser vortäuschen.

Ich nieste, sehr laut, und beugte mich über meine Handtasche.

»Lassen Sie die Finger davon«, brüllte Nick.

»Ich habe geniest! Darf ich mir nicht mal ein Kleenex rausnehmen? Sie wissen doch, daß ich keine Waffe da drin habe.«

»Dann nehmen Sie sich ein Kleenex, aber keine Tricks.«

Zugegeben, ich hatte keine Pistole in meiner Handtasche. Aber ich hatte ein paar Handschellen darin, und Handschellen lassen sich in einem Papiertaschentuchknäuel sehr viel leichter verstecken als eine Waffe. Ich zog die Handschellen heraus, und bevor Nick Zeit fand, mich anzubrüllen, hatte ich mich in bester weiblicher Demonstrantentradition an das Messingbein des Tisches gekettet.

Das am Boden festgedübelt war.

»Aufschließen«, schrie er.

»Ich kann sie nicht aufschließen. Der Schlüssel ist nicht an meinem Schlüsselbund.«

»Scott, hol die Schlüssel von der Lady.«

Waren die Streifenbeamten da draußen währenddessen eigentlich vollkommen untätig?

Sicher nicht.

Sie taten, was sie tun konnten, und das war rumstehen und warten. Ich war sicher, daß die Hintertür, falls es eine gab, bewacht wurde. Ich war sicher, daß ranghöhere Beamte unterwegs waren und daß Millner von Fort Worth unterwegs war. Wahrscheinlich war auch ein erfahrener Verhandlungsführer bei Geiselnahmen aus Dallas unterwegs.

Das änderte aber nichts an der Tatsache, daß ich hier an einen Tisch gefesselt in einer Eisdiele saß, und das in Begleitung zweier Personen, die sich im Hinblick auf meine Ermordung nur nicht darüber einigen konnten, wo und wann diese erfolgen sollte. Und falls es zu einem Schußwechsel kommen sollte, wäre diese Frage ohnehin nur noch rein akademisch. Ich saß genau in der Schußlinie.

Scott fand meine Schlüssel und brachte sie zu Nick. Und natürlich war der Schlüssel für die Handschellen nicht an meinem Schlüsselbund.

Man beachte, daß ich nicht gelogen hatte. Ich hatte nur nicht die ganze Wahrheit gesagt. Wenige Monate zuvor hatte ich in New Mexico einen Polizeichef kennengelernt, der absolut genial in der Kunst des Lügens durch Irreführung und weniger durch echtes Lügen war. Ich hatte *nicht* gesagt, daß ich keinen Schlüssel für die Handschellen dabeihatte. Tatsächlich hatte ich ihn dabei. Ich hatte nur gesagt, daß er nicht an meinem Schlüsselbund war. Und das stimmte auch. Er steckte nämlich hinter einer Lasche in meiner Brieftasche.

Es war nicht anzunehmen, daß Nick Casavetes diesen feinen Unterschied bemerkte, zumal ich ihn nicht darauf aufmerksam machen würde. Und er sich nicht die Mühe machte nachzufragen.

Nachdem er schon Marla und Scottie geschlagen hatte, fand er es nun an der Zeit, mich zu schlagen. Das war keineswegs amüsant.

Habe ich bereits erwähnt, daß ich vor einem Fenster saß? Ja, natürlich habe ich das. Also sahen die Polizeibeamten draußen, wie er mich schlug. Was ihnen hinreichend klarmachte, falls es ihnen nicht längst klar war, daß wir nicht gerade die besten Freunde waren.

Ich wußte ehrlich nicht, was ich tun würde, wenn ich da draußen wäre und Entscheidungen zu treffen hätte. Als Faustregel bei Verhandlungen mit Geiselnehmern gilt, daß man so lange wie nur eben möglich verhandelt, ihnen in weniger wichtigen Fragen nachgibt, aber niemals in entscheidenden Punkten, und daß man ihnen nie, niemals, unter keinen Umständen erlaubt, mit den Geiseln wegzufahren. Der einzige Grund, warum ihnen das zuvor gelungen war, war der, daß sie schon weg waren, wenn Polizisten – oder jedenfalls Polizisten, die in der Position waren, Entscheidungen zu fällen – eintrafen.

Ich wußte also, daß ich nicht mit ihnen wegfahren würde, ganz gleich, ob sie nun den Schlüssel zu meinen Handschellen fanden oder nicht. Was ich nicht wußte, was ich auch nicht annähernd erahnen konnte, war, ob ich auf meinen eigenen zwei Beinen von hier weggehen oder auf einer Trage oder in einem Leichensack weggetragen würde. Und im Augenblick gab es rein gar nichts, was ich an diesem Zustand ändern konnte.

Wenigstens hatte niemand angefangen zu schießen. Marla stand an der Eingangstür mit meiner Pistole in der Hand und hob Scottie immer mal wieder hoch, damit die Polizei draußen sehen konnte, daß drinnen ein Kind war und mindestens eine Erwachsene, die gewillt war, dieses Kind als Schutzschild zu benutzen. Sie sagte das nicht, aber das war auch nicht notwendig. Ihre Körpersprache war beredt.

Nick wanderte auf und ab wie ein Tiger im Käfig. Dreimal hatte er bereits die Hintertür der Eisdiele überprüft, ob sie auch wirklich abgeschlossen war; das war sie noch, aber natürlich bestand immer die Möglichkeit, daß sie sich mit dem Besitzer in Verbindung setzten, den Schlüssel besorgten, die Tür aufschlossen und in den Raum eindrangen, während Nick und Marla vorne abgelenkt wurden.

Schließlich wurde er so nervös, daß er einen Stuhl unter die Klinke schob. Das würde wahrscheinlich nicht ausreichen, um die Tür zu sichern, aber es würde einen ziemlichen Lärm machen, wenn jemand versuchte, die Tür zu öffnen. Dann kam er wieder nach vorn, mit der Schrotflinte.

Seltsamerweise hatte der Vierjährige überhaupt keine Angst. Ich vermute, er dachte, wir würden Räuber und Gendarm spielen. Und das spielten wir ja auch irgendwie, wenn auch nicht so, wie er glaubte.

Von irgendeinem Impuls getrieben, den ich selbst in einer Million von Jahren nicht erklären könnte, fing ich an, mein mittlerweile halb geschmolzenes Eis weiterzuessen. Aus Gründen, die vermutlich mit der Auswirkung des Adrenalins auf den Stoffwechsel zu tun hatten, war ich so hungrig wie noch nie in meinem Leben. Hätte man mir jetzt ein riesiges Steak vorgesetzt, hätten weder Harry noch Susan irgendeine Veranlassung gehabt, meinen Appetit zu bemängeln.

Das Eis war alle, und ich war mir ziemlich sicher, daß mir keiner ein zweites bringen würde, egal, wie nett ich darum bat. Also richtete ich meine Aufmerksamkeit erneut auf die Straße. Noch mehr Wagen trafen ein. Dub und Chang. Millner. Sie mußten diese scheußliche Kreuzung gesperrt haben; ansonsten hätte Millner niemals so schnell hier sein können, es sei denn, die Geschichte hier dauerte inzwischen schon sehr viel länger, als es mir vorkam.

Das Telefon fing an zu klingeln. Niemand ging ran.

»Casavetes!« rief jemand von draußen. »Gehen Sie ans Telefon!«

Casavetes antwortete mit einem Fluch, und das Telefon klingelte weiter.

»Casavetes! Sie kommen hier nicht mehr raus, also können Sie auch gleich aufgeben.«

»Ich will einen Handschellenschlüssel und einen Polizeiwagen und eine Stunde Vorsprung!« rief er zurück.

»Wieso denn einen Handschellenschlüssel?« fragte die Stimme draußen und klang dabei ehrlich verwundert.

»Weil sich dieses Miststück hier an dem Tisch festgekettet hat.«

Millner kratzte sich an der Nase. Ich konnte sehen, wie er das tat. »Was haben Sie denn von ihr erwartet?« fragte er in seiner sachlichsten Tonlage. »Soll sie etwa mit Ihnen wegfahren?«

»Ich verhandele nicht mit Ihnen«, sagte Casavetes. »In fünf Minuten erschieße ich die Geisel.«

»Und womit wollen Sie dann verhandeln?« schaltete sich der Verhandlungsführer wieder ein.

»Das ist mein Problem. Besorgen Sie mir, was ich will.«

»Aber wir werden Ihnen nichts dergleichen besorgen«, erwiderte der Verhandlungsführer, »weil Sie Ihre Geisel ohnehin töten werden. Das haben Sie doch schon bewiesen.«

Nick kam zu mir und hielt mir das Gewehr einen Augenblick lang unter die Nase, bevor er wieder zur Tür marschierte. »Dann stirbt sie eben vielleicht noch früher«, erwiderte er.

Ich hoffte, daß es eine Toilette in der Nähe gab. Ich würde nämlich ganz bestimmt schnell eine brauchen, falls ich lebend hier rauskam. »Mach dir nicht ins Hemd«, ist zwar leicht dahingesagt, aber für mich wurde der Satz immer dringlicher.

Ich weiß nicht, wer die Entscheidung traf. Der Verhandlungsführer rief: »Achtung, Tränengas«, und eine Tränengasgranate flog mitten durchs Fenster – nicht durch das, hinter dem ich saß, sondern durch das daneben – und der Raum begann, sich mit Rauch zu füllen.

»Nick, was sollen wir machen?« würgte Marla, die schon hustete und schnaufte. Ich konnte Scott weinen hören, aber ich konnte kaum noch jemanden sehen. Natürlich hustete auch ich und rang nach Luft, und Tränen strömten mir übers Gesicht. Ich hatte schon einmal Tränengas abbekommen, und mir war nur allzu bewußt, daß das Zeug nicht umsonst Tränengas genannt wird.

Ohne zu antworten, drehte Nick sich um und hastete in den rückwärtigen Teil des Gebäudes. Wollte er durch die Hintertür hinaus? War ihm denn wirklich nicht klar, daß die Polizei auch hinter dem Haus sein würde?

Aber ich täuschte mich. Er rannte nicht zur Tür. Er öffnete die Tür des begehbaren Gefrierschranks und lief hinein, dicht gefolgt von Marla. Die Tür knallte hinter ihnen zu. Keiner von beiden hatte auch nur einen Gedanken an den weinenden vierjährigen Jungen verschwendet, der verzweifelt versuchte, die Tür zu finden.

Meinten Sie, die Luft da drin wäre besser?

War die Luft da drin besser?

Wie lange hatten sie vor, da drin zu bleiben, und was hatten sie vor, wenn sie wieder rauskamen?

Es war mir ziemlich egal.

Ich wischte mir über die tränennassen Augen, schaffte es, meine Brieftasche zu öffnen und den Handschellenschlüssel rauszufischen. Ich schloß die Handschellen auf, behielt aber meine Brieftasche weiter in der Hand, so daß ich meine Dienstmarke zeigen konnte, wenn ich zur Tür hinausging.

Dann eilte ich zu dem Gefrierschrank und ließ den Außenriegel einrasten, bevor ich Scottie hochhob und laut rief: »Nicht schießen, ich bin Detective Ralston«, und mit Scottie auf dem Arm und meine Dienstmarke schwenkend durch die Tür nach draußen trat.

Epilog

Ich hätte gar nicht ins Krankenhaus gemußt. Es gab keinerlei Grund dafür, mich ins Krankenhaus zu schicken, bloß weil ich ein bißchen Tränengas eingeatmet hatte. Ich hatte schon früher mal Tränengas eingeatmet. Aber die Sanitäter vom Rettungsdienst sagten irgendwas von Schock – ich hatte keinen Schock, mir war bloß *kalt*, zum Donnerwetter noch mal.

Wenigstens zwang Millner mich nicht, im Krankenwagen zu fahren, und er schickte – oder brachte – mich auch nicht ins nächstgelegene Krankenhaus mit Notaufnahme. Er bat Chang (ausgerechnet den), meinen Wagen zurück zum Polizeipräsidium zu fahren, und brachte mich höchstpersönlich ins John Petersmith Hospital in Fort Worth, wobei er mir den ganzen Weg über eine Standpauke hielt, weil ich keine Unterstützung mitgenommen oder angefordert und nicht gewartet hatte, bis sie eintraf. Vergebens wies ich ihn darauf hin, daß es doch unsinnig gewesen wäre, Unterstützung mitzunehmen, wo ich doch lediglich einen Blick auf jemanden werfen wollte, der mich noch nie im Leben gesehen hatte und mit meinem Gesicht absolut nichts anzufangen wußte. Er schnauzte mich bloß immer wieder an, daß ich eigentlich vernünftiger hätte sein müssen.

Na schön. Ich hätte vernünftiger sein müssen. Können wir jetzt über was anderes reden?

Die Ärzte in der Ambulanz untersuchten mich und sagten auch irgendwas von Schock und teilten mir mit, daß sie mich über Nacht dabehalten wollten.

Ich machte ein paar unflätige Bemerkungen, und Millner ging Harry anrufen. Er kam zurück und sagte, daß Harry nicht zu Hause war und nur der Anrufbeantworter drangewesen war, den Harry, der ein echter Technikfreak ist, kurz vor dem Hubschrauberabsturz gekauft, aber erst letzte Woche angeschlossen hatte.

Ich wußte nicht, wo Harry war. Außerdem war ich inzwischen ein bißchen benebelt, weil sie mir eine Spritze mit Antihistaminen gegeben hatten, die die Wirkung des Tränengases neutralisieren sollte. Ich hoffte, daß es funktionierte. Als ich das letzte Mal eine ordentliche Dosis Tränengas abbekommen hatte, litt ich sechs Wochen lang unter Husten.

Irgendwann so gegen acht Uhr – abends, meine ich – wachte ich kurz auf und sah einen Mann neben meinem Bett stehen.

»Sind Sie Deb Ralston?« fragte er.

»Mhm«, sagte ich. »Warum?«

»Ich bin Don Black«, erklärte er. »Deandra Blacks Mann. Man hat mir gesagt, daß Sie sie gefunden haben. Und daß sie wohl erst am nächsten Tag gefunden worden wäre, wenn Sie nicht darauf beharrt hätten, nach ihr zu suchen.«

»Na ja, vielleicht –«

»Die Ärzte haben mir gesagt, wenn sie noch eine halbe Stunde länger da gelegen hätte, wäre sie verblutet. Jetzt sagen sie, sie wird wieder gesund. Und deshalb wollte ich Ihnen danken. Mehr nicht. Ich wollte Ihnen danken. Tut mir leid, daß ich Sie geweckt habe.«

»Sie haben mich nicht geweckt. Ich war sowieso schon wach.«

Aber vielleicht war ich doch nicht sowieso schon wach gewesen, weil ich nämlich wieder einschlief, und als ich das nächste Mal aufwachte, war Harry da. Er hatte das Baby nicht mit dabei

– man darf keine Babys mit auf Besuch in Krankenhäuser mitnehmen, weil sie sich da alle möglichen Bakterien einfangen könnten –, und er sah sehr blaß aus. Aber er schimpfte nicht mit mir. Wahrscheinlich wußte er, daß es nichts nützen würde.

»Du weißt doch, daß ich in letzter Zeit so einige Unterlagen vor dir versteckt gehalten habe?« fragte er mich.

»Mhm«, sagte ich. »Und ich habe ehrlich nicht versucht, sie zu lesen.«

»Ich weiß, und das war sehr lieb von dir. Tja, also, heute nachmittag haben Cameron und ich sie eingereicht. Nächste Woche Mittwoch fange ich mit Betriebswirtschaft an.«

»Das ist schön«, sagte ich und schlief wieder ein.

Am nächsten Morgen durfte ich nach Hause, und Captain Millner erklärte, daß er mich, Berichte hin oder her, in den nächsten zwei Tagen nicht im Büro sehen wollte.

Meine Güte. Halten die mich für eine Mimose? Als ich letztes Jahr im September den Mann erschossen hatte, waren sie nicht annähernd so nett, und diesmal mußte ich niemanden erschießen, sondern hatte bloß ein bißchen Tränengas abbekommen.

Na ja, und bin einmal geschlagen worden.

May Rector, die drei Häuser weiter wohnt, kam zu Besuch – eine nette alte Lady, die zur selben Kirche gehört wie Hal –, und nachdem sie mir ein paar Stücke Mohnkuchen überreicht und eine Weile mit Cameron gespielt hatte, sagte sie: »Wissen Sie, ich gehe abends eigentlich kaum noch aus. Es wäre so schön, wenn ich rüberkommen und auf dieses goldige Baby aufpassen dürfte, wenn Sie abends arbeiten müssen.«

»Ach, ich versuche gerade, einen Babysitter zu finden, der kurzfristig auf Abruf verfügbar ist«, fing ich an, »aber –«

»Meine Güte, nein, doch nicht als Babysitter!« sagte sie mit Nachdruck. »Nur als Freundin. Das wäre herrlich. Ich weiß, daß Sie oft wegmüssen, und manchmal sind eben auch Ihr Mann und Ihr Sohn nicht da – und ich bin ganz vernarrt in Babys –, und ich weiß ja, daß Ihr Baby eine Großmutter hat, aber sie wohnt nun mal nicht in der Nachbarschaft wie ich –«

Jeder Mensch, der Ihnen einen Gefallen tut und es so aussehen läßt, als täten Sie ihm einen Gefallen, ist eine gute Gabe Gottes. Ich hatte so das Gefühl, daß ich May Rector in den nächsten zwei und mehr Jahren wesentlich besser kennenlernen würde.

Am selben Abend kam in den Nachrichten irgendwas Kompliziertes, das ich nicht verstand – aber Harry hörte aufmerksam zu, weil es auch in den Texten für seinen ersten Kurs behandelt wurde und er die Texte bereits hatte und sie studierte –, über die Defizitfinanzierung.

»Defizitbilanzierung«, sagte ich während einer Werbeunterbrechung.

»Was?« fragte Harry und sah mich an.

»Defizitbilanzierung«, wiederholte ich. »Unterm Strich hat doch keiner gewonnen. Die nicht, weil wir sie erwischt haben. Aber wir haben auch nicht gewonnen, weil wir Carlos verloren haben – und all die anderen Menschen, die Menschen verloren haben, Dorene und Lola und Harry Weaver – und der arme kleine Junge von den Casavetes, seine Mutter war sogar bereit, sein Leben aufs Spiel zu setzen –, alle haben verloren. Und ich habe keine Milch mehr und kann Cameron nur noch das Fläschchen geben. *Jeder* hat verloren, Harry.«

»So«, sagte Harry, »ich finde, du solltest dich besser wieder ins Bett legen.«

»Ich will nicht ins Bett.«

»Was willst du dann?«

»Harry«, sagte ich, »ich habe Hunger.«

Nachwort

Lee Martins Detektivromane mit Deb Ralston, der früheren Fingerabdruck-Expertin und jetzigen Beamtin bei einer Spezialeinheit der Polizei in Fort Worth, haben vom ersten Band an begeisterte Zustimmung in der amerikanischen Presse gefunden. Die als »durch und durch glaubwürdig und erfrischend anders« empfundene Heldin fand ebenso Lob wie die »geglückte Verbindung glaubwürdiger Charaktere mit einem gut konstruierten Plot« und die generell exzellente Handhabung des ›police-procedural‹-Genres, d. h. der Sonderform des Polizeiromans, in dem realistisch geschilderte Verbrechen mit modernsten polizeilichen Methoden aufgeklärt werden. Daß dies erheblich mehr technisches, rechtliches und generell Insider-Wissen erfordert, als wenn kauzige Privatgelehrte unbemerkt gebliebene Morde in Bibliotheken privat und hobbymäßig aufklären, liegt auf der Hand – ebenso, warum Lee Martin gerade dieses Genre pflegt: Sie hat jahrelang bei der Polizei gearbeitet, unter anderem als Expertin für Fingerabdrücke.

Das meiste Lob der Rezensenten aber gilt der glaubwürdigen Verbindung von Privatleben und Polizeiarbeit, das die Bände durchzieht und mehr und mehr ihr Spezifikum darstellt. Während männliche Detektive von Poes Auguste Dupin und Doyles Sherlock Holmes über Chestertons Father Brown und S. S. Van Dines Philo Vance bis zu Chandlers Phil Marlowe und Ross

Macdonalds Lew Archer ausschließlich in ihren Fällen leben, wie es von letzterem einmal expressis verbis heißt, verbietet sich das bei einer verheirateten Frau mit Ehemann und drei adoptierten Kindern. Jeder Krimifreund kennt Madame Maigrets geduldiges Warten auf die eine große Entscheidung ihres Tages – ob der Dienst es ihrem Jules erlaubt, pünktlich oder verspätet oder gar nicht zum Abendessen zu Hause zu sein. Wenn Debs Dienst Überstunden erzwingt, bleibt die Küche kalt und Schnellrestaurants, Pizzataxi oder sonstiges fast food ist angesagt, zumal die leidenschaftliche Polizistin es in ihrer spärlichen Freizeit auch am liebsten bei der schnellen Küche beläßt. Es war ein guter Einfall Lee Martins, ihre Heldin zudem mit einem frauenspezifischen freudigen Ereignis zu konfrontieren. Sie, die sich für immer kinderlos wähnte und gern in ihren geliebten Beruf zurückgekehrt war, nachdem ihre drei Adoptivkinder fast erwachsen waren, ist während ihres zweiten Falles mit Anfang Vierzig doch noch schwanger geworden, was im dritten Fall Diät und Wohlbefinden beeinträchtigt, ihr im vierten Fall das Leben rettet, während bei Abschluß des fünften Falls in New Mexico ihr erster leiblicher Sohn gesund zur Welt kommt (»Das Komplott der Unbekannten«, »Tod einer Diva«, »Mörderisches Dreieck«, »Tödlicher Ausflug«, DuMont's Kriminal-Bibliothek Bd. 1055, 1061, 1067, 1071). Doch statt sich nun mit ihrem geliebten Cameron einen Vorruhestand, einen langen Erziehungsurlaub oder wenigstens ein Baby-Jahr gönnen zu können, muß sie zurück in den Dienst: Ihr Mann, früherer Berufssoldat und jetzt Testpilot für Hubschrauber, hatte einen Flugunfall und wird bei relativ kleiner Betriebsrente erst nach einer Weiterbildung wieder die Familie ernähren können.

Es ist bezeichnend für die gelungene Verbindung von Berufstätigkeit und Privatleben, daß Deb Ralston meist privat in ihre Fälle hineingerät: Zweimal stolpert sie sozusagen selbst über die erste Leiche (»Komplott der Unbekannten«, »Tödliches

Dreieck«), einmal wird sie von Freunden zu Hilfe bei einem sich abzeichnenden Konflikt gebeten (»Tod einer Diva«), und einmal ist ihr Adoptivsohn Hal in einem anderen Bundesstaat der Hauptverdächtige (»Tödlicher Ausflug«).

Auch in diesen neuen Fall ist sie von Anfang an verwickelt. Montags wird ihr – in den USA extrem kurzer – Mutterschaftsurlaub zu Ende sein. Am Samstag davor steht sie mit dem Baby auf dem Arm in der Schlange einer kleinen Bankfiliale, um einen für den Kontostand dringend erforderlichen Scheck einzureichen, als zwei maskierte Männer die Bank überfallen. Bewaffnet sind sie mit abgesägten Schrotflinten, eine nur im Nahbereich treffsichere Waffe von größter Effizienz, bei der das stark streuende zerhackte Blei die Opfer förmlich in Stücke reißt.

Als einziger Profi unter den Anwesenden übernimmt sie das Kommando und setzt das durch, was die Polizei sonst das Bankpersonal lehrt: Anweisungen befolgen, kein falsches Heldentum, keine Provokationen, jedes Menschenleben ist wichtiger als jeder Geldbetrag. Aufkommende Hysterie erstickt sie bei den anderen Kunden durch Autorität, bei Cameron ganz natürlich – sein Schreien wird wortwörtlich gestillt.

Was Deb jedoch nicht verhindern kann, ist an dem lebhaften Geschäftsmorgen ein Alarm von außen und der Fehler eines unerfahrenen Kollegen von der untersten Etage: Er fährt für alle sichtbar im Streifenwagen vor, und die beiden Gangster nehmen die neunzehnjährige Kassiererin, die zu dieser Zeit allein in der Bank ist, als Geisel. Ihr letzter Blick fällt, als sie aus der Bank getrieben wird, auf die Frau, die das Kommando übernommen und Nachgeben befohlen hat.

Dieser Blick wird Deb während des ganzen Falles nicht mehr verlassen, zumal die junge Frau schon bald ermordet aufgefunden wird – mit einem Pistolenschuß aus nächster Nähe ›hingerichtet‹, wie es, das weiß Deb Ralston, jetzt schon Hobbygangster nach dem Vorbild zahlloser Mafia-Filme zu tun pflegen.

Obwohl sie erst in zwei Tagen wieder Dienst hätte, steckt sie bereits jetzt mitten drin – bei der Polizei von Fort Worth gilt das Prinzip, daß der erste Beamte an einem Verbrechensschauplatz alle weiteren Ermittlungen leitet. Ihr Mann kommt von zu Hause, übernimmt das Baby und bringt ihr ihre Pistole, die sie fortan wieder tragen wird – ein makabrer Tausch! Was folgt, ist Routine, eben ›police-procedural‹; und wenig genug steht der Polizei für ihr Vorgehen zur Verfügung: die Video-Aufnahme der Täter durch die Überwachungskamera, die Nummernschilder und die Beschreibungen des Fluchtautos und des Privatautos der Kassiererin, das die Täter an sich gebracht haben. Und bald gibt es auch Zeugen für die ›Hinrichtung‹ der Geisel – zwei Teenager, die aus ganz anderen Gründen in der Dämmerung im Park spazierengegangen waren.

Alles zusammen wird schließlich zum Ermittlungserfolg führen. Als sich herausstellt, daß der erste Überfall zugleich der Anfang einer Serie war, erweist sich das Fluchtauto als wichtigster Clue: Bei Serientaten, die eher Merkmal des klassischen Detektivromans sind (z. B. S. S. Van Dine, »Mordfall Bischof«, »Mordfall Green«, DuMont's Kriminal-Bibliothek Bd. 1006, 1029; Ellery Queen, »Das ägyptische Kreuz«, »Die Katze tötet lautlos«, DuMont's Kriminal-Bibliothek Bd. 1069, 1076), gilt es für den Detektiv, das Gesetz zu erkennen, das der Serie zugrundeliegen könnte, um so dem Täter oder den Tätern beim nächsten Verbrechen zuvorzukommen und so nicht nur weiteres Morden zu verhindern, sondern sie auch möglichst beweiskräftig auf frischer Tat zu ertappen. Deshalb reagiert Deb Ralston beim zweiten Überfall blitzschnell. Noch im Chaos der allerersten Ermittlungen am Tatort beginnt sie, Gebrauchtwarenhändler in der Nähe anzurufen: Beim ersten Mal hatten die Täter sich das Fluchtauto unter einem Vorwand bei einem Händler geliehen – wenn das ihre generelle Vorgehensweise war, konnte man ihnen vielleicht in diesem Fall zuvorkommen und ihnen sogar eine Falle stellen.

Debs Gedankenblitze, wie sie seit Edgar Allan Poes Auguste Dupin Merkmal jedes Seriendetektivs sind, und die konsequente, ermüdende und in über 99% ergebnislose Polizeiroutine führen schließlich gemeinsam zur Lösung und zur Festnahme einer Killerbande, die mit scheinbar gnadenloser Professionalität, in Wirklichkeit aber mit geradezu kindischer Grausamkeit vorgegangen ist. Und dies ist ein weiteres Markenzeichen von Lee Martins Deb Ralston-Romanen: Sie verbinden die altehrwürdigen Strukturen des klassischen Rätselromans, des ›whodunit‹/›Wer ist der Täter‹, mit der brutalen Wirklichkeit moderner Großstadt- und Gesellschaftskriminalität. Gemildert aber wird dieser nichts beschönigende Realismus durch »die erfrischend wirklichkeitsnahe Umgangssprache und den schnellen Witz der Erzählerin«, wie es in einer weiteren Besprechung heißt. Und natürlich durch die verzweifelten Bemühungen der Heldin, eine tag- und nachtfüllende Mörderjagd mit den doppelten Bedürfnissen eines noch nicht ganz abgestillten Babys und einer noch nicht ganz abgestillt habenden Mutter in Übereinstimmung zu bringen.

Am Ende ist dann die Stillzeit endgültig vorbei – »Keine Milch für Cameron«, ein »Deficit Ending«, wie es im englischen Original heißt, eine Negativbilanz. Die Täter sind gefaßt und unschädlich gemacht, aber das macht ihre brutal hingeschlachteten Opfer nicht wieder lebendig. Neue Taten und Untaten werden folgen, und wir dürfen auf sie gespannt sein – für eine Polizeidetektivin gibt es keine Stillzeit. Gespannt sein dürfen wir aber auch auf die weitere Entwicklung Camerons, seiner Adoptivgeschwister und ihres Vaters, der nun wieder Student ist. Wer Lee Martins Detektivromane liest, folgt zugleich einer Familiensaga – und er hat Freude daran.

Volker Neuhaus

DUMONT's Kriminal-Bibliothek

»Knarrende Geheimtüren, verwirrende Mordserien, schaurige Familienlegenden und, nicht zu vergessen, beherzte Helden (und bemerkenswert viele Heldinnen) sind die Zutaten, die die Lektüre zu einem Lese- und Schmökervergnügen machen. Der besondere Reiz liegt in der Präsentation von hier meist noch unbekannten anglo-amerikanischen Autoren.« *Neue Presse/Hannover*

Band 1001	Charlotte MacLeod	**»Schlaf in himmlischer Ruh'«**
Band 1005	Hampton Stone	**Tod am Ententeich**
Band 1006	S. S. van Dine	**Der Mordfall Bischof**
Band 1007	Charlotte MacLeod	**»...freu dich des Lebens«**
Band 1012	Charlotte MacLeod	**Die Familiengruft**
Band 1016	Anne Perry	**Der Würger von der Cater Street**
Band 1022	Charlotte MacLeod	**Der Rauchsalon**
Band 1025	Anne Perry	**Callander Square**
Band 1026	Josephine Tey	**Die verfolgte Unschuld**
Band 1028	Leslie Thomas	**Dangerous Davies, der letzte Detektiv**
Band 1029	S. S. van Dine	**Der Mordfall Greene**
Band 1030	Timothy Holme	**Tod in Verona**
Band 1031	Charlotte MacLeod	**»Der Kater läßt das Mausen nicht«**
Band 1033	Anne Perry	**Nachts am Paragon Walk**
Band 1035	Charlotte MacLeod	**Madam Wilkins' Pallazzo**
Band 1037	Charlotte MacLeod	**Der Spiegel aus Bilbao**
Band 1041	Charlotte MacLeod	**Kabeljau und Kaviar**
Band 1042	John Dickson Carr	**Der verschlossene Raum**
Band 1044	Anne Perry	**Rutland Place**
Band 1045	Leslie Thomas	**Dangerous Davies... Bis über beide Ohren**
Band 1046	Charlotte MacLeod	**»Stille Teiche gründen tief«**
Band 1048	Timothy Holme	**Morde in Assisi**
Band 1050	Anne Perry	**Tod in Devil's Acre**

Band 1054	Timothy Holme	**Der See des plötzlichen Todes**
Band 1057	Sarah Caudwell	**Adonis tot in Venedig!**
Band 1058	Phoebe Atwood Taylor	**Die leere Kiste**
Band 1059	Paul Kolhoff	**Winterfische**
Band 1060	**Mord als schöne Kunst betrachtet**	
Band 1061	Lee Martin	**Tod einer Diva**
Band 1062	S. S. van Dine	**Der Mordfall Canary**
Band 1063	Charlotte MacLeod	**Wenn der Wetterhahn kräht**
Band 1064	John Ball	**In der Hitze der Nacht**
Band 1065	Leslie Thomas	**Dangerous Davies... Auf eigene Faust**
Band 1066	Charlotte MacLeod	**Eine Eule kommt selten allein**
Band 1067	Lee Martin	**Mörderisches Dreieck**
Band 1068	Paul Kolhoff	**Menschenfischer**
Band 1069	Ellery Queen	**Das ägyptische Kreuz**
Band 1070	John Dickson Carr	**Mord aus Tausendundeiner Nacht**
Band 1071	Lee Martin	**Tödlicher Ausflug**
Band 1072	Charlotte MacLeod	**Teeblätter und Taschendiebe**
Band 1073	Phoebe Atwood Taylor	**Schlag nach bei Shakespeare**
Band 1074	Timothy Holme	**Venezianisches Begräbnis**
Band 1075	John Ball	**Das Jadezimmer**
Band 1076	Ellery Queen	**Die Katze tötet lautlos**
Band 1077	Anne Perry	**Viktorianische Morde** (3 Romane)
Band 1078	Charlotte MacLeod	**Miss Rondels Lupinen**
Band 1079	Michael Innes	**Klagelied auf einen Dichter**
Band 1080	Edmund Crispin	**Mord vor der Premiere**
Band 1081	John Ball	**Die Augen des Buddha**
Band 1082	Lee Martin	**Keine Milch für Cameron**

Band 1061
Lee Martin
Tod einer Diva

Deb Ralston – Polizistin, Adoptivmutter und bereits Großmutter – ist mit 42 Jahren erstmals schwanger. Statt Mordfälle zu lösen, erholt sie sich deshalb bei der Mutter einer Schulfreundin, einst eine gefeierte Leinwand-Diva. Doch die früher von ihr geradezu angehimmelte Schauspielerin erweist sich zuerst als sehr anstrengend, dann als tot. Der Ex-Star hatte sich schnell als psychisch schwer geschädigtes alkoholisiertes Wrack erwiesen, das unter Verfolgungsängsten litt. Motive findet Deb im Laufe ihrer Ermittlungen mehr als genug – aber den Täter zu finden wird durch vergiftete Drinks, geheimnisvolle Stichwunden und zahlreiche (falsche) Testamente nicht leichter.

Band 1068
Lee Martin
Mörderisches Dreieck

Als Deb Ralston die Leiche eines Postboten in der Nähe eines ausgebrannten 1957er Chevrolet findet, ist die Frage nach dem Wert des Wagens das letzte, was ihr in den Sinn kommt. Erste Spuren führen zu einer nahegelegenen Farm, wo man die Leiche eines kleinen Mädchens findet. Unversehens ermittelt Deb in einem Fall von Kindesentführung und Mord.

»Die Kriminalschriftstellerin Lee Martin kennt und schildert den realen Polizeialltag in den USA. Zusammen mit einer ausgesucht spannenden »Schreibe« macht dies die Serie mit Detective Ralston zu einem erfrischenden Lesevergnügen.« *Westfalenpost*

Band 1071
Lee Martin
Tödlicher Ausflug

Als die Polizistin Deb Ralston zu Hause die lapidare Notiz ihres 16jährigen Sohnes Hal findet, daß er mit seiner Freundin Lorie für ein paar Tage nach Los Alamos fahren will, und zwar per Anhalter, ist sie rasend vor Wut. Sie heftet sich an die Fersen der Teenager, um sie nach Hause zurückzuholen. Doch die Spur findet ein blutiges Ende, als Deb entdeckt, daß Lorie verschwunden ist und ihr Sohn Hal unter Mordverdacht im Gefängnis sitzt. Wer ist das Mädchen, das in Lories Schlafsack ermordet aufgefunden wurde? Trotz ihrer fortgeschrittenen Schwangerschaft – Deb ist im achten Monat – versucht sie gemeinsam mit der örtlichen Polizei, ihren Sohn zu entlasten und Lorie zu finden.

Band 1074
Timothy Holme
Venezianisches Begräbnis

Der letzte Band der Achille-Peroni-Serie führt den Inspektor nach Venedig. Die ganze Stadt wartet auf die alljährliche Gondelregatta, auf die schon wilde Wetten abgeschlossen werden. Peroni stößt zwischen kriminellen Gondolieri und bröckelnden Adelspalästen auf ein Netz aus Intrigen. Eine Spur führt ins 18. Jahrhundert zum venezianischen Dramatiker Goldoni. Ist alles nur Theater? Aber irgendwo zwischen den Kanälen und Lagunen wird der Mörder wieder zuschlagen. Achille Peroni deckt mit neapolitanischem Temperament, Scharfsinn und unbestechlicher Entschlossenheit die erstaunlichen Hintergründe des Mordes auf.

Band 1075
John Ball
Das Jadezimmer

Ein chinesischer Jadehändler liegt tot auf dem Boden einer Villa in Pasadena, Kalifornien. Um seinen Kopf bilden vier Jadestücke einen Halbkreis, ein fünftes steckt im Herz – das Ya-Chang Ritualmesser.
Wer hat den Händler ermordet? War es die schöne halb-schwarze, halb-japanische Yumeko, die bei ihm lebte? Johnny Wu, ein reicher amerikanischer Chinese? Ein anderer Kunde? Oder ein politischer Feind aus Übersee? Mordkommissar Virgil Tibbs gerät auf seiner Suche nach dem Mörder in eine tödliche Mischung von harten Drogen, Agenten aus dem kommunistischen China und der Exotik des Jadehandels.

Band 1076
Ellery Queen
Die Katze tötet lautlos

Manhattan, Ende der vierziger Jahre, eine Serie von Morden versetzt die Stadt in Panik. Die Boulevardblätter haben dem Mörder einen Namen gegeben: Katze. Für jeden Toten zeichnen ihr die Cartoonisten einen weiteren Schwanz.
Die Katze sucht ihre Opfer wahllos. Und immer bei Nacht. Niemand kann sich vor ihr sicher fühlen. Am Tatort hinterläßt sie nichts als die Leiche mit einem sorgsam geknoteten Seidenfaden um den Hals. Und am nächsten Tag grinst den Lesern aus der Zeitung wieder die Katze entgegen und hat einen Schwanz mehr. Ellery Queen hat viele Knoten zu lösen.

Band 1078
Charlotte MacLeod
Miss Rondels Lupinen

Professor Peter Shandy fährt an die Küste, um blumigen Gerüchten auf den Grund zu gehen. In den wildesten Farben erzählt man sich von prächtigen Lupinen, die hier gedeihen sollen.
Noch andere Überraschungen findet Shandy auf Miss Rondels Farm. Tiere und Pflanzen strotzen vor gespenstischer Gesundheit und auch die alte Dame selbst ist seltsam quicklebendig. Im Gegensatz zu Jasper Flodge, der eines Tags tot über seinem Teller Hühnerfrikasse zusammenbricht.
Peter Shandy darf seinen botanischen und detektivischen Leidenschaften nach Herzenslust frönen. Ein Band aus der Balaclava-Serie.

Band 1079
Michael Innes
Klagelied auf einen Dichter

Niemand ist traurig, als Ranald Guthrie stirbt. Man munkelt, der gefürchtete Schloßherr habe sich in einer Winternacht von seiner Burg in den schottischen Highlands gestürzt. Gerüchte von Eifersucht, Rache, Irrsinn und Liebe kursieren.
Was nach Selbstmord aussieht, entpuppt sich jedoch als Verwechslungsspiel. Schließlich bringt das Klagelied auf einen Dichter Rechtsanwalt Wedderburn auf die Spur grausiger Vorgänge.

Band 1080
Edmund Crispin
Mord vor der Premiere

Elf Personen steigen an einem Oktobernachmittag im Bahnhof Oxford aus dem Zug. Sie reisen in verschiedenen Klassen und und in verschiedener Mission. Nach Ablauf einer Woche sind drei von ihnen tot. Yseut Haskell, die schöne und provokative Schauspielerin, wird mit einer Kugel im Kopf aufgefunden. Keiner hat sie gemocht. Am wenigsten der Regisseur Robert Warner. Doch wie läßt sich der Verdacht des Literaturkritikers Gervase Fen beweisen? Unvermutet findet er sich in der Rolle des Detektivs wieder.

Band 1081
John Ball
Die Augen des Buddha

In einem kalifornischen Nationalpark wird die verstümmelte Leiche einer jungen Frau gefunden. Ist es die lang vermißte Tochter aus reichem, jüdischem Haus? Ihr Vater schaltet den berühmten Detektiv Virgil Tibbs ein, um die Wahrheit über das Schicksal seiner Tochter zu erfahren.
Doch warum verheimlicht er ihm dabei wichtige Informationen? Virgil Tibbs vertraut seinem untrüglichem Instinkt, der ihn bei der Aufklärung des Falles bis nach Katmandu führt.
Die mysteriösen Augen des Buddhas im Affentempel bringen ihn auf eine Idee...